Liebe, die nie zerbricht
von Anna Maria Kuppe

AF189136

Eine herzergreifende Familiengeschichte

Anna Maria Kuppe

Liebe, die nie zerbricht

Bibliografische Information der Deutschen National-bibliothek:
Die Deutsche Nationalbibliothek verzeichnet diese Publikation in der Deutschen Nationalbibliografie; de-taillierte bibliografische Daten sind im Internet über http://dnb.dnb.de abrufbar.

Herstellung und Verlag: BoD – Books on Demand, Norderstedt

ISBN: 978-3-7460-0996-4

Die damals achtzehnjährige Valentina war einfach glücklich. Vor ein paar Wochen hatte sie sich Hals über Kopf in ihren Traummann verliebt. Groß, blond, blaue Augen, einfach ein Typ Mann, dem keine Frau widerstehen konnte. Ihr kleines Herz hüpfte vor Glückseligkeit, wenn die frisch Verliebte mit ihrem Schatz zusammen sein durfte, denn dann fühlte sie sich einfach geborgen. Die Gefühle für ihren Liebsten wurden immer stärker.

Valentina besaß aber auch einen ausgeprägten Familiensinn, deshalb hörte sie nicht auf das Gerede ihrer Schulkameradinnen, die sofort nach dem Abitur von ihrem Zuhause ausziehen wollten.

Zusammen mit ihrer Mutter Eugenie und ihrem Vater Antoine Leconte lebte Valentina an der französischen Atlantikküste in Le Verdon-sur-Mer. In diesem kleinen Ort in der Region Nouvelle-Aquitaine, im Département Gironde, wohnten rund 1.400 Einwohner.

Die schüchterne Schülerin und ihre Eltern führten ein gut bürgerliches Leben. Der fünfzigjährige Antoine war Chef einer Buchdruckerei und seine Frau Eugenie arbeitete als selbständige Schneiderin. Die Neunundvierzigjährige hatte die Nähkunst von ihrer Mutter geerbt, die auch Tag für Tag an ihrer alten Nähmaschine saß.

Der Lebensmittelpunkt der Familie Leconte war ein kleines Haus an der Küste, das Antoine selbst aufgebaut hatte. Als Jugendlicher erlernte er bei seinem Onkel das Maurerhandwerk. Der fürsorgliche Familienvater hatte nichts verlernt und so schaffte er vor dreißig Jahren ein gemütliches Zuhause für seine Lieben. Küche, Diele, zwei Bäder, vier Schlafzimmer.

Jedes seiner Kinder sollte ein eigenes Zimmer bekommen. Das gelang ihm nicht ganz, denn aus den ursprünglich geplanten drei Kindern wurden vier Abkömmlinge.

Die Jüngste, Valentina, war eine kleine Nachzüglerin. Mit ihr hatte keiner mehr gerechnet, aber Eugenie und Antoine waren sehr glücklich, als sie das kleine Wesen in ihren Armen halten durften. Dass sie später bis zum Auszug des Ältesten im elterlichen Schlafzimmer nächtigte, stellte für niemanden ein Problem dar.

Die beiden Söhne studierten mittlerweile an der Universität in Bordeaux. Die Naturwissenschaften hatten es den Brüdern angetan.

Der Ältere, Maurice, wollte einmal in die Forschung gehen und im Labor nach neuen Medikamenten suchen. In den vergangenen Jahren waren ihm oft Menschen mit Allergien begegnet. Da fasste Maurice den Entschluss, neue Wege für die Patienten zu erkunden. Es musste doch bessere Möglichkeiten geben.

Der Zweitgeborene, Olivier, interessierte sich für die Welt der Säugetiere und studierte Biologie. Beide wollten auf ihren Gebieten einmal erfolgreich sein.

Die vierte im Bunde war Monique. Sie hatte genau die schönen braunen Augen wie ihre Mutter. Verheiratet war die Siebenundzwanzigjährige mit einem Mann namens Danyel Delaware. Ihr Domizil lag etwa achtundzwanzig Kilometer weiter entfernt im wunderschönen Badeort Montalivet-les-Bains in der Region Médoc.

Ihr Mann war reich, hatte aber keinerlei Manieren. Mit ihr und dem gemeinsamen Sohn Pierre ging er ziemlich gewaltsam um. Grobheiten kannte Danyel Delaware mehr als innige Zuneigung. Doch Monique hatte ihn vor neun Jahren aus Liebe geheiratet. Jedenfalls war es von ihrer Seite aus Liebe. Damals war Danyel sehr charmant, umgarnte die blutjunge Monique. Was er dabei wirklich empfand, das blieb sein Geheimnis.

Valentina stand kurz vor ihrem Abitur. Danach wollte sie studieren und Lehrerin werden. Gerne würde die angehende Studentin den Kindern in der Umgebung die Welt und das Leben erklären.

Kurz vor der Abiturprüfung lernte Valentina den zwanzig Jahre älteren Melchiorre Chevrier kennen. Aushilfsweise kam er an ihre Schule und wurde so für einige Zeit ihr Mathematiklehrer. Sein ehemaliger Schuldirektor aus La Rochelle bat ihn, in Le Verdon-sur-Mer auszuhelfen. Intuitiv nahm der jugendliche Lehrer sofort die ihm angebotene Stelle an. Ahnte er etwa, dass ihm hier die wahre Liebe begegnen könnte?

Aus der anfänglichen Schwärmerei wurde wirklich Liebe, eine Liebe, die natürlich ein Geheimnis bleiben musste. Melchiorre wollte offiziell die Distanz zwischen sich und seinen Schülern bewahren. Also erzählte Valentina niemandem von ihren Gefühlen. Sie hatte auch ein wenig Angst, was ihre Mitschüler oder Freunde darüber denken würden. Vielleicht lachten alle über diese Liebe zu einem Lehrer. So war Valentina damit einverstanden, sich heimlich mit ihrem Angebeteten zu treffen.

Ihr Zufluchtsort war ein kleines Ferienhaus am Plage la Pointe de Grave, etwa acht Kilometer vom Zentrum von Le Verdon-sur-Mer entfernt. Von hier aus hatte man einen wunderbaren Blick aufs Meer, das wie Kristalle glitzerte. Dieses gemütliche Häuschen gehörte Antoine und Eugenie, die es ab und zu an Feriengäste vermieteten. Bei vier Kindern war diese zusätzliche Einnahmequelle immer sehr willkommen gewesen.

»Valentina, mein Kleines«, seufzte Melchiorre leise. Die pure Gegenwart dieses Mädchens ließ ihn alle Sorgen vergessen. Sanft zog er Valentina an sich und küsste sie leidenschaftlich. Besonders seine Küsse hinter dem rechten Ohr ließen die Schülerin innerlich Purzelbäume schlagen.

Melchiorre bemerkte, dass seine Liebste nicht ganz bei der Sache war. Sonst erwiderte sie seine Küsse bedeutend stürmischer. Nun war sie eher zurückhaltend.

»Ist etwas nicht in Ordnung?« Sanft entfernte er ihr eine brünette Haarsträhne aus dem Gesicht.

»Meine Schwester, sie ist ganz verstört zu uns gekommen, weil ihr Mann sie geschlagen hat.« Valentina zupfte nervös an ihrem rosafarbenen Kleid, das ab der Taille in eine leichte Glockenform fiel. Natürlich hatte sie das Kleidungsstück mit ihrer geliebten Mutter zusammen genäht.

Trotz der Sehnsucht nach Melchiorres Nähe widerstand sie seiner magischen Anziehungskraft. Zu viel ging ihr gerade durch den Kopf.

»Er will nicht, dass sie geht, aber den gemeinsamen Sohn hat er schon wegbringen lassen.« Valentina weinte, sorgte sich sehr um das Wohl ihrer Schwester und dem geliebten kleinen Neffen Pierre.

Melchiorre versuchte, sie zu trösten. Mit seinen starken Händen umklammerte er ihre zitternden Fingerspitzen.

»Wieso will sie von ihm weg?«, zärtlich legte er seinen rechten Arm um Valentinas Schulter.

In der kurzen Zeit, in der sich beide nähergekommen waren, hatten sie wenig über ihre Familien gesprochen.

Meistens gaben die beiden Liebenden sich nur ihrer Leidenschaft und Liebe hin.

Mit bebender Stimme antwortete Valentina: »Danyel ist ein egoistischer und machtsüchtiger Mann, glaubt, dass er alles mit seinem blöden Geld machen kann. Meine Schwester liebt dieses Ekel auch noch.«

Sie konnte das alles nicht verstehen. Wie konnte Monique nur so ein Monster lieben? Ihre Schwester war doch schon lange nicht mehr glücklich mit diesem Mann.

»Und was ist mit ihrem Sohn?« Liebevoll nahm Melchiorre seinen Schatz in den Arm, und hörte ihr aufmerksam zu.

»Er hat den kleinen Pierre in ein Internat gebracht. Weit weg von hier. Meine Schwester weiß nicht einmal genau, wo er ist.«

Vor lauter Aufregung konnte Valentina kaum atmen, redete ohne Punkt und Komma. Eines stand für Valentina fest: Wenn man liebt, dann ist man füreinander da und legt keinem Steine in den Weg.

Melchiorre bemühte sich, die ganze Angelegenheit nüchtern zu betrachten. Er kannte weder Monique noch ihren angetrauten Gatten persönlich. Wie sollte er sich dann ein objektives Bild davon machen können?

»Schlimme Sache. Kann man denn da gar nichts tun?«, murmelte er.

Natürlich wollte Melchiorre seiner kleinen Freundin helfen und überlegte, was das Beste für alle sein könnte. Unentwegt streichelte er dabei sanft Valentinas Hände, nahm sie immer wieder liebevoll in den Arm.

Seine Zärtlichkeiten waren Balsam für Valentinas Seele und für einen kurzen Moment wurde sie ruhiger. Ihm konnte das junge Mädchen blind vertrauen, da war sie sich absolut sicher.

»Was willst du tun? Wir wissen nicht, wo wir ansetzen sollen, um Pierre zu finden.« Valentina blickte mit ihren rehbraunen Augen den Mann, den sie aufrichtig liebte, verzweifelt an.

Melchiorre zuckte hilflos mit den Achseln. Welchen Rat konnte er jetzt geben? Er selbst steckte manchmal in einer Krise und hatte dafür keine gescheite Lösung parat.

Engumschlungen legten sich die beiden auf das beigefarbene Sofa, das unter dem rechten Fenster des überschaubaren Wohnzimmers stand.

Zärtlich kuschelten Valentina und Melchiorre miteinander. Immer wieder küsste er ihr die Tränen weg, die ihre Wangen bedeckten. Es schmerzte das junge Mädchen sehr, dass es so rücksichtslose Menschen gab, die den anderen das Leben schwer machten. Vor allem, wenn es um ihre eigene Familie ging, verstand sie bei so viel Ungerechtigkeit die Welt nicht mehr.

»Warum kann meine Schwester nicht so einen lieben Mann haben wie du es bist?« Valentina streichelte ihren Melchiorre nun liebevoll zurück. Für einen Mann hatte er eine weiche Haut, die sie immer wieder gerne berührte.

Durch ein Geräusch außerhalb des Hauses wurden die beiden Verliebten aus ihrer kleinen heilen Welt gerissen. Es hörte sich nach dem Umknicken eines Astes an.

»Psst, da ist doch etwas?« Melchiorre hielt den Finger auf Valentinas Mund. Nur jetzt keinen Mucks von sich geben.

Langsam hob er seinen Kopf zum Fenster hoch und versteckte sich vorsichtshalber hinter dem braunen Vorhang.

Eine männliche Gestalt schlich um das Haus. Melchiorre bewegte die Hände mit einem Zeichen für Valentina, dass sie weiterhin still sein sollte. Atem- und regungslos voller Angst folgte sie seinen Anweisungen.

Trotz klarer Sicht erkannte Melchiorre den dunkel gekleideten Mann nicht, der offenbar bemerkt hatte, dass man ihn beobachtete. Dieser Mann verschwand in Windeseile. Melchiorre glaubte, eine Kamera in dessen Hand gesehen zu haben, doch er verschwieg es Valentina gegenüber, denn keinesfalls sollte sie sich weiter beunruhigen.

»Wer war das?« Voller Erwartung schaute Valentina ihren Liebsten an. Sie konnte sich überhaupt keinen Reim darauf machen, wer ein Interesse an ihnen haben könnte. Von ihrer Familie konnte das keiner gewesen sein, von ihren Freunden auch niemand, denn sie hatte es ja allen verschwiegen. Also wer könnte es sein? Vielleicht war es auch nur ein Irrtum.

»Leider weiß ich nicht, wer er ist.« Melchiorre hob wütend die rechte Hand und formte sie zu einer Faust. Am liebsten hätte er diesen Kerl verprügelt. Aber er zögerte auch, diesem Mann zu folgen. Warum nur? Hatte Melchiorre etwas zu verbergen?

»Er?«, fragte Valentina ängstlich und gespannt zugleich.

»Ja, es war ein Mann. Aber ich konnte ihn nur wegrennen sehen.« Im Gegensatz zu seiner Valentina hatte er eine Ahnung, was das zu bedeuten hatte, aber Melchiorre schwieg.

»Da ist uns jemand auf die Schliche gekommen. Jetzt bekommen wir Ärger.« Valentina ahnte, dass es Schwierigkeiten geben konnte. Hatte man ihr nicht immer gepredigt, sie solle sich nicht mit einem älteren

Mann einlassen. Aber warum nur? Sie wollte doch einfach nur lieben. Was hätte also daran so falsch sein können?

Natürlich bestand auch die Möglichkeit, dass jemand von der Schulbehörde ihnen nachspionierte. Aber sie war achtzehn. Wer sollte dann offiziell etwas gegen ihre Verbindung zu ihrem Lehrer haben?

Nur ihr Geliebter war sich absolut sicher: »Der wollte nicht dich, sondern mich sehen.«

»Warum dich?«, erwiderte Valentina. Eine sorgenvolle Falte bildete sich auf ihrer Stirn. »Er könnte doch auch mich gemeint haben.«

»Beruhige dich, Liebes, das wird sich klären.« Melchiorre nahm seine Valentina sanft in den Arm und seine leidenschaftlichen Küsse brachten sie zum Schweigen.

»Aber wir sollten nicht mehr lange hierbleiben. Es wird bald dunkel.« So machte sich jeder alleine auf den Weg. Vorsichtig, aber dennoch liebevoll, gaben sie sich zum Abschied einen langen Kuss. War es das letzte Mal, dass sie ein heimliches Treffen arrangieren konnten?

»Bis bald, mein geliebter Schatz.« Valentina schaute sich ängstlich um, bevor sie ihr zartes Hinterteil auf das hellblaue Damenfahrrad schwang.

Aus der Ferne warf Melchiorre ihr noch einen angedeuteten Handkuss zu, aber nur, nachdem er sich vergewissert hatte, dass keiner in der Nähe war.

Sein Weg führte an der Küste entlang. Melchiorre blieb stehen und schaute auf die herankommenden Wellen des Atlantiks. Das türkisfarbene Meer lag ihm zu Füßen.

Seine Gedanken drehten sich um die wundervolle Zeit mit Valentina. Dieses süße Mädchen schenkte ihm uneingeschränkt ihre Liebe. Ein Lächeln umhüllte sein Gesicht. Sie war sein Sonnenschein. Mit ihr fühlte er sich einfach frei.

Gedankenverloren verweilte er einen Augenblick am langen Sandstrand. Bei dem wunderbaren Sonnenuntergang hatte Melchiorre noch eine gute Sicht auf den Leuchtturm von Cordouan, der mitten im Meer stand und nur mit Booten zu erreichen war.

Da näherte sich ihm ein blonder Hüne. Es war sein Bruder Francois, verheiratet und Vater von zwei Kindern.

»Hallo, großer Bruder, was denkst du denn gerade? Du siehst ziemlich angespannt aus.«

Freundschaftlich legte er seinen Arm um Melchiorre. Als Bruder spürte er, dass ihn etwas tief berührte und bedrückte. Sie verstanden sich sehr gut und so schüttete ihm Melchiorre dankbar sein Herz aus.

»Ach, Francois, ich denke über viele Dinge nach.« Dabei zuckte er leicht mit den Schultern. Sollte er ihn mit all seinen Sorgen belasten? Jeder hatte doch mit sich selbst genug zu tun.

Scherzhaft kniff ihn Francois und meinte gelassen: »Kann ja nichts Besonderes sein oder hast du etwa deine Frau betrogen?«

Francois lachte. Seine Schwägerin war ganz sicher keine Traumfrau für ihn, aber sein Bruder wusste wahrscheinlich, warum er die Ehe mit ihr einging.

Allerdings war Melchiorre das Lachen vergangen.

»Du hast Recht.« Er warf einen versteinerten Blick auf das Meer. Es war viel, manchmal zu viel, was er mit sich herumtrug. In diesem Moment hatte er einfach nur das Bedürfnis reinen Tisch zu machen und lüftete sein gut gehütetes Geheimnis. In seinen Augen war es sowieso nur eine Frage der Zeit bis er seinen Bruder einweihen würde.

Francois bemerkte, dass es seinem Bruder nicht besonders gut ging und sah ihn überrascht an: »Du machst Witze.«

Trotz des Vertrauens in Francois sprach Melchiorre nicht gerne über das, was ihn so im Leben alles beschäftigte. Da war er eher wortkarg.

»Nein, das ist kein Witz, sondern die Wahrheit.« Melchiorres Miene wurde ernster.

»Ach, das kann doch gar nicht sein. Ihr wirkt doch immer so glücklich miteinander.« Francois konnte es nicht glauben, was sein Bruder ihm gerade erzählte.

Melchiorre fühlte sich hundeelend und hoffte, dass sein Bruder wenigstens Verständnis für seine Gefühle hatte. Nicht länger wollte er verschweigen, was ihn schon seit einiger Zeit bewegte.

»Glücklich, ja, glücklich sieht das nur aus, wenn andere Leute dabei sind. Michelle ist eine kalte und berechnende Frau. Sie ist machtsüchtig, habgierig und alles andere als eine gute Ehefrau.«

Nun war es endlich raus! Tief schnappte er nach Luft.

»Sie liebt nicht mich, sondern nur Geld, Glanz und die Menschen, die ihr nach dem Mund reden. Aber, ich glaube, selbst diese Leute weiß sie nicht zu schätzen. Auf gar keinen Fall ist sie gutmütig. Das ist nur ein schöner Schein für die Öffentlichkeit.« Er nickte immer wieder mit seinem Kopf, als ob er seine Sorgen dabei regelrecht abschütteln wollte.

Francois fasste es nicht: Sein ach so treuer Bruder hatte offenbar eine Geliebte.

»Komm, lass uns darüber reden. Ihr wirkt immer so wie ein gutes, altes Ehepaar, das sich liebt.« Das geheime Doppelleben seines Bruders hatte er noch nicht so ganz realisiert.

Melchiorre lachte leicht auf: »Liebe, sie weiß doch gar nicht, was Liebe bedeutet.« Erleichtert schrie er diesen Satz hinaus aufs Meer.

Francois fragte voller Neugierde: »Und jetzt? Hast du dich in eine andere verliebt?«

Melchiorre nickte. »Ja, sie ist ein bezauberndes Wesen, so wie nicht von dieser Welt. Jung, liebevoll und sie hat das Herz auf dem rechten Fleck. So, wie man sich die Liebe vorstellt, so ist sie.«

Von seiner Angebeteten schwärmte der verliebte Achtunddreißigjährige in den höchsten Tönen.

»Kenne ich sie?«, wollte Francois wissen.

»Nein«, antwortete Melchiorre kurz.

Neugierig löcherte Francois jetzt seinen Bruder, schließlich musste er jetzt unbedingt erfahren, welche Frau das Herz von Melchiorre erobert hatte. »Erzähl mir von ihr.«

Jedoch wehrte Melchiorre ab. »Vielleicht später einmal. Sei mir bitte nicht böse, aber ich möchte gerne alleine sein.«

Obwohl er gerne mehr erfahren hätte, stand Francois verständnisvoll auf, umarmte seinen Bruder mit den Worten: »Klar, kann ich verstehen. Aber wenn du reden willst, ich bin immer für dich da, Bruderherz.«

»Danke, Francois, du bist ein wahrer Freund.«

Melchiorre erwiderte die Umarmung seines Bruders gerne. Es tat ihm gut, einen so liebevollen Menschen um sich zu haben.

Während Francois sich wieder auf den Weg machte, blieb Melchiorre noch eine ganze Weile am Strand sitzen. Er brauchte nun etwas Zeit für sich!

...

In der Zwischenzeit war Valentina wieder in ihrem Elternhaus angekommen.

Ihre liebe Mutter saß, wie so oft, an der Nähmaschine.

»Hallo, mein Schatz, da bist du ja. Wo warst du so lange?«

»Ach, ich war nur ein wenig spazieren. Einfach so.« Valentina drückte ihrer Mutter flüchtig einen Kuss auf die Wange. Das schlechte Gewissen meldete sich sofort bei dem jüngsten Spross der Familie, denn so hatten die Eltern ihre Kinder nicht erzogen. Aber was tat das junge Mädchen nicht alles für die Liebe zu Melchiorre?

»Was nähst du Schönes?«, fragte sie, um die Mutter ein wenig abzulenken.

»Das soll ein Kleid für dich werden.« Eugenie war stolz auf ihre Kleine, so wie auf alle ihre Kinder. Der Familienzusammenhalt war ihr sehr wichtig. Ihre Eltern vermittelten ihr diese Werte und so gab sie diese gerne an ihre Nachkommen weiter.

»Wow, das sieht aber toll aus.« Valentina war ganz begeistert von dem wunderschönen Rosenmuster. Das würde auch ganz sicher ihrem Liebsten gefallen. »Rote Rosen, toll. Wann ist das Kleid fertig, Mama?«

So schnell wie möglich wollte sie sich in diesem Outfit ihrem Melchiorre vorstellen. Rote Rosen symbolisierten die große Liebe und die erlebte sie gerade.

»Ich denke, es ist morgen fertig. Dann kannst du es am Samstag zum Festball tragen. Du wirst wunderschön darin aussehen.« Eugenie lächelte und sah ihr hübsches Mädchen schon mit dem weit schwingenden Rock tanzend über das Parkett schweben.

»Ja, richtig, der Ball. Das hatte ich ganz vergessen.« Nochmal beäugte Valentina das Kleid. Es betonte ihre schlanke Taille, war nach unten weiter ausgestellt. Einfach bezaubernd schön!

»Darin werden dich alle beneiden. Die Herren der Schöpfung werden dir zu Füßen liegen.«

Die ahnungslose Mutter wusste nicht, dass ihre Jüngste ihr kleines Herz bereits verschenkt hatte!

Valentina drehte sich mit dem Kleid mehrfach um die eigene Achse: »Nein, nein, einer reicht mir.«

Übermütig tanzte sie durchs Wohnzimmer, verzückt schwenkte sie den Rock. Dabei musste Valentina aufpassen, dass sie nicht die ganze Blumendekoration vom Esstisch fegte. Glücklich war die Jungverliebte, einfach nur glücklich.

»Einer?« Eugenie wurde hellhörig. Hatte ihre Kleine einen ganz bestimmten Mann im Visier? »Gibt es da etwas, was du mir sagen möchtest?«

Valentinas hastige Antwort lautete: »Nein.«

In Gedanken stellte Valentina sich vor, dass Melchiorre mit ihr über die Tanzfläche schwebte. So, wie das eben bei verliebten Paaren sein sollte.

Valentina wusste jedoch noch nicht, dass Melchiorre ein verheirateter Mann war. Danach hatte sie nie gefragt und Melchiorre brachte es nicht übers Herz, ihr das zu gestehen. Zwar war Melchiorre längst unglücklich in seiner Ehe, aber für seine kleine Freundin wäre dies ein Hindernis gewesen, sich in einen Mann zu verlieben, der anderweitig vergeben war. Gehörte sein Herz nicht ihr allein, dann würde sie freiwillig auf diese Liebe verzichten.

Doch es kam alles anders. Gegen ihre Gefühle füreinander konnten sie sich nicht wehren!

Valentinas Schwester Monique kam die Treppe herunter und schaute etwas neidvoll auf ihre kleine Schwester, die so voller Freude war. Eine Augenweide für jeden Mann war dieses zarte Wesen. Der fransig geschnittene Pony hüpfte in Valentinas Gesicht hin und her. Ein bisschen frech, ein bisschen modern, sanft, liebevoll, so wirkte die Kleine auf den Rest der Welt.

Monique selbst war traurig und von dem Mann gedemütigt worden, den sie liebte. Trotz aller Schwierigkeiten in der Ehe verehrte sie insgeheim ihren Gatten, obwohl er egoistisch, exzentrisch und machtbesessen durchs Leben ging. Mit den Jahren wurde seine Ehefrau reine Nebensache.

»Du siehst gut aus.« Monique lächelte gequält. Aber ihr Schwesterlein konnte nichts dafür, was ihr geschah.

Valentina lief auf ihre große Schwester zu, umarmte sie. Sie wusste, was Monique durchmachte. »Wie geht es dir?«

»Gut.« Monique wehrte mit den Händen die Umarmung ab. Etwas erstaunt ging nun auch Valentina ein wenig auf Abstand. Sie spürte, dass ihre Schwester für Zärtlichkeiten nicht bereit war.

Mutter Eugenie erkannte die Situation und wollte schlichten. »Kommt, ihr beiden, setzt euch zu mir. Wie wäre es mit einer guten Tasse Kaffee?«

Monique nahm weiter ihre Abwehrhaltung ein und lehnte ab.

Die kleine Schwester traute sich in diesem Moment nicht zu widersprechen und sagte einfach nur: »Nein, danke.«

»Gut.« Mutter Eugenie wollte sich nicht aufdrängen. In ihrem Innersten machte sie sich große Sorgen um ihre Kinder. Wehmütig blickte sie ihre beiden Töchter an, die sie nur glücklich sehen wollte.

Da betrat Antoine den Raum. Klitschnass stand er vor seinen Frauen. Das weiße Hemd, die beigefarbene Hose, alles war völlig durchnässt.

»Was ist denn mit dir passiert?« Seine geliebte Frau Eugenie ging auf ihn zu und reichte ihm ein trockenes Handtuch, das sie im Vorbeigehen aus dem Sideboard in der Ecke genommen hatte.

»Es regnet wie aus Eimern. Habt ihr das gar nicht bemerkt?« Antoine wunderte sich. Was war denn mit seinen Damen los, sie schauten doch sonst immer neugierig aus dem Fenster?

Monique erwiderte eher zurückhaltend: »Ja, schlimm sieht es aus.« Dabei meinte sie wohl eher ihre ganze Lebenssituation statt des prasselnden Regens.

»Zieh dich bitte um, du kannst dich erkälten, Antoine.« Eugenie nahm eine warme Wolldecke vom Sofa weg und legte sie liebevoll ihrem Mann um die Schultern.

»Was ihr immer besorgt umeinander seid.« Monique war diese Fürsorge seit der Hochzeit mit ihrem Ehemann nicht mehr gewohnt. Heimlich unterdrückte sie eine Träne. Früher kannte sie durch ihre Familie Liebe und Zuneigung, in der Ehe gingen ihr diese Attribute des Lebens verloren.

»Aber dein Mann sorgt doch auch gut für euch, oder nicht?«, kam es aus einer Ecke des Zimmers, wo Antoine sich sein nasses Baumwollhemd auszog.

Um ihren geliebten Vater nicht zu beunruhigen, antwortete Monique: »Ja, schon.« Aber sie hatte keine Lust über ihre unglückliche Ehe zu reden.

»Danyel ist doch ein guter Ehemann und Vater.« Valentina ärgerte sich zwar selbst über diese Worte, aber sie wollte alles ein wenig entschärfen. Die Eltern wussten noch nichts über die Machenschaften ihres Schwiegersohnes.

Doch der hasserfüllte Blick ihrer Schwester, die sie über alles liebte, ließ den jüngsten Leconte-Spross erschrecken. Sie wollte doch nur das Beste für Monique.

Der Mutter entging dieser Blick nicht, sie wollte einfach nur Frieden in der Familie haben. So nahm sie Monique beiseite: »Wir müssen unbedingt reden.«

Vehement sträubte sich ihre älteste Tochter dagegen. Die wahren Gefühle konnte oder wollte sie nicht zeigen. Sie wollte auch nicht zugeben, dass alles anders war, als man denken konnte.

»Habt ihr etwas Kaffee da?« In seinem dunkelblauen Trainingsanzug, den Eugenie ihm vor einiger Zeit geschenkt hatte, fühlte sich der treue Familienvater bedeutend besser. Über ein wärmendes Getränk freute er sich jetzt umso mehr. Dass gerade ein wenig Spannung in der Luft lag, entging ihm.

Freiwillig meldete sich Valentina zum Küchendienst. »Ich mache schnell welchen.« Blitzschnell verschwand sie in der Küche, um sich der prickelnden Situation zu entziehen.

»Schön, dann gehe ich nochmal nach oben. Ich habe doch glatt meine Socken vergessen. Ach, man wird halt älter.« Antoine verschwand kurz im Schlafzimmer, das sich im ersten Stock des Hauses befand.

»So, nun sind wir alleine.« Eugenie legte ihre Hand auf Moniques linken Unterarm. Sie wollte endlich wissen, was ihre Tochter so bedrückte.

Monique wollte aufstehen, doch mit sanftem Druck hinderte ihre Mutter sie daran. »Bleib sitzen, Kind. Was ist bei euch passiert? Sag es mir bitte.« Eugenie wollte ihrer Tochter nur helfen und sah sie liebevoll an.

Zuerst rückte Monique nicht so recht mit der Sprache heraus. Nach dem zweiten Bitten der Mutter gab sie jedoch nach. »Danyel hat Pierre in ein Internat gesteckt. Wo das ist? Ich habe nicht die geringste Ahnung.« Die Tränen liefen ihr nur so über das Gesicht. Endlich ließ sie ihren Gefühlen freien Lauf.

»Ach, Kind, das darf doch nicht wahr sein!« Entsetzt schlug Eugenie die Hände über dem Kopf zusammen.

»Ja und er hat mich geschlagen, weil ich ihn verlassen wollte«, fügte Monique hinzu. Weiter flossen unaufhörlich ihre Tränen.

Die Mutter holte schnell eine Packung Tempotücher aus der Schublade, die Monique hastig öffnete. Eugenie umarmte ihre Tochter. Ganz behutsam tastete sie sich voran. »Hat er dich betrogen?« Sie konnte das alles nicht verstehen, für sie war Danyel der perfekte Schwiegersohn. Gut situiert, gebildet, ein gutaussehender und eleganter Mann.

»Nein, das glaube ich nicht. Aber er ist immer nur nett, wenn andere Leute dabei sind. Waren wir alleine, dann hat er mich behandelt wie ein Dienstmädchen.« Sie schluchzte immer weiter.

»Hatte ich einmal eine andere Ansicht als er, schlug er mich. Sogar vor Pierre. Weinte unser Junge dann, wollte er auch auf ihn losgehen. Ich habe mich dann dazwischengeworfen und bekam noch mehr Schläge.« Ihr aufgestauter Redebedarf wollte nun gar nicht enden. Sie opferte viel für diese Ehe, verzichtete sogar auf eine Karriere als Floristin.

»Meine Güte, wie konnte ich mich nur in ihm täuschen?« Eugenie verstand die Welt nicht mehr. »Ich kann jetzt verstehen, dass du Danyel verlassen willst, aber was geschieht mit Pierre?«

»Ach, Mama, ich weiß es nicht.« Dankbar nahm Monique die tröstende Hand der Mutter.

»Wir werden ihn finden«, sagte Eugenie mit entschlossener Stimme. »Hast du einen Anhaltspunkt, wo er ihn hingebracht haben könnte?« Niemals würde die liebende Großmutter zulassen, dass man ihrem Enkelsohn und ihrer Tochter schadet.

»Es kann sein, dass er ihn in die Nähe von La Rochelle gebracht hat.« Unsicher zuckte Monique mit ihren Schultern. Sie hatte keinerlei wirkliche Anhaltspunkte, nur eine leise Ahnung.

»Bist du dir da sicher?« Eugenie war sehr aufgeregt und streichelte unentwegt den Arm ihrer geliebten Tochter.

»Nein! Aber ich meine, er hätte in einem Telefonat so etwas erwähnt.« Kurz nippte Monique an ihrem Glas Mineralwasser, das schon längere Zeit auf dem Tisch stand.

»Das werden wir herausfinden, du bleibst jetzt erst einmal hier und ruhst dich aus.« Eugenie war fest entschlossen, ihrer Großen zu helfen.

»Ja, gut.« Monique dankte ihrer Mutter für so viel Liebe mit einem liebevollen Küsschen auf die Hand. So wohl hatte sie sich lange nicht mehr gefühlt. Aber als liebende Mutter vermisste Monique ihren kleinen Sohn unendlich. Wie es dem kleinen Racker wohl gerade erging?

Der nichtsahnende Antoine und die verschwiegene Valentina kamen gleichzeitig zurück an den Tisch. Der frisch aufgebrühte Kaffee schmeckte allen vorzüglich. Monique blieb weiter in sich gekehrt und dachte an ihren verschwundenen Sohn.

»Du bist so schweigsam, mein Kind.« Dem fürsorglichen Vater fiel nach kurzer Zeit auf, dass nur Eugenie, Valentina und er redeten.

»Es ist nichts, Vater. Alles gut.«

Die Damen des Hauses schauten sich nur schweigend an und bevor Antoine noch etwas fragen konnte, hörte man vor dem Haus ein Auto vorfahren.

Neugierig sprang Valentina auf und blickte aus dem Fenster, wer da wohl angekommen war. »Maurice! Es ist Maurice!« Sie freute sich riesig und rannte zur Tür.

Maurice war der Älteste, ein stattlicher Mann mit brünettem, lockigem Haar. Seiner Mutter war er wie aus dem Gesicht geschnitten.

»Maurice!« Die Arme weit ausgestreckt lief Valentina ihrem großen Bruder entgegen. Sie liebte ihren Maurice heiß und innig.

Der hochgewachsene junge Mann strahlte das kleine Schwesterlein mit seinen grünen Augen, die wie Smaragde funkelten, an.

Maurice war nicht alleine ins elterliche Haus gekommen. Begleitet wurde er von Albert Durand, einem Studienkollegen. Albert war groß, schlank, trug eine schwarze Brille, passend zu seiner Haarfarbe.

Vom ersten Augenblick an hatte er nur Augen für Valentina. »So ein süßes Geschöpf«, war sein erster Gedanke. Sofort schlug sein Herz höher. Eindeutig war das Liebe auf den ersten Blick.

Doch Valentina sah und spürte nichts davon, sie umklammerte nur ganz fest ihren geliebten Bruder.

Maurice lachte. »Na, meine Kleine, gut schaust du aus.«

»Hey, du aber auch.« Valentina stupste ihren großen Bruder an. »Und wer ist das?«

»Das ist Albert, mein Studienkollege und Freund aus Bordeaux.« Freundschaftlich klopfte er ihm auf die Schultern.

Sehr charmant und galant begrüßte Albert seine Herzensdame mit Handkuss. Es kribbelte in seinem ganzen Körper und die Schmetterlinge in seinem Bauch tanzten Samba.

Valentina lachte verschmitzt. »Oh, ein Gentleman. Das gibt es heutzutage doch gar nicht mehr.«

Albert Durand verschlug es die Sprache! So eine lebensfrohe Person hatte er noch nie kennenlernen dürfen. Sie wirkte wie ein kleines Zauberwesen. Ihre Ausstrahlung haute Albert sichtlich um.

Maurice kannte seinen Freund lange genug, um zu wissen, was er gerade so dachte. Für ihn war es nicht zu übersehen, dass sein guter Kumpel sich total verliebt hatte. Aber der große Bruder kannte auch seine kleine Schwester sehr gut und wusste, so schnell würde keiner ihr Herz erobern.

»Komm, mein Guter, wir gehen ins Haus.« Maurice führte Albert ein wenig im gemütlichen Haus der Lecontes herum. Romantisch verzierte Möbel, hübsche Vorhänge, ein Wohnzimmer mit Kamin, flauschige Teppiche. Da konnte man sich wohlfühlen.

»Sind Mama und Papa da?« Liebevoll nahm er die linke Hand seiner Schwester. Die Geschwister hielten schon immer wie Pech und Schwefel zusammen.

»Ja und Monique auch.« Valentina riss sich los und lief freudestrahlend vor.

Kurz erklärte Maurice seinem Begleiter: »Monique ist meine andere Schwester.«

»Ah ja, schön.«

Beim Hereinkommen in die gute Stube gab es ein großes »Hallo«. Freundlich und herzlich wurde Albert sofort in den Kreis der Familie aufgenommen. So war die Familie Leconte eben, gastfreundlich und hilfsbereit. Antoine, Eugenie und ihre vier Kinder Maurice, Olivier, Monique und Valentina.

»Wo ist Olivier?«, fragte Mutter Eugenie. Sie vermisste ihren Zweitgeborenen und hatte immer gerne die ganze Familie um sich.

»Ach, Olivier kommt morgen. Er musste noch etwas Dringendes erledigen«, antwortete Maurice und umarmte liebevoll seine Mutter. Sanft küsste er sie auf ihre Wangen.

Nun saßen alle vereint und vergnügt an der Kaffeetafel. Monique und Valentina holten aus der Küche einen frisch gebackenen Apfelkuchen. Oh, dieser Duft, da lief allen das Wasser im Mund zusammen.

In der geselligen und fröhlichen Runde lebte sogar Monique ein wenig auf. Ihre Gedanken kreisten jedoch ständig um ihre missliche Lage und den kleinen geliebten Sohn Pierre herum.

...

Tatsächlich wurde Pierre von seinem strengen Vater in ein Internat gebracht. Oft hatte der Junge gesehen und gehört, was in seiner Familie an Lieblosigkeiten geschah. Seine Maman gab ihm zärtliche Liebe, sein Vater wollte immer nur herrschen.

Dieses angeblich gute Internat, in das sein Erzeuger ihn nun heimlich gebracht hatte, bereitete Pierre nur noch mehr Schmerz, denn er vermisste seine Mutter sehr. Als Zehnjähriger brauchte man eben noch viel Mutterliebe. Und er hatte große Angst um seine geliebte Maman, denn er wusste, wozu der Vater fähig sein konnte.

Auch die Art und Weise, wie er abgeschoben wurde, ließ ihm keine Ruhe. Ohne Vorwarnung hatte der Vater ihn aus dem Unterricht in seiner nun ehemaligen Schule durch Handlanger abholen lassen. Wie einen Gefangenen verschleppten diese Leute ihn in eine Villa in La Rochelle. Unwohlsein überkam ihn.

Pierres Vater, Danyel Delaware, zahlte der Internatsleiterin viel Geld. Sie sollte Stillschweigen darüber bewahren, wo Pierre sich aufhielt. Natürlich sollte es seinem Sohn einerseits gut gehen, jedoch verfrachtete man ihn „standesgemäß" in ein Einzelzimmer. Ein braunes Holzbett, ein dazu passender Tisch und Stuhl, ein zweitüriger Kleiderschrank. Nun, Zuhause hatte er ein weitaus schöneres Zimmer.

In den besten Kreisen sollte er aufwachsen und auf seine Aufgabe als Sohn eines der reichsten Männer, die es im Städtchen Montalivet-les-Bains gab, vorbereitet werden.

Danyel war durch und durch ein Macher. Erfolgreich führte er sein Unternehmen und der einzige Sohn sollte einmal sein Nachfolger werden. Durch Monique wurde sein Nachkomme nur verweichlicht. Mit der sanften Einstellung zum Leben würde Pierre es nicht weit bringen.

Pierre hingegen wollte keinesfalls so werden wie sein Vater, das wusste er jetzt schon ganz genau. Seine Gedanken waren bei seiner geliebten Mutter, die ihm stets zeigte, welche guten Eigenschaften ein Mensch mitbringen konnte. Fürsorge, Liebe, Freude, Zuneigung, füreinander da sein. Seelenverwandt waren sie ganz sicher, denn in diesem Moment spürte die Mutter den Sohn und der Sohn die Mutter.

Eine etwas schrille Stimme drang an sein Ohr. »Wenn du etwas möchtest, dann bitte dreimal klingeln.« Die Internatsleiterin gab sich alle Mühe, denn sie wollte es dem geldgebenden Vater Recht machen. Schließlich war Danyel Delaware mächtig und einflussreich, da wollte es sich niemand mit ihm verscherzen.

Pierre nickte nur kurz. Der Junge hatte nicht die geringste Lust auch nur ein Wort zu sagen.

Als die Dame das Zimmer verlassen hatte, ging Pierre auf und ab. Er überlegte hin und her. Was konnte er nur tun? Nicht einen Tag wollte er in diesem Haus verbringen.

»Ach, Maman, ich komme hier schon raus«, flüsterte Pierre.

Der kleine Mann war sich ganz sicher, dass er eine Lösung für sein Problem finden wird.

Zwar war Pierre sehr traurig, aber er hatte auch die Kraft und den Willen, sich vom Vater, den er einst liebte, nicht unterkriegen zu lassen.

Ständig spielte der starke Junge mit dem Gedanken aus diesem Internat zu fliehen. »Was mache ich nur?«, fragte er sich unentwegt, raufte sich mit seinen Händen durch die brünette Lockenpracht. Nervös zupfte er an seinem weißen Poloshirt, das ihm die Internatsleiterin angezogen hatte.

Da kam ihm die zündende Idee! Vielleicht konnte er eine Krankheit vortäuschen? Pierre tupfte sich rote Farbe, die er noch vom Malunterricht in seinem Ranzen hatte, ins Gesicht. »Hm, das sieht wirklich verblüffend echt nach Masern aus«, dachte der Kleine spitzbübisch. Dann rief er verzweifelt nach Hilfe.

Eine Betreuerin eilte herbei und er verlangte nach ärztlicher Hilfe. Fassungslos stand diese Dame vor ihm, denn zuvor war mit ihrem neuen Schützling doch alles in Ordnung.

»Mir ist so schlecht«, faselte Pierre so vor sich hin. Gekonnt mimte er den Kranken. Mit Mimik und Gestik manipulierte er sie, spielte ihr vor, fiebrig zu sein. Es gelang ihm alles gut, denn diese junge Frau wollte keinen Fehler bei dem Sohn des reichen Mannes machen. So rannte sie schnell aus dem Zimmer und ließ die sonst gut verschlossene Tür auf.

Danyel Delaware hatte angeordnet, seinen Jungen erst einmal einzuschließen. Schließlich wollte er kein Risiko eingehen. Doch sein Sohn war raffinierter als er dachte. Blitzschnell stieg Pierre aus dem Bett und rannte auf den Flur.

Es war ein gut gewählter Zeitpunkt, denn alle anderen hatten sich im Speisesaal zum Mittagessen eingefunden. Geschickt fand er den Weg nach draußen, denn beim Hineingehen hatte er sich Eckpunkte wie farbige Türen oder herumstehende Pflanzen gemerkt.

Der eigens vom Vater am Eingangstor postierte Wachmann wurde durch einen Steinwurf überlistet.

»Gut gemacht«, lobte sich Pierre selbst.

Glücklicherweise stand ein Fahrrad, wie für ihn geschaffen, an einem Baum. Er nahm sich dieses Rad und konnte unbemerkt ins nächste Dorf radeln.

Da er ganz normale Kleidung trug, niemand ihn kannte und er sich klugerweise die Farbe aus dem Gesicht gewischt hatte, konnte er sich alles unbemerkt ansehen. Die Geschäfte reizten ihn, vor allem die, wo es etwas zu essen gab. Etwas Entscheidendes fehlte ihm jedoch: Geld.

In seiner Familie hatte man zwar genug Geld auf dem Konto, aber ein Portemonnaie war Mangelware.

Schließlich hatte man Bedienstete, die das sonst erledigten. Nur war hier weit und breit keiner zu sehen, der ihm nun das nötige Kleingeld hätte geben können.

»Hast du Hunger?«, fragte ein Junge, der mit einer Jeanslatzhose bekleidet war und in seinem Alter sein musste.

Pierre nickte.

»Komm, meinem Vater gehört der Gemüseladen dort drüben. Bei ihm fällt immer etwas für mich ab.« Der freundliche Junge nahm Pierre an der Hand und zog ihn sanft auf die gegenüberliegende Straßenseite.

»Wie heißt du eigentlich?«, fragte ihn der Junge neugierig.

»Pierre und du?«

»Manuel.«

»Klingt schön«, antwortete Pierre und sie grinsten sich beide an.

Am Gemüseladen des Vaters angekommen, drückte Manuel Pierre sofort einen saftigen rot-gelben Apfel in die Hand.

»Na, hast du einen neuen Freund mitgebracht?« Manuels Vater, ein stämmiger, 1,80 m großer Mann, stand in der Tür und lächelte die beiden Jungen an.

»Ja, das ist Pierre.« Sein Sohn legte dem neuen Freund kameradschaftlich den rechten Arm um die Schultern.

»Hallo«, begrüßte er den Neuankömmling höflich.

»Was machst du eigentlich hier so alleine?« Manuel war neugierig, er sah selten einen Jungen, der offenbar nicht aus dieser Gegend stammte und biss in seinen eigenen Apfel.

Kurz überlegte Pierre, was er jetzt sagen sollte, doch er antwortete einfach nur mit: »Urlaub.«

»Prima, dann sehen wir uns jetzt sicher jeden Tag?« Manuel freute sich, denn er fand Pierre auf Anhieb sympathisch.

»Da muss ich dich enttäuschen. Ich wollte weiter zu meiner Tante fahren, aber meine Eltern haben kein Geld, um mir die Reise zu finanzieren.« Mitleiderregend schaute Pierre zu Boden.

»Dann nehme ich dich ein Stück mit.« Manuels Vater war ein treusorgender Familienvater und machte das gerne für den kleinen Jungen. Die letzten Kartons mit seinem frischen Gemüse mussten nur noch auf den Lieferwagen geladen werden.

»Wo musst du denn hin?«, fragte ihn Ferdinand Dupont etwas beunruhigt, denn so ein kleiner Lausbub sollte nicht allein mit fremden Leuten mitfahren. Nicht jeder hatte wohl so gute Absichten wie dieser brave Familienmensch.

»An die Küste«, antwortete Pierre schüchtern. Hoffentlich fiel er jetzt nicht auf!

»Die Küste ist lang«, lachte Manuels Vater und schlug seine Autotür zu.

»Entschuldigung, ich wollte nach Le Verdon-sur-Mer.« Pierre wurde etwas unsicher. Konnte er das von dem fremden Mann verlangen und vor allem, konnte er ihm überhaupt vertrauen? Was hatte seine geliebte Maman ihm beigebracht? Er sollte nicht mit fremden Leuten mitgehen. Aber welche Chance hatte er? Pierre wollte so schnell wie möglich weg von hier.

»Schöner Ort.« Manuels Vater kannte Le Verdon-sur-Mer von seinen diversen Auslieferungsfahrten. »Und da lebt deine Tante?«

Etwas nervös bejahte Pierre diese Frage ganz kurz.

»Leider fahre ich nur bis Rochefort, aber ich kann dich bis dahin gerne mitnehmen.«

Nach kurzer Überlegung willigte Pierre ein. Dankend nahm er das nette Angebot von Monsieur Dupont an. Manuels Vater machte einen sympathischen Eindruck und Pierre verließ sich auf seine Intuition.

Von Manuel verabschiedete er sich mit einer leicht angedeuteten Umarmung. »Du hast einen echt netten Papa.«

Auf dem Weg kamen sie plötzlich in eine Polizeikontrolle. Geistesgegenwärtig versteckte sich Pierre und Manuels Vater verriet ihn nicht. Er war ein kluger Mann und spürte die Angst des kleinen Jungen. Als Kind war er selbst einmal von Zuhause weggelaufen und er lachte eher über das Versteckspiel von Pierre. »Kannst wieder hochkommen, die Polizei ist weg.«

»Danke.« Pierre war sehr erleichtert und konnte in diesem Augenblick nichts weiter sagen.

»Hast du Zuhause etwas angestellt?«, fragte Manuels Vater neugierig und besorgt zugleich.

»Nein, aber mein Vater schlägt meine Mutter und manchmal auch mich und ich wollte zu meiner Tante fliehen.« Pierre sagte einfach die Wahrheit, verschwieg aber die Flucht aus dem Internat.

»Ja, es gibt schon böse Menschen.« Manuels Vater wurde nachdenklich. »Jetzt mache ich mir aber Gedanken mein Junge, wie ich dir helfen kann. Ungerne möchte ich dich alleine diesen weiten Weg nach Le Verdon-sur-Mer fahren lassen.« Ferdinand Dupont war ein guter Mensch und vor allem ein wunderbarer Vater.

So verstand er nicht, wie man seinem Kind das antun konnte. Diesen armen kleinen Jungen, der offenbar Schlimmes schon erlebt hatte, wollte er nicht ohne seine Unterstützung ziehen lassen. Zuerst erfüllte Ferdinand pflichtbewusst seinen Auftrag in Rochefort. Dann entschloss er sich, seine Familie anzurufen, um ihnen mitzuteilen, dass er Pierre nach Hause fuhr. Pierre war ihm sehr dankbar dafür.

Die beiden unterhielten sich angeregt auf der Fahrt. Nach einer Weile gingen sie vertraut miteinander um. So erzählte Monsieur Dupont ihm auch von seinen finanziellen Problemen, nichtsahnend, dass diese bald gelöst sein könnten. Schließlich hatte er eine äußerst wertvolle Fracht im Wagen sitzen!

Pierre und Ferdinand verstanden sich immer mehr. Sie redeten und redeten. Da brauchte es nur einen kurzen unaufmerksamen Augenblick und die heile Welt der beiden war jäh zerstört.

Gelassen steuerte Ferdinand seinen Lieferwagen auf dem Boulevard du Mille-Pattes. Dabei bemerkte er nicht, dass sich ihm in einer scharfen Rechtskurve ein LKW näherte. Im letzten Moment versuchte er noch das Lenkrad herumzureißen. Doch es war zu spät. Sein Lieferwagen überschlug sich mehrfach und er war auf der Stelle tot.

Pierre lag regungslos und stark blutend auf der Straße, denn er war bei der Kollision durch das offene Fenster geschleudert worden. In dem herannahenden Personenwagen befand sich zufälligerweise ein Arzt, der ihn am Unfallort notdürftig versorgen konnte. Bewusstlos lag Pierre in den Armen des Arztes.

Es blieb ihm nicht viel Zeit und so wartete der Arzt nicht auf einen Krankenwagen, sondern legte Pierre in sein Auto. Zuvor überzeugte er sich davon, dass für Ferdinand jede Hilfe zu spät kam.

...

Im entfernten Le Verdon-sur-Mer durchbohrte Monique ein heftiger Schmerz und sie ließ vor lauter Schreck ihre Kaffeetasse aus der Hand fallen.

»Pierre!« Die liebende Mutter schrie auf, denn sie spürte intuitiv, dass mit ihrem Kind etwas nicht stimmte.

»Pierre, mein Junge, es ist ihm etwas passiert!« Plötzlich hatte die Mutter den leidenden Sohn ganz klar vor Augen.

»Beruhige dich.« Eugenie griff nach der Hand der Tochter.

Monique zog die Hand gleich wieder weg und rannte hinaus. Ihr Herz raste, der Puls stieg.

Eugenie eilte hinterher. Sie versuchte, die aufgeregte Tochter zu beruhigen. Doch es gelang ihr nicht.

»Es geht ihm nicht gut, das spüre ich.« Monique stand völlig verzweifelt vor der Haustür und blickte ins Leere.

»Wo mag er nur sein?« Völlig aufgelöst lief die besorgte Mutter hinunter zum Meer, das nicht weit von ihrem Haus, in der Avenue de la Plage, entfernt war.

An ihrer Mutter vorbei rannte nun auch Valentina zur großen Schwester und setzte sich zu ihr in den Sand. Dabei stieß sie auf heftigen Widerstand.

»Lass mich doch in Ruhe.«

Monique weinte bitterlich, denn sie spürte die Qual des Sohnes. Sie konnte nicht zu ihm, sie konnte ihm nicht helfen. Für die junge Mutter brach eine Welt zusammen.

Hilflos sah Valentina ihre große Schwester an, die in ihrem Tränenmeer versank. Diese nagende Ungewissheit versetzte das liebende Mutterherz zusehends in Unruhe.

Mittlerweile war der Arzt zusammen mit Pierre im Krankenhaus angekommen.

»Sofort in den OP!«, rief er den herbeieilenden Schwestern zu.

Ein Bild des Grauens bot sich den drei behandelnden Ärzten, die Pierre apathisch und blutüberströmt in Empfang nahmen. Der Oberarzt gab präzise Anweisungen und nach drei geschlagenen Stunden war die Operation vorbei.

»Nun warten wir ab, ob er die Nacht übersteht«, sagte er zu seinen Assistenzärzten. Pierre wurde auf die Intensivstation gebracht.

»Wer ist der kleine Junge?«, fragte eine besorgte Krankenschwester, die selbst Mutter von drei Kindern war. Sofort dachte sie an die Eltern, die informiert werden mussten.

Achselzuckend antwortete ihr eine Kollegin: »Das wissen wir nicht. Es wurden ja keine Papiere bei ihm gefunden.«

»Armer Junge.« Mitleidig schaute die Krankenschwester auf den unbekannten Knirps und brachte ihn auf die Überwachungsstation.

Nach einer ganzen Weile träumte der kleine Pierre von seiner geliebten Maman. In diesem Traum kam sie auf ihn zu, umarmte und küsste ihn, streichelte sanft seinen Kopf. Sie lächelte ihn an: »Ich liebe dich, Pierre, Mama ist bei dir.«

Im nächsten Moment wachte Pierre nach elf Stunden auf. Langsam öffnete er seine Augen und blinzelte die Krankenschwestern an, die zu ihm gelaufen waren.

»Maman«, flüsterte Pierre.

Aber die Krankenschwester, die sich liebevoll über ihn beugte, erwiderte nur: »Nein, ich bin nicht Maman, aber sie kommt bestimmt bald.« Sie versuchte, dem

Jungen in diesem Moment so gut wie möglich beizustehen.

Pierres Puls schlug höher und höher. Dann kollabierte er plötzlich. Schnell wurden die Ärzte gerufen. In letzter Sekunde wurde er gerettet. Pierre überlebte!

Durch die Kraft der Liebe blieb er am Leben! Auch wenn er weit von ihr entfernt war, so spürte er die große Liebe seiner Mutter. Das gab ihm Kraft! Die räumliche Trennung war kein Hinderungsgrund.

»Lieber Gott, egal, was passiert ist, bitte beschütze und rette meinen kleinen Pierre. Bitte!« Monique hob den Kopf und die Hände zum Himmel und betete.

Da öffnete sich die Wolkendecke und ein heller Sonnenstrahl bahnte sich den Weg zu ihr. Diese Helligkeit sah Monique als Zeichen, dass alles gut gehen würde. Wie Recht sie damit hatte. Ihr Sohn hatte gekämpft, überlebte und sie liebten sich so sehr, dass auch eine weite Entfernung nichts an ihrer Liebe einbüßte. So war und blieb die Liebe ein wichtiger Bestandteil des Lebens.

Monique saß auf einer Bank, die der Vater vor einiger Zeit vor dem Haus aufgestellt hatte. Ein wunderschöner Ausblick auf das Meer, der für Ruhe und Gelassenheit sorgen sollte.

Schweigend gesellte Valentina sich zu ihrer Schwester. Den hellen Lichtstrahl hatte auch sie gesehen und strich Monique zärtlich durch das glatte Haar. »Alles wird gut.«

…

Wie jedes Jahr, so fand auch an diesem dritten Donnerstag im November ein Weinfest in Le Verdon-sur-Mer – wie in ganz Frankreich - statt. Die Weinreife war erreicht und der Wein durfte ab diesem Tag verkauft werden.

Für viele Ortsansässige war das jährliche Ereignis wie ein Lebenselixier. Man war vergnügt, lachte, tanzte, traf alte Bekannte wieder, der Beaujolais floss in Strömen. Auf diesen Tag hatte sich Valentina mit ihrer Familie schon sehr gefreut, aber jetzt wirkte die Stimmung eher gedrückt, denn man sah die Traurigkeit der liebenden Mutter Monique. Natürlich ging das Schicksal des kleinen Pierre der gesamten Familie nahe.

Nachdenklich wirkte Valentina an diesem schönen Tag, denn sie wollte nicht einfach fröhlich sein, wenn es ihrer großen Schwester nicht gut ging.

Monique schien das Glück nicht gerade gepachtet zu haben. Sie hatte kein großes Selbstbewusstsein mehr. Ihre Ehe war gescheitert. Dabei hätte sie die starke Schulter ihres Ehemannes zum Anlehnen gebraucht. Nun kam noch die Sorge um ihren kleinen Sohn Pierre hinzu.

Das leise Weinen ihrer Schwester hörte Valentina sehr oft. Gerne hätte sie Monique geholfen, aber die zarte Valentina wusste nicht wie. Sie respektierte, dass ihre große Schwester lieber alleine sein wollte.

»Mama, kann ich denn so einfach auf den Ball gehen?«, fragte sie leise ihre Mutter. Konnte sie fröhlich sein, wenn ihre Schwester traurig war?

Eugenie legte ihre Hand auf Valentinas linke Schulter und flüsterte: »Ja, geh ruhig. Ich bleibe hier.«

Während sich alle anderen für den Ball zurechtmachten, ging Monique in ihrem Zimmer unruhig auf und ab. Ihre Eltern hatten ihr Mädchenzimmer immer so gelassen, wie sie es vor einigen Jahren, als sie Danyel ehelichte, verlassen hatte. Nichts war verändert worden. Das Haus ihrer Eltern sollte immer ihr Zuhause sein.

Eugenie nahm ihre Tochter liebevoll in den Arm: »Komm, meine Große, alle sind jetzt weg. Wir beide gehen in die Küche, machen uns einen starken Kaffee und reden über alles.«

Dankbar nahm Monique die Mutterliebe nun an. Ansatzweise huschte sogar ein leichtes Lächeln über ihr Gesicht. Sie waren beide sicher, so ein Mutter-Tochter-Gespräch würde ihnen guttun.

…

Antoine, Maurice, Albert und Valentina kamen am Festzelt an. Auf dem Weg dorthin stießen sie auf Olivier, der aus Bordeaux angereist war. Alle umarmten ihn freudestrahlend. Es war viel zu selten geworden, dass die Familie sich traf.

Das schöne Kleid, das die Mutter Valentina genäht hatte, stand ihr wirklich gut. Albert beobachtete sie unentwegt. Er konnte den Blick nicht von Valentina nehmen.

Maurice entging das nicht und er sagte stolz zu seiner kleinen Schwester: »Du bist wunderschön.«

Sie lächelte verlegen.

»Darf ich Sie begleiten, Mademoiselle?« Maurice reichte ihr seinen linken Arm.

»Gerne.«

Der große Bruder war immer ein starker Halt und sie liebte ihn über alles.

Voller Stolz auf alle seine Kinder folgte Antoine der kleinen Runde. Freunde, Bekannte, alle wurden herzlich begrüßt. Trotz der Wiedersehensfreude blieb die Stimmung getrübt.

Gedanklich war jeder anderweitig beschäftigt. Der Vater bei der großen Tochter, Maurice und Olivier bei ihren Studienaufgaben und auch bei Monique.

Albert hatte nur Augen für Valentina, die an ihren Angebeteten Melchiorre dachte.

Etwas schüchtern forderte Albert seine Herzensdame zum Tanz auf.

Gerne folgte sie seinem Wunsch, denn es war ihr nicht entgangen, dass er durchaus charmant und zuvorkommend war. Eben ein echter Gentleman!

Plötzlich tauchte Michelle Chevrier auf. Lange Beine, blond, maskuline Züge im Gesicht und vor allem stechende Augen, deren Farbe man gar nicht so recht definieren konnte. Waren sie braun, waren sie blau oder vielleicht doch eher grün? Jedenfalls wirkten sie wie aus Stahl!

Funkelnder Schmuck aus Smaragden umschlang ihren schlanken Hals. Ihre sexy High Heels konnten nicht höher sein. Dass sie dabei einen überaus unnatürlichen Gang erzeugte, war ihr völlig egal. Hauptsache auffallen!

Im Hintergrund trottete ihr ein Mann hinterher, und das war kein Geringerer als der gute Melchiorre. Der blaue Maßanzug saß perfekt.

Zuerst bemerkte Valentina ihn gar nicht und lachte mit Albert, der unübersehbar für alle sehr von ihr angetan war.

Natürlich entging das ihrem Herzensmann Melchiorre nicht. Eifersüchtig betrachtete er mit Argusaugen den Tanz der beiden. Seine Valentina in den Armen eines anderen! Das verkraftete sein Ego nicht so einfach. Aber nun galt: Augen zu und durch! Keinesfalls würde er in dieser Runde die Liebe zu Valentina zugeben. Das konnte er sich mit der gesellschaftlichen Stellung als braver Ehemann der reichen Michelle nicht erlauben.

Leichtfüßig schwebten Valentina und Albert über das Parkett. Die beiden waren ein schönes Paar, sie wirkten so harmonisch miteinander.

»Was starrst du diese Leute so an?«, fragte Michelle herrisch. Sie hatte das „Sagen", ihr Angetrauter war da eher ein schönes Beiwerk.

»Tue ich das?«, kam es entgeistert von Melchiorre zurück. Seine Eifersucht war nicht zu übersehen. Er spürte einen sehr stechenden Schmerz in seiner Brust. Liebte er seine Valentina wirklich so sehr?

Auf der Tanzfläche herrschte reges Treiben. Alle feierten froh und heiter. Ein ausgelassenes Fest, bei dem die Menschen sich mal wieder so richtig amüsieren konnten.

Michelle forderte ihren Mann auf, auch mit ihr zu tanzen. Wie immer, weigerte er sich nicht. Oft fügte er sich in das, was seine Gattin tun wollte. Aus vollem Herzen hatte er sie ganz sicher nicht geheiratet, aber er liebäugelte stets mit dem gut gefüllten Geldbeutel, den sie als Tochter reicher Eltern mit sich brachte. So geschah wieder das, was sie wollte.

Innerlich grollte Michelle, denn seit langer Zeit wusste sie von dem Liebesverhältnis ihres Mannes mit Valentina. Das kleine Mädchen, das ihren Gatten liebte, sah sie als ihre Feindin an und nun stand sie vor ihr. Zwar liebte sie ihren Ehemann nicht, aber dass eine andere ihn begehrte, nein, das wollte sie nicht akzeptieren. Sie allein hatte das Besitzrecht an ihrem Mann!

Eine schwungvolle Rechtsdrehung und die Frau aus Stahl blickte in die sanften Augen der kleinen Störquelle Valentina.

Ein enormer Ruck durchquerte Valentinas Körper, denn Michelles Blick schien sie regelrecht zu durchbohren. Wer war diese unangenehme Person?

Albert war zunächst nur verdutzt. Doch er spürte den Schmerz, den Valentina ereilte.

Melchiorre erging es nicht anders, aber er wusste nicht so recht mit der ganzen Situation umzugehen. Wieder einmal stand er einer eher brenzligen Situation hilflos gegenüber. Das passierte ihm oft. Nach außen hin mimte er den starken Mann, in Wirklichkeit allerdings war er eher ein schwacher Typ!

Einen kühlen Kopf behielt lediglich Michelle. Sie hatte diese Situation kommen sehen, sie sogar provoziert. Meistens plante sie alles. So war ihr schon vor der Teilnahme an diesem Fest bewusst, dass das Liebespaar hier aufeinandertreffen musste.

Valentina, die nichts von einer Ehefrau ahnte, musste nun mit ansehen, wie Michelle sich an Melchiorre schmiegte und ihn vor allen küsste. Wer war nur diese Frau in den Armen ihres Liebsten? Das war zu viel für das junge Mädchen. Weinend rannte sie weg.

Albert lief ihr hinterher und wollte sie trösten.

Trotz Unschuldsmiene triumphierte Michelle innerlich und Melchiorre tanzte brav diesen Tanz mit ihr zu Ende. Zwar suchte er ständig mit seinen Augen die geliebte Valentina, doch seine Ehefrau wusste geschickt, ihn abzulenken. Nach dem Tanz verwickelte sie ihn und andere Leute der sogenannten „oberen Schicht" in ein Gespräch, so dass er ihr nicht entfliehen konnte. Wie ein dummer Schuljunge blieb er an Michelles Seite. Wie immer!

In einer Ecke weinte Valentina sich die Augen aus. Sie hatte sich den erstbesten, abgelegenen Unterschlupf gesucht, obwohl es hier alles andere als nett aussah. Ein heruntergekommener Schuppen, den man bei der Feuerwehr als Abstellkammer für alte Geräte nutzte.

»Was ist passiert?« Der besorgte Albert nahm zärtlich ihre Hand.

»Dieser Schuft.« Valentina konnte nicht fassen, dass ihr Melchiorre nicht ehrlich zu ihr war. War sie denn nur eine Affäre für ihn? Was sollte sie denn von allem halten? Das junge Mädchen war verwirrt.

»Meinst du diesen Mann mit der üppigen Blondine?« Albert hatte sehr wohl bemerkt, um wen es hier ging. Obwohl Michelle alles wunderbar inszenierte, war kaum zu übersehen, was hier gespielt wurde.

Die bis über beide Ohren verliebte Valentina war verletzt, sehr verletzt, dachte sie doch bis eben noch, dass ihre heile Welt vollkommen in Ordnung war.

»Kennst du ihn näher?« Etwas unbeholfen fragte Albert nach. Natürlich konnte er sich das alles selbst zusammenreimen, aber irgendwie wollte er das nicht alles verstehen. Wieso war ausgerechnet dieser offenbar liierte Mann Valentinas Favorit?

Erzählen wollte Valentina die ganze Geschichte schon gerne, denn sie hatte vom ersten Moment an Vertrauen zu Albert. In seiner Gegenwart fühlte sie sich wohl. In ihrem Kopf kreisten aber nur noch die Gedanken um ihre Liebe zu Melchiorre. Darum hatte er sie also von Anfang an gebeten, ihre Beziehung geheim zu halten.

Obwohl Albert ein sehr guter Zuhörer war, antwortete ihm Valentina zögernd: »Ich möchte nicht darüber reden.«

Verständnisvoll schaute er seine Angebetete an. »Komm, lass uns wieder zu den anderen gehen.«

Valentina blieb versteinert sitzen. »Lass mich noch eine Weile einfach hier«, bat sie. Ihre Rehaugen flehten ihn an, sie in Ruhe zu lassen.

Doch die Sorge um seine geliebte Freundin war größer als ihre Bitte. »Dann bleibe ich bei dir, ich lasse dich jetzt nicht allein.« Er rückte näher zu ihr hin und sie blieben stillschweigend nebeneinander sitzen. Wie gerne hätte er jetzt den Arm um sie gelegt und getröstet, doch er traute sich nicht. Ihm war gerade klar geworden, dass ihr Herz einem anderen gehörte. Was konnte er da schon tun?

Draußen herrschte weiterhin ein buntes Treiben. Michelle stellte sich gerne in den Mittelpunkt, ob Melchiorre das gefiel oder nicht. Das war ihr so ziemlich egal!

Antoine hielt Ausschau nach seiner Tochter, denn die ganze Situation war auch ihm nicht entgangen. Er kannte seine Kleine gut, sie war sehr feinfühlig und leicht verletzbar. Er musste sein Küken finden!

Ein alter Bekannter verwickelte ihn jedoch in ein Gespräch und hielt ihn auf. »Du, ich habe deinen Schwiegersohn an mir vorbeirauschen sehen. Der hatte es vielleicht eilig«, berichtete der ältere Herr.

Das machte Antoine sofort hellhörig und er sah das nächste Problem auf sich zukommen, denn mittlerweile hatte Eugenie ihm berichtet, was im Hause Delaware so vor sich ging. »Danyel? Wo hast du ihn gesehen?«, fragte er entsetzt.

»Er fuhr mit einer rasanten Geschwindigkeit in Richtung Küste. Ich denke, er wollte zu euch«, antwortete der Mann.

Blitzschnell schoss Antoine seine Große durch den Kopf. Hastig informierte er seine Söhne Maurice und

Olivier, die gerade mit ihren ehemaligen Schulkameraden über alte Zeiten plauderten.

Die Brüder machten sich sogleich auf den Weg. Sie ahnten, was das bedeuten könnte! Auch sie wussten mittlerweile über alles Bescheid.

»Du bleibst hier bei Valentina. Wir kümmern uns darum.«

Der verzweifelte Vater blieb in der Nähe seiner Jüngsten, die er nach wie vor suchte. Gerne wollte er seinen beiden Töchtern gleichzeitig zur Seite stehen. Er liebte eben jedes seiner Kinder.

…

Zuhause saßen Mutter und Tochter friedlich beisammen und erzählten von früheren Zeiten. Auch die Lage, in der sich Monique befand, wurde ausführlich unter vier Augen und in Ruhe besprochen.

Durch ein lautes Geräusch vor ihrer Haustür wurde das Gespräch unterbrochen.

»Meine Güte, was ist denn da los?« Eugenie stand auf und konnte es kaum fassen. Da stand Danyel vor ihrem Haus und schlug mit seinen Fäusten gegen die Eingangstür.

»Aufmachen, sofort aufmachen!«

Monique, die diese schrille Stimme nur allzu gut kannte, geriet in Panik und zitterte am ganzen Körper.

»Mutter, was sollen wir tun?«

Eugenie war ebenfalls starr vor Angst. Der mittlerweile verhasste Schwiegersohn war mit Sicherheit stärker als sie.

»Wir lassen die Tür zu und rufen die Polizei.«

Die Mutter wollte gerade zum Telefon greifen, da fiel ein Schuss und die Haustür wurde geöffnet. Gewaltsam verschaffte sich Danyel Delaware Zutritt ins Haus.

»Nein, nein!«, schrie Eugenie. Ihre Stimme bebte und der Schrecken saß in ihren Gliedmaßen.

Mit vorgehaltener Pistole erstürmte der Schwiegersohn ihr Haus.

Eugenie stellte sich schützend vor ihre Tochter.

Danyel warf Eugenie zu Boden und nun stand er wütend vor seiner wehrlosen Ehefrau.

»Wo ist Pierre?« Wie von Sinnen richtete er die Waffe auf die vollkommen verängstigte Monique.

»Du hast ihn doch weggebracht. Was ist mit meinem Kind?« Für kurze Zeit stellte sie die Fragen. Danyel schien offenbar nicht zu wissen, wo sein Sohn sich aufhielt. Was war nur geschehen? Die Unruhe der liebenden Mutter wuchs mehr und mehr.

Aber der furchtbare Ehegatte sah nur sich und sein angekratztes Ego. »Rück sofort unseren Sohn raus!«, herrschte er sie an. Mit seiner Waffe fuchtelte Danyel Delaware weiter vor ihrer Nase hin und her.

»Ich weiß nicht, wo er ist.« Monique war völlig verzweifelt. Nicht nur ihr Mann bedrohte sie, auch die Sorge um ihren geliebten Sohn ließ ihre nervliche Anspannung steigen.

Mit geballter Wucht schlug Danyel ihr ins Gesicht und sie fiel in den hinter ihr stehenden Sessel. Er wollte sich auf sie stürzen, da wurde Danyel von hinten unsanft aus seinem Feldzug gerissen.

Maurice schnappte sich den Schwager und Olivier bedrohte nun Danyel mit seinen Selbstverteidigungskünsten. Da machte es sich auf einmal bezahlt, dass der sportliche Olivier schon länger einem Judoverein angehörte.

In Sekundenschnelle flog Danyels Waffe durch das Zimmer und landete in einer für ihn unerreichbaren Ecke.

»So, mein Freundchen, jetzt haben wir dich.«

Der sonst so sanftmütige Maurice wurde zum Retter in der Not. Für seine Geschwister war er immer der Fels in der Brandung.

Danyel versuchte, sich zu wehren. »Lass mich los!«, brüllte er lautstark. Sein Gesicht war gerötet vor lauter Zorn. Wie konnte man es wagen, sich ihm zu widersetzen!

»Das hättest du wohl gerne«, keifte Olivier zurück. Manchmal konnte er recht aufbrausend sein. Auch in diesem Augenblick zügelte der smarte Student sein Temperament nicht. Der „nette" Schwager sollte keinesfalls mit einem blauen Auge davonkommen. So nicht!

Solange bis die Polizei eintraf, hielten Maurice und Olivier diesen Unmenschen in Schach. Gemeinsam waren die beiden Brüder stark.

Unter heftigem Protest wurde der ungeliebte Schwager von den Polizisten abgeführt. Ihn, Danyel Delaware, ihn führte man doch nicht so einfach ab! »Euch kriege ich schon noch!«, schrie er allen zu und spukte Olivier an.

Gelassen und lächelnd strich Olivier sich durch sein wallendes Haar, das beim Kampf in sein Gesicht geflogen war. So leicht konnte ihn der Mann seiner älteren Schwester nicht mehr provozieren.

»Geschafft, den werden wir so schnell nicht wiedersehen.« Abgekämpft, aber glücklich, der geliebten Schwester geholfen zu haben, ließ sich Maurice in den nächstbesten Sessel fallen.

»Seid euch da nicht so sicher«, gab Olivier zu bedenken. »Danyel hat viel Einfluss.«

Davon war auch Monique, die ihn besser kannte als alle anderen, überzeugt. Aber abwarten!

Ihre Gedanken kreisten jetzt nur um ihren geliebten Sohn. Wo konnte sich ihr Pierre nur aufhalten? Ihm war etwas zugestoßen, das fühlte die Mutter intuitiv. Die Sorgen um Pierre wurden immer größer und größer.

Antoine, Valentina und Albert kamen zurück nach Hause. Sie hatten kommen sehen, dass Danyel für Unruhe sorgte. Fieberhaft überlegte die Familie gemeinsam, was sie tun konnten, um Pierre endlich zu finden.

Maurice schlug eine eigene Suchaktion in der Region rund um La Rochelle und Le Verdon-sur-Mer vor.

Olivier informierte telefonisch die Polizei über das Verschwinden seines Neffen. Aber von dort war mit wenig Hilfe zu rechnen. Es wäre sicher nur ein dummer Jungenstreich, wehrte der diensthabende Polizist ab.

Eugenie betete zu Gott, dass man den geliebten Enkel unversehrt nach Hause bringen möge. Alles sollte sich zum Guten wenden, darum bat die liebende Großmutter inniglich.

...

Obwohl sich Valentina viele Gedanken um die geliebte Schwester machte, so kämpfte die junge Frau gerade mit den eigenen traurigen Ereignissen. Als sie in ihrem Zimmer war, weinte auch sie viele Tränen. Doch was sollte sie machen? Ihr Herz gehörte dem angeblichen Geliebten, der offenbar mit seiner Angetrauten gut lebte und diese eventuell liebte. Ständig beschäftigten Valentina die Fragen: Liebt er diese Frau? Oder liebt er nur mich? Warum hatte ich keine Ahnung von seinem Doppelleben?

An diesem Abend war Valentina sehr durcheinander. Sie musste gerade eine schmerzhafte Erfahrung in ihrem Leben machen.

Monique ging es nicht besser, sie verbrachte den Rest des Abends alleine auf ihrem Zimmer. Sie wollte niemanden sehen und nachdenken.

Maurice und Olivier saßen gemeinsam mit Albert in der Küche und tranken auf den Schrecken ein Glas Rotwein. Diskutieren, überlegen, es wurden lange Gespräche geführt!

Eugenie und Antoine verbrachten noch eine ganze Weile im Wohnzimmer und hielten sich zärtlich an den Händen.

»Ach, Eugenie, unsere beiden Töchter scheinen kein Glück bei den Männern zu haben.« Antoine sah seine geliebte Frau ein wenig hilflos an.

»Wieso beide?«, fragte die entsetzte Mutter. »Unsere Valentina etwa auch?« Sie konnte es nicht fassen.

»Ja, ich fürchte ja«, antwortete ihr Antoine und strich zärtlich über ihren Handrücken. Dass seine Töchter nun wegen dieser Narren unglücklich waren, gefiel ihm ganz und gar nicht. Behutsam schilderte er der traurigen Ehefrau die Situation auf dem Ball.

»Ach, Gott.« Eugenie hielt sich die Hände vor ihr Gesicht. Die Mutter verstand die Welt nicht mehr. Inständig hoffte sie, dass die Sorgen um ihre Kinder unbegründet waren.

…

Wie im Flug vergingen zwei Wochen.

Valentina ging ihrem geliebten Melchiorre in der Schule aus dem Weg. Obwohl sie gerne auf alle ihre ungeklärten Fragen Antworten gehabt hätte, war sie noch zu verletzt. Wie konnte er ihr das nur antun? Sie war enttäuscht, sehr enttäuscht.

Der unsichere Melchiorre saß mal wieder zwischen zwei Stühlen. Auf der einen Seite liebte er seine Valentina wirklich sehr, auf der anderen Seite bot ihm seine Ehefrau so viel, was er sich schon als Kind gewünscht hatte. Es bereitete ihm sichtlich Kopfzerbrechen, welche Entscheidung er treffen sollte.

Ein Wechselbad der Gefühle machte sich breit!

In der Zwischenzeit hatte Monique alle Krankenhäuser angerufen, um vielleicht dort den Aufenthaltsort ihres geliebten Sohnes Pierre zu erfahren. Doch ihre Suche blieb erfolglos. Hinzu kam, dass ihr schlagkräftiger Ehemann Danyel bereits nach ein paar Tagen aus der U-Haft entlassen wurde. Wie so oft, konnte er sich mit seinem vielen Geld freikaufen. Sogar eine gewalttätige Handlung konnte mit Geld vertuscht werden!

Sein Einfluss bei der Polizei half ihm bei seiner Suchaktion allerdings nicht. Privatdetektive wurden eingeschaltet. Aber auch sie fanden keine Spur zu Pierre. Der kleine Junge schien wie vom Erdboden verschwunden zu sein!

Dass Pierre in einem Krankenhaus gelandet war und keiner das herausfinden konnte, war allein der Cleverness des kleinen Mannes zu verdanken. Obwohl es ihm gesundheitlich in den ersten Tagen schlecht ging, so hatte er doch ständig das Bild seines niederträchtigen Vaters vor Augen. Pierre wusste genau, wie das Verhalten seines Erzeugers ausarten konnte. Fragte man ihn, so schwieg er beharrlich. Niemand ahnte, wer er war, woher er kam.

Von Tag zu Tag ging es ihm besser. Mit seiner Klugheit und seinem Charme bat er die Ärzte und Krankenschwestern, ihn zu beschützen und nicht zu sagen, dass es hier einen namenlosen kleinen Jungen im Krankenhaus gab. Jeder ahnte, dass ihr Schützling etwas zu verbergen hatte. Sie waren zwar häufig deswegen in der Zwickmühle, aber gaben dem Wunsch des sympathischen Jungen mehr Raum als möglichen Unterlassungsfolgen.

Zurück im Leben freundete Pierre sich mit allen an und versprach ihnen, zu sagen, wo er gerne hin wollte, wenn er das Krankenhaus verlassen durfte. Die Ärzte und Krankenschwestern schlugen mit Handschlag ein, denn sie spürten, dass der sympathische kleine Junge vor etwas große Angst hatte.

Der Tag der Entlassung war da. Eine Krankenschwester, die selbst Mutter war, fuhr ihn an die Küste. Die nette Dame vertraute dem kleinen Bengel.

Pierre ahnte nach wie vor nicht, dass sein neuer Freund, Monsieur Dupont, tot war. Die Ärzte hielten es für besser, dass er es nie erfahren sollte. Sie ließen ihn in dem Glauben, dass alles in Ordnung war.

...

Währenddessen saß still in sich gekehrt seine Mutter Monique, wie jeden Tag, am Wohnzimmerfenster und blickte ins Leere. Sie hatte eine Kerze angezündet und betete zu Gott, dass ein Wunder geschehen sollte und der kleine Pierre unversehrt nach Hause kam. Von ihrer ständig betenden Mutter hatte sie das abgeschaut und daraus gelernt. Im Gebet spürte sie die Nähe zu Gott und auch Pierre war ihr dann ganz nah.

Ihre Mutter Eugenie öffnete leise die Tür, kam zu ihr und strich sanft ihren Hinterkopf. Liebevoll küsste sie Monique auf die Stirn. Eine wunderbare Geste ohne Worte.

Plötzlich fuhr ein ihnen unbekanntes Auto vor und Monique traute ihren Augen nicht. Da stieg ein kleiner Junge aus. Das war doch?! Ja, es war ihr Pierre! Ein Wunder war geschehen!

Sie lief zur Tür, riss diese auf und rief aufgeregt: »Pierre, Pierre, mein kleiner süßer Pierre! Oh, mein Gott, bin ich froh.« Sie war überglücklich, ihren Schatz zu sehen.

Mutter und Sohn umarmten sich und Pierre versuchte, die weinende Mutter zu trösten. Er war doch ein großer und starker Junge.

»Nicht weinen, Maman, ich bin ja jetzt wieder da.«

Eugenie eilte herbei und konnte es kaum fassen, der geliebte Enkelsohn war nach Hause gekommen. Nun wurde der Kleine von seiner Großmutter geherzt. Ein liebevoller Augenblick des puren Glücks umgab sie.

Die Krankenschwester, die diesen kleinen Mann nach Hause brachte, konnte ihre Tränen der Freude nicht mehr unterdrücken. Ein rührender Moment!

Eugenie begrüßte die freundliche Krankenschwester, die alles aus der Nähe beobachtete.

»Danke, danke, dass sie unseren Pierre wieder nach Hause gebracht haben.«

Voller Erleichterung bat Monique die Dame ins Haus. Doch sie musste zu ihrer eigenen Familie weiterfahren und lehnte dankend ab. Für die freundliche Frau war es eine Selbstverständlichkeit und sie freute sich, dass sie andere Menschen glücklich machen konnte.

Pierre verabschiedete sich höflich von seiner netten Fahrerin. »Merci, Madame. Au revoir.«

Nach ihrer Abfahrt konnten Mutter und Sohn vor lauter Glückseligkeit nicht mehr voneinander loslassen. Ständig umarmten und küssten sich die beiden.

Im Haus erzählte Pierre dann von allen Erlebnissen der vergangenen Tage und wurde mit Kuchen und Kakao von seiner Großmutter verwöhnt.

Valentina und Antoine kamen zurück nach Hause. Seit dem Vorfall mit Danyel und den Ereignissen um Valentinas Begegnung mit ihrem Melchiorre holte der Vater die Tochter jetzt immer von der Schule ab. Er wollte auf Nummer Sicher gehen, dass seiner Kleinsten nichts passierte.

Als die beiden bemerkten, welche freudige Überraschung im Haus auf sie wartete, liefen sie auf Pierre zu und umarmten ihn zärtlich. Nun war die Familie wieder zusammen und konnte wieder glücklichen Zeiten entgegensehen.

Pierre genoss die Rückkehr in den Schoß der Familie.

»Wo sind Onkel Maurice und Onkel Olivier?« Pierre hätte die beiden, mit denen er sich blendend verstand, gerne gesehen.

»Sie sind in Bordeaux und müssen weiter studieren«, antwortete ihm seine Mutter.

»Schade.«

Vor allem seinen Onkel Maurice liebte er sehr, denn mit seiner liebevollen Art war er ihm ans Herz gewachsen. Olivier war eher der Draufgänger. Pierre mochte ihn zwar, aber dennoch war Maurice sein Lieblingsonkel.

...

Unbemerkt durfte Pierre noch weitere drei Tage bei den Großeltern bleiben. Dann war es mit der Ruhe vorbei!

Danyel Delaware war zu Ohren gekommen, wo sein Sohn sich nun aufhielt. In einem kleinen Dorf blieb das nicht lange ein Geheimnis.

Betrogen fühlte sich Danyel allemal, glaubte sogar, dass seine Frau ihren Pierre vor ihm versteckt gehalten hatte, während er sich um das „Wohl" seines Sohnes scheinbar alleine sorgte.

Durch einen seiner Fahrer ließ er ausrichten, Pierre möge seinem Wunsch folgen und wieder nach Montalivet-les-Bains kommen, schließlich gehörte er dorthin. So jedenfalls war es Danyels Auffassung.

Gemeinsam waren Mutter und Sohn stark und so ließen sie dem „Kurier des Vaters" ausrichten, dass es Pierre gut ginge, wo er jetzt war und man keinen Kontakt zu Danyel wünschte.

Wie nicht anders zu erwarten war, tobte Danyel, als er diese Nachricht erhielt. Er war außer sich, wie man es wagen konnte, ihm, dem mächtigen Mann, zu widersprechen!

Leidtragender war in diesem Moment der Fahrer, denn er konnte sich seine Papiere abholen, obwohl er nun rein gar nichts mit dieser Sache zu tun hatte. Aber irgendeinen Sündenbock musste es geben!

Danyel Delaware hatte nun mal die Macht des Geldes, auch wenn er sich nicht die Liebe seines Sohnes kaufen konnte. Wenn andere unfähig waren, ihm seinen einzigen Nachfolger zurückzubringen, dann musste er das eben selbst erledigen.

Am nächsten Morgen fuhr Danyel persönlich bei seinen Schwiegereltern vor.

Gott sei Dank war Antoine noch zu Hause und verhinderte, dass dieser Mann sich erneut in sein Haus wagte. Beherzt stellte er sich Danyel in den Weg.

»Ich will meinen Sohn abholen.« Danyel herrschte seinen Schwiegervater an. Seine eher ruppige Tonart ließ sehr zu wünschen übrig.

Antoine konterte mit starker und lauter Stimme zurück: »Pierre ist für dich nicht zu sprechen.«

Natürlich ließ ein Danyel Delaware sich das nicht bieten und drang wieder gewaltsam ins Haus ein. Er war stärker als sein Schwiegervater, den er in die nächstbeste Ecke drängte.

Gerne hätte Antoine ihn wegen Hausfriedensbruch angezeigt, aber die Erfahrungen der Vergangenheit zeigten, dass dies nichts bringen würde. Sein Schwiegersohn hatte zu viel Macht. Leider!

So musste das Familienoberhaupt der Lecontes selbst handeln. Schnellen Schrittes überholte er Danyel und stellte sich ihm erneut in die Quere.

»Keinen Schritt weiter.« Antoine breitete seine beiden Hände schützend vor der Wohnzimmertür aus.

Aber wie sollte es anders sein, Danyel erhob die Hand und schlug seinen Schwiegervater ins Gesicht.

Da ging die Tür auf.

»Ist das das Einzige, was du kannst, Papa?«, fragte Pierre, der sich mutig neben seinen Großvater stellte. Der kleine Mann hatte zwar Angst, aber sein Mut war stärker.

»Mein Junge.« Plötzlich wurde Danyel weich. Er wollte seinen Sohn berühren, aber Pierre zog seinen Kopf weg.

Monique stand wie versteinert im elterlichen Wohnzimmer. Solche Situationen gab es häufig im Hause Delaware. Ihre angegriffenen Nerven lagen blank. In der Ehe mit Danyel hatte sie nur zurückgesteckt. Es wäre an der Zeit gewesen, einmal den Mund aufzumachen. Doch sie schwieg.

Aber ihr mutiger Junge ergriff mit viel Herzklopfen das Wort: »Setz dich, Papa.«

Komischerweise folgte Danyel seinem Sohn und nahm Platz auf dem grauen Stuhl, der dort so nutzlos in einer Ecke stand.

Bevor Danyel etwas sagen konnte, nahm Monique all ihren Mut zusammen und sprach ihn nun doch an. »Wir wollen alle nur Frieden haben, Danyel.« Ihre Stimme bebte.

Sehr zum Missfallen ihres Gatten hatte Monique es gewagt, sich einzumischen. Danyel stieß Zornesröte ins Gesicht: »Du, du.« Am liebsten hätte er seiner Noch-Ehefrau den Hals umgedreht.

Sofort sprang der kleine Pierre auf: »Ja, Papa, ich möchte auch Frieden in der Familie haben. Es ist genug, ich leide sehr unter eurem schlechten Verhältnis. Geht aufeinander zu. Bitte!«

Jedoch konnte keiner der zerstrittenen Eheleute dem Flehen des Sohnes nachkommen. Zu viel war in ihrer lieblosen Ehe passiert.

Danyel heiratete Monique, weil sie schön und begehrenswert war. Geld verdarb seinen Charakter und er wollte lieblos sein, denn er kannte von Kindesbeinen an nichts anderes. Seine Eltern gingen so miteinander um und er hielt so etwas für normal.

Pierre erkannte, dass es nur sein Wunschdenken war, dass Mutter und Vater sich annäherten. Enttäuscht setzte er sich zwischen seine Eltern.

»Gut, wenn ihr nicht miteinander leben könnt, wie kann ich das tun?«

Monique schluchzte.

Danyel blickte mürrisch durch das ganze Zimmer.

»Du wirst selbstverständlich bei mir leben und ich werde dich erziehen.« Danyel war absolut davon überzeugt, dass nur er allein die Berechtigung dazu hatte.

»Nein!«, schrie Monique. Dann versank sie wieder in Tränen.

Antoine konnte das alles nicht mit ansehen und wollte schlichten.

Doch bevor er nur ein einziges Wort sagen konnte, bat sein kluger Enkelsohn ihn höflich, zu gehen. Er wollte mit seinen Eltern alleine sein.

Die Großeltern liebten ihren Enkel viel zu sehr, als das sie ihm eine Bitte abschlagen konnten. Antoine und Eugenie blieben jedoch in Reichweite.

»Ich war krank, sehr krank und ihr hättet mich beide beinahe verloren.« Pierre schaute seine Eltern ernst an. Mit seinen zehn Jahren bewies er viel Fingerspitzengefühl. Natürlich bebte der kleine Mann innerlich, aber er wollte auch Schlimmeres verhindern.

»Wollt ihr mich denn verlieren?«, fragte Pierre mit leiser, aber bestimmt klingender Stimme.

In diesem Punkt waren sich die Eltern einmal einig: »Nein.«

Dann lief Danyel wieder zu Hochform auf. »Du wirst die beste Erziehung erhalten, die es nur gibt und du wirst eines Tages mein Nachfolger in der Firma sein.«

Monique sah ihn nur an und wurde wieder unsicher, wie in all den hinter ihr liegenden Ehejahren zuvor. Sie traute sich nicht, noch etwas zu sagen und schwieg.

»Du kommst in ein Internat, da kann dich auch niemand verweichlichen«, forderte der agressive Danyel von seinem Sohn.

Nun wurde es auch Monique zu viel und sie ergriff mit ihrem Mutterinstinkt endlich das Wort: »Das kommt gar nicht in Frage. Pierre bleibt hier.«

Stolz auf seine Mutter nickte Pierre. »Ja, ich möchte auch bei Maman bleiben.«

»Du bist noch zu klein, um das zu entscheiden. Außerdem wird das gemacht, was ich will.« Danyels Tonfall wurde eisig.

»Nein«, antwortete Pierre mutig und sah seinen Vater grimmig an. »Ich gehe in kein Internat mehr.« Vielleicht hatte der Zehnjährige doch mehr Gene von seinem Papa geerbt als ihm lieb war.

Danyel duldete keine Widerworte. »Ich entscheide.« Erneut stieg ihm die Zornesröte ins Gesicht.

Monique wollte etwas sagen, aber Pierre unterbrach sie liebevoll. »Antworte nicht, geliebte Maman, es geht doch hier um mich, oder?«

Nur nicht schwach werden, dachte Pierre immer wieder.

Die Eltern konnten nicht leugnen, dass der Junge Recht hatte. Wenn er sich nicht wohl fühlte in so einem Internat und mit absoluter Wahrscheinlichkeit wieder fliehen würde, dann hatte das alles keinen Sinn.

»Nun, so darf ich doch etwas dazu sagen, auch wenn ich in euren Augen noch zu klein bin?« Der kleine Pierre kämpfte wie ein Löwe.

Beide Elternteile wollten ihn nicht verlieren, jeder aus seinem eigenen Beweggrund. Der Vater, weil er ihn als erfolgreichen Nachfolger sah. Die Mutter, weil sie ihn einfach liebte.

»Eines Tages werde ich deine geliebte Firma übernehmen. Das willst du doch, Papa?« Ruhig hatte der kleine Pierre die Situation im Griff.

Danyel konnte darauf nur mit »Ja« antworten.

Pierre folgte dem Blick seiner Mutter und sprach weiter: »Wenn ich ein guter Nachfolger bin, so handele ich doch in deinem Sinne?«, richtete er besonnen die Frage an seinen Vater.

Danyel blieb nichts anderes übrig, als auch hier mit »Ja« zu antworten.

»So lass mich dir folgenden Vorschlag machen. Ich werde eine sehr gute Schule besuchen, aber ich werde nicht wieder in ein Internat gehen. Du hast gesehen, was dann passiert.« Auch der kleine Mann konnte pokern!

Nun runzelte Pierre die Stirn. »Immer wieder würde ich einen Weg finden, aus einem Internat zu fliehen. Du bist klug, Vater, aber ich bin es auch. Die Klugheit habe ich dann wohl von dir geerbt.«

In diesem Augenblick fühlte sich Danyel mehr als geschmeichelt und ohne es zu bemerken, begann der Sohn, den übermächtigen Großunternehmer um den Finger zu wickeln.

So schlug er dem Vater nicht nur eine sehr gute Schulbildung vor, sondern er wollte mit seiner geliebten Maman zusammenleben. Wo das sein sollte, das sollten bitte seine Maman und er entscheiden. War das zu viel verlangt?

In Ruhe wollte Pierre sich gerne auf eine hervorragende Ausbildung konzentrieren können. Das konnte er aber nur, wenn er nicht ständig die schlechten Familienverhältnisse vor Augen hatte.

Nach langem Hin und Her willigte der Vater letztendlich ein. Abrupt und ohne Worte verließ Danyel das Haus.

Aber er spürte den Blick seines Sohnes im Nacken und drehte sich noch einmal um.

Pierre stand auf der Treppe und winkte seinem Vater zu. »Danke, Papa.«

Für einen kurzen Moment hatte Danyel sogar ein kleines Lächeln auf den Lippen. Dann stieg er in seinen Wagen und der Fahrer chauffierte ihn nach Hause.

Innerlich weinte Pierre, denn er liebte beide Elternteile. Sein Vater machte jedoch allen das Leben schwer und das ging an keinem spurlos vorbei. Er war schon groß und weise genug, um zu sehen, dass er seine geliebte Maman und sich selbst schützen musste. Ein mutiger kleiner Mann!

Zurück im Haus plante er zusammen mit seiner Mutter und den Großeltern die Zukunft, die ruhiger und schöner sein sollte.

Valentina berührte das alles sehr, denn sie liebte ihre Schwester und ihren süßen Neffen. Leider war es für sie selbst ein schwerer Zeitpunkt im eigenen Leben etwas Gutes zu finden, denn ihr Herz gehörte nach wie vor Melchiorre. Aber sie musste ihn vergessen. Eine scheinbar unerreichbare Liebe zu einem verheirateten Mann, der offenbar nie seine Ehefrau verlassen würde.

Es zehrte an Valentinas Nerven, dass sie ihren Verflossenen, oder was er auch immer gerade sein mochte, nicht mehr außerhalb der Schule sah. Die etwas unschöne Begegnung auf dem Fest schwirrte ihr durch den Kopf. Aber was sollte sie tun? Ihn ansprechen, ihm nachlaufen? Nein, er hatte sie wahrscheinlich sowieso nur benutzt. Wie konnte er ihr das nur antun!

Melchiorre gefiel diese Situation selbst nicht, aber er war zu feige, um etwas daran zu ändern.

...

Der nächste Tag hielt für Valentina eine weitere Überraschung bereit.

Wie an jedem Morgen verließ sie das Haus in Begleitung ihres Vaters. Nur noch an diesem Tag, dann hatte sie alle Prüfungen überstanden und konnte berufliche Pläne schmieden.

Ein Studium im sportlichen oder medizinischen Bereich war interessant für die junge Dame. Möglichst in Bordeaux sollte das sein, denn dort waren auch ihre beiden Brüder an der Universität Bordeaux I für Natur- und Ingenieurwissenschaften. Für Sport oder Medizin musste sie zwar zur Universität Victor Segalen Bordeaux II, aber das war nicht so weit entfernt, also war das kein Problem für Valentina.

Genauso wie ihre großen Brüder würde die neue Studentin sowieso jeden Tag mit dem Fahrrad zur Uni fahren.

Als sie über diese Dinge nachdachte, begegnete ihr zufälligerweise Melchiorre. Zuerst bemerkte der Lehrer seine kleine Valentina nicht oder er wollte sie einfach nicht bemerken. In letzter Sekunde nahm er sich zusammen und brachte ein kurzes »Hallo« zustande.

Valentina konnte ebenfalls nur ein zartes »Hallo« über die Lippen bringen.

Die beiden Verunsicherten sahen sich nur an. Quälende Blicke der Sehnsucht! Wer von den beiden würde nun den ersten Schritt wagen?

Gerne wollte Valentina etwas sagen, doch sie brachte keinen einzigen Ton heraus.

Melchiorres Stimme wirkte wie halbiert als er kurz ihren Namen erwähnte. »Valentina«, stammelte er vor sich hin. Aber leise, zu leise, um an ihr Ohr zu dringen.

Jäh wurde diese doch etwas merkwürdige Begegnung durch einen Lehrerkollegen beendet. Nichtsahnend, was da gerade sich zwischen zwei Liebenden abspielte, verwickelte er Melchiorre in ein Gespräch.

Alles, was die beiden füreinander empfanden, konnten sie nicht mehr aussprechen. Stumm und enttäuscht ging Valentina weiter.

Draußen wartete Michelle in einem teuren Wagen auf ihren Mann. Natürlich bevorzugte sie ein neues Sport-Cabriolet. Schwarz wie die Nacht und schwarz wie ihre Seele.

Valentinas traurige Augen amüsierten Michelle und sie konnte ihr hämisches Lächeln kaum verbergen.

Das entging auch Valentina nicht. Aber wie sollte sie das interpretieren? Diese Frau hatte sie erst einmal gesehen.

Die Nebenbuhlerin sah wieder perfekt gestylt aus. Feurig-rotes Outfit, dazu passende High Heels. Ohne Zweifel war Melchiorres Frau eine sehr attraktive Erscheinung.

Das eingeschüchterte Mädchen verspürte nur ein mulmiges, eher grausiges Gefühl im Bauch. Ihr wurde richtig übel. Vor allem wollte Valentina einfach nur weg.

Wehmütig blickte sie auf das Schulgebäude, in dem alles mit ihrem geliebten Melchiorre begann. Nun war der letzte Schultag gekommen und eine neue Ära in ihrem Leben wurde eingeläutet.

»Na, mein Kind, bist du etwas traurig?«, fragte Antoine, denn es war nicht zu übersehen, dass seine Kleine wieder geweint hatte. Ihre rot geheulten Augen konnte sie nicht verbergen.

Sie nickte nur. Valentina spürte einen Knoten im Hals, der ihre Stimme versagen ließ. Ihre Gedanken waren bei Melchiorre. Wie gerne hätte sie mehr mit ihm gesprochen. Besser noch, wie gerne hätte sie ihn berührt und seine Lippen auf ihren Lippen gespürt. Aber leider war das Leben manchmal eine reine Wunschvorstellung.

Wie sollte das alles nur weitergehen? Hatte ihre Liebe zu Melchiorre, wenn es denn eine Liebe war, überhaupt noch eine Chance? Früher konnten sie doch auch nicht die Finger voneinander lassen. Warum nur sollte das so enden?

Gedankenverloren stieg Valentina in das Auto ihres Vaters ein. Das war kein teurer Sportwagen, sondern ein einfacher Mittelklassewagen, in dem die Familie genügend Platz hatte.

Im Vorbeifahren musste sie mit ansehen, wie Melchiorre seiner Ehefrau einen Kuss gab. Zwar war es nur ein flüchtiger Kuss, aber immerhin auf den Mund. Für das immer noch verliebte Mädchen ein Stich mitten ins Herz!

Bis vor kurzem dachte sie noch, dass nur sie alleine seine Küsse spüren durfte. Valentina litt still vor sich hin!

Melchiorre bemerkte nicht einmal, dass er beobachtet wurde. Wie ein Schoßhund klammerte er sich an seine übermächtige Ehefrau. Geld regierte eben schon immer die Welt!

Antoine sah ihn und seine geliebte Tochter. »Vergiss ihn, mein Kind. Das ist besser so, glaube es mir.« Tröstend rieb er seiner Kleinen über die linke Handfläche.

Valentina wusste sehr wohl, dass ihr geliebter Vater durchaus Recht hatte, doch ihr Herz sprach eine andere Sprache. Die Sprache der unendlichen Liebe, die stark, aber auch schwach machen konnte.

Zuhause wurden Vater und Tochter von Eugenie, Monique und Pierre herzlich empfangen. Alle gratulierten und freuten sich über Valentinas Abiturabschluss.

Auch wenn Valentina sich lieber in ihrem Zimmer vergraben hätte, so wollte sie ihre Familie nicht enttäuschen. Im Kreise ihrer Lieben fühlte sie sich immer wohl und liebte alle ausnahmslos.

Nur bei dem angeheirateten Schwager Danyel machte sie eine Ausnahme. Seine Kälte widerte Valentina an. Wie konnte ein Mensch nur so herzlos sein?

Oft sah die kleine Schwester in die immer trauriger wirkenden Augen von Monique. Wieso liebte sie dieses Ekel eigentlich immer noch?

Wenn Valentina sich allerdings schon nicht aus ihrer eigenen Misere heraushelfen konnte, wie sollte sie es für die geliebte Schwester tun?

Valentinas Gedanken kreisten und kreisten, während die anderen lachten und viel erzählten. Ab und an lächelte sie in die Runde, doch im Innersten ging es ihr nicht gut. Aber wie sollte Valentina eine Lösung für ihre Probleme finden?

Quälende Gedanken verursachten ihr regelrecht Schmerzen am ganzen Leib. Was passierte mit Melchiorre und ihr? Hatte er wirklich nur mit ihr gespielt? Wieso wusste sie nichts von einer Ehefrau? Liebte er sie? Liebte er seine Frau? Liebte er gar beide? Dann fiel ihr wieder dieses hämische Lächeln von Michelle ein. Ekelhaft!

Plötzlich wurde sie aus ihren wirren Gedankengängen herausgeholt.

»Hey, Schwesterlein, einen Tausender für deine Gedanken«, lachte Olivier.

Der achtundzwanzigjährige Student war meistens gut gelaunt und schien absolut keine Sorgen zu haben. Olivier gratulierte seiner kleinen Schwester mit einem leicht angehauchten Kuss auf die Wange.

Erschrocken stand Valentina auf und umarmte ihn teilnahmslos. Aber trotz ihrer innerlichen Leere hatte sie ein liebes Wort für ihn übrig: »Schön, dass du auch da bist. Wo ist Maurice?«

Da stand ihr Lieblingsbruder schon in der Tür, die Arme hatte er weit ausgebreitet und sie lief zu ihm. Seine Umarmung voller Wärme und Liebe tat ihr immer wieder gut. Auf Maurice konnte Valentina sich verlassen. Olivier war zwar auch immer nett, aber für Valentina war Maurice etwas ganz Besonderes.

»Willkommen im Studentenleben.« Liebevoll legte Maurice den Arm um seine kleine Valentina und hielt einen Brief in seiner rechten Hand.

»Den soll ich dir von Professor Lefaire geben.« Stolz übergab der große Bruder seiner kleinen Schwester den weißen Umschlag. Das Siegel der Universität blitzte auf der Rückseite.

Sie war viel zu aufgeregt und wollte den Brief erst gar nicht öffnen. Aber wenn der Professor Maurice den Brief mitgab, da konnte sich doch nur Positives dahinter verbergen. War das wirklich die so ersehnte Zusage? Oder war es vielleicht doch eine Absage? Egal wie, dieser Umschlag würde ihr Leben verändern.

»Nun mach schon«, drängelte Olivier.

Valentina schaute ihre Mutter an, die ihr zuzwinkerte: »Es wird schon gut sein.«

Mit gemischten Gefühlen öffnete Valentina nun zitternd den Umschlag.

»Sie nehmen mich! Ab nächstem Herbst bin ich an der Uni.« In diesem Moment konnte sie die Freude über eine positive Nachricht empfinden, eine Freude, die ihr in den vergangenen Tagen abhandengekommen war.

Voller Vaterstolz nahm Antoine seine Jüngste beiseite: »Herzlichen Glückwunsch, mein Kind. Auch wenn ich dich nicht gerne gehen lasse, es ist richtig so.«

Maurice warf seiner Schwester einen liebevollen Blick zu: »Du hast zwei starke Brüder, die passen ganz sicher auf dich auf.«

»Danke.« Valentina hatte ziemlich gemischte Gefühle. Natürlich wollte sie gerne studieren. Aber dann war sie weit weg von zu Hause, von ihren Eltern, allem, was ihr lieb war.

Und da war noch eine besondere Person, die ihr fehlte: Melchiorre. Dabei wusste sie gar nicht, ob sie ihn überhaupt noch einmal wiedersehen würde. Was mochte nur die Zukunft für sie bereithalten?

An diesem sonnigen Tag war Valentina noch lange mit ihrer Familie zusammen, liebevoll, friedlich. Sie fühlte sich einfach wohl in der Gesellschaft ihrer Lieben.

...

Melchiorres Ehefrau war sehr eifersüchtig, obwohl sie absolut kein Recht dazu hatte, denn sie betrog selbst seit Jahren ihren Vorzeigegatten. Ständig versuchte sie ihn als eine Art Spielball zu benutzen und er wurde spielend zu ihrer Marionette. Liebe, ja Liebe, da wussten beide wohl nicht wirklich, was das war. Es kam auf das Auge des Betrachters an!

So lebten sie zusammen und glaubten, dass sie vielleicht doch etwas füreinander empfinden konnten. Was immer das auch sein mochte?

Irgendwann stellte Melchiorre fest, dass ihre „Liebe" nicht echt sein konnte, sonst hätte sein angetrautes Weib ihn in aller Öffentlichkeit anders behandelt. Doch was hielt ihn? Warum nur blieb er bei ihr?

Seine Gefühle für Valentina waren anders. Diese Gefühle waren nicht gespielt, sondern echt und voll Verlangen nach Liebe und Sehnsucht. Das schüchterne Mädchen war das Beste, was ihm je passiert war.

Täglich stellte Melchiorre sich immer wieder dieselben Fragen, dann verdrängte er alles. Das war für ihn einfacher.

An Michelles Seite zu leben konnte angenehm und spannend sein. Er erlebte viel, brauchte sich um Geld keine Sorgen mehr zu machen, lernte viele einflussreiche Leute kennen. Gerne stand auch er einmal im Mittelpunkt des Geschehens. Also eine ziemlich bequeme und elegante Lösung, diese Ehe mit Michelle…

Ab und an gingen die Eheleute ins Theater, obwohl ihr eigenes Leben selbst Stoff genug für ein Theaterstück geboten hätte. Durch das geerbte Geld des reichen Vaters hatte Michelle erfahren, wie es war, mit diesem Geld auch Macht ausüben zu können. Eine recht wirkungsvolle und erhabene Position. Sie wollte über alles und allem herrschen. Uneingeschränkt! Und welche Überzeugungskraft doch Geld manchmal mit sich bringen konnte… Sie lebte dies mehr als gerne aus.

Überzeugend war die liebe Gattin mit den Auftritten gegenüber Melchiorre. Nicht mit vielen, dafür klaren Worten, gab sie ihm oft zu verstehen, dass er jederzeit gehen konnte, wenn es ihm nicht gefiel.

Gleichzeitig „feuerte" sie noch ein paar passende Worte zum Thema Geld nach. Dann wusste sie genau, dass er milde gestimmt wurde. Natürlich zu ihren Gunsten. Es war ein leichtes Spiel für Michelle…

In letzter Zeit sagte Melchiorre aber nicht mehr zu allem „Ja" und wurde ab und an aufmüpfig. Offenbar empfand er etwas mehr für dieses kleine Mädchen. Das stand Michelle in ihrer Eitelkeit gar nicht gut zu Gesicht. Zwar fand sie, dass Melchiorre gegen einen anderen Mann gut und jederzeit austauschbar war, aber sie hatte nun mal den hervorragend funktionierenden Ehegatten, den musste man nicht mehr verbiegen. Und ein schmucker Bursche war er noch dazu!

Dieser Punkt der Abhängigkeit war also erledigt, glaubte sie. Sicher machte es nichts, wenn sie ihren Marionettenmann ein weiteres Mal demütigte. Egal wo, Michelle fand es witzig, Melchiorre vor anderen Leuten zu blamieren. Manchmal stand er dann wie ein begossener Pudel da, merkte es, tat aber nichts dagegen. Der Feigling wollte das einfach nicht wahrhaben!

Eines Tages platzte ihm allerdings bei einer Veranstaltung dann doch der Kragen und er wehrte sich mit den Worten: »Lass mich in Ruhe. Du siehst immer nur dich.«

Oh, das gefiel der reizenden Gattin nun ganz und gar nicht. Aufmüpfigkeit, wie undankbar er doch war!

»Ach, mein Mann hat heute seinen schlechten Tag«, versuchte sie die ihr peinliche Situation zu retten.

Schallendes Gelächter tönte durch den Raum. Gerne hätte sie ihn auf der Stelle geohrfeigt. Wie konnte er es wagen! Doch vor den anderen Gästen wollte sie sich keinesfalls diese Blöße geben.

Kaum in ihrer Villa angekommen, entbrannte ein heftiger Streit. Aufgestaute Emotionen erwachten. Vollkommen zerstritten gingen die Eheleute zu Bett.

Grollend lag Michelle neben ihrem Mann, der doch bis jetzt immer gut mitgespielt hatte. Es musste etwas geben, was ihn urplötzlich zum Kämpfer werden ließ.

Fieberhaft überlegte sie, wer hierfür die Schuld trug. Sie auf keinen Fall! Es war völlig ausgeschlossen, dass sie auch nur ansatzweise Schuld daran haben konnte. Völlig unmöglich!

Da kam ihr die „erleuchtende" Idee: Valentina. Ja, dieses kleine Monster hatte ihn im Griff und wiegelte ihn gegen seine Frau auf. Dass Valentina gar nichts von ihrer Existenz gewusst haben könnte, spielte für die „Gedemütigte" absolut keine Rolle. Schuldig war schuldig.

Am nächsten Morgen sprachen die Eheleute kaum miteinander. Ein kurz angeschnittenes »Bonjour« und »Au revoir«, dann zog sich Michelle in ihre Bibliothek zurück und Melchiorre verließ mürrisch das Haus.

Da fasste Michelle einen folgenschweren Entschluss. Sie rief ihre langjährige Freundin Eloise Bonet an, die auch in Le Verdon-sur-Mer wohnte und mehrere gut gehende Friseurläden besaß. Dort trafen viele Menschen aufeinander und tratschten über dies und das. Die perfekte Bühne für weitere Manipulationen.

In Michelles Kopf spielte sich eine Menge ab. Keiner durfte ihr widersprechen und sie erzählte ihrer Freundin kurz am Telefon ein paar Teile der Geschichte. Natürlich entsprach ihre Version nicht ganz der Wahrheit. Klagend bat sie Eloise um Hilfe.

»Ich kann etwas für dich tun, meine Liebe«, lachte Eloise schallend am Telefon. »Komm zu mir, es hört sich dringend an.«

Mit überhöhter Geschwindigkeit auf dem Tachometer raste Michelle zu ihrer Freundin. Es konnte ihr nicht schnell genug gehen. Wie gut, das sie in keine Radarkontrolle fuhr, aber auch dieses Problem hätte sie aus der Welt geschafft...

Eloise war so ganz und gar nicht ladylike. Mit ungekämmter Hochsteckfrisur und einem morgenmantelähnlichen, schwarzen Umhang bekleidet, empfing sie freudestrahlend ihre Freundin. »Meine Liebe, ich helfe dir. Du bist eine geplagte arme Frau.«

Doch die durchtriebene Michelle war ganz sicher keine ärmliche Person.

In Kurzform erzählte sie noch einmal ihre Version der leidigen Liebesgeschichte. Natürlich ließ Michelle viele Dinge weg, die sie selbst belasten konnten und stellte so manche Situation anders dar. So gab sie gerne ein völlig falsches Bild wieder…

Nicht allein ihr Mann war der Betrüger, sie hatte schon lange vorher ihre Liebhaber empfangen. Die „reizende" Michelle liebte die Abwechslung. Mal war es ein blonder Hüne, mal ein dunkler Adonis, der ihr willig zu Diensten war. Selten empfing sie einen zu starken Typen, der hätte ihr ja überlegen sein können. Ganz nach ihrem täglich wechselnden Geschmack. Und Melchiorre war zu naiv, um das zu bemerken…

Jetzt wollte sie aber „Gerechtigkeit" für sein Benehmen und vor allem diese kleine Rivalin sollte leiden.

Michelle berichtete, wie schlecht es ihr doch ging. Diese kleine Kröte beeinflusste ihren Ehemann, der sich seitdem zum Nachteil verändert hatte. Dass es sich hierbei um eine glatte Lüge handelte, interessierte sie nicht im Geringsten.

»Du Arme.« Eloise wollte die Freundin trösten.

Nach den Schilderungen musste diese Valentina wirklich ein männermordendes Weibsbild sein.

So ging das nicht. Da musste man etwas tun.

»Kannst du mir da wirklich helfen?«, fragte Michelle mit einem gekonnten Augenaufschlag und weinte bittere Krokodilstränen. Sie beherrschte eben die Kunst des Verstellens.

»Ja, das kann ich. Wozu habe ich die Möglichkeit in meinen Läden die „Wahrheit" zu verbreiten? Der Kleinen und ihrer Sippschaft werden wir ganz schön einheizen«, lachte Eloise höhnisch.

Nicht nur, dass sie sich durch ihre schäbige Gerüchteküche auf ein abgrundtiefes Niveau begab, nein, sie selbst wurde einmal durch eine junge Frau betrogen. Diese hatte ihr den Mann ausgespannt und das durfte Michelle jetzt nicht auch noch passieren. Also musste der langjährigen Freundin geholfen werden...

Innerlich triumphierte Michelle, denn sie vertraute Eloise. Es würde genug Kundinnen geben, die auf diesen Zug aufsprangen und die arme Valentina an den Pranger stellten.

Beruhigt und glückselig verließ Michelle das Haus der guten Freundin.

Beim Abschied gab sie sich noch weiter als „Geschädigte". Sobald Michelle jedoch im Auto saß und außer Reichweite war, wurde sie wieder ganz die alte.

»Na, da bin ich mal gespannt. Kleines, dummes Ding. Du wirst es noch bereuen, meinen Mann auch nur angesehen zu haben.« Ihr abgrundtiefer Hass schlug in triumphierende Freude um.

...

Derweil saß Melchiorre am Strand und schaute aufs weite Meer hinaus. Seine wirren Gedanken brummten nur so durch seinen Kopf und er kam sich wie in einem Irrgarten vor. Er fühlte, dass sein Weg, den er derzeit ging, nicht der richtige sein konnte. Intuitiv spürte er, es musste etwas geschehen. Aber was? Der seelische Druck lastete schwer auf dem Unschlüssigen.

Zu schwach fühlte er sich. Immer nur den starken Mann spielen, nein, auf Dauer war ihm das zu stressig. Ein schönes Leben hatte er sich gewünscht. Reich und glücklich wollte er sein.

Plötzlich riss ihn sein Bruder Francois aus dem Gedankenwirrwarr. »Na, Brüderchen, denkst du schon wieder über alles nach?«

Francois setzte sich zu ihm.

»Ja«, antwortete Melchiorre nur knapp und wehmütig.

»Wo drückt denn diesmal der Schuh?« Francois sorgte sich um seinen Bruder, der augenscheinlich so viel Kummer hatte.

»Mir wächst alles über den Kopf.« Melchiorre strich sich mit seiner rechten Hand durch sein Haar. Achselzuckend fuhr er fort: »Ich weiß nicht, wie alles weitergehen soll.«

Der jüngere Bruder war ein guter Zuhörer und verständnisvoll. »Dann schütte mir einfach einmal das Herz aus.«

Melchiorre war Francois dankbar und gleichzeitig mal wieder mit allem überfordert.

»Ich weiß gar nicht, wo ich anfangen soll«, gestand er.

»Ach, einfach von vorne«, lächelte sein Bruder und klopfte ihm freundschaftlich auf den rechten Unterarm.

Gerne wollte Francois ihn mehr aufmuntern. Bei seinem Anblick bezweifelte er jedoch, dass er das schaffen könnte.

»Von vorne, wenn ich nur wüsste, wo das ist.« Mit beiden Händen krallte sich Melchiorre an jeder Haarsträhne förmlich fest. »Ich habe gedacht, dass ich bei Michelle mein Glück finden kann. Sie ist allerdings so anders. Irgendwie hat sie manchmal zwei, drei Gesichter.«

In letzter Zeit war Francois die Schwägerin auch unangenehm aufgefallen. »Ja, sie kann recht herrisch rüberkommen.«

Kurz hielt der Jüngste der Familie Chevrier inne. Francois glaubte, erkannt zu haben, worum es in der Ehe der beiden ging: »Kann es sein, dass dich das Geld von ihr gereizt hat?«

Mit einem Schlag traf der Bruder den Nagel auf den Kopf.

Doch Melchiorre wollte sich das noch immer nicht eingestehen. »Kann sein, kann nicht sein. Keine Ahnung«, war seine unbefriedigende Antwort darauf.

»Was soll nur aus mir werden?«, verzweifelt ging Melchiorres Blick ins Leere. Manchmal bedauerte er sich gerne selbst.

Da Francois auf dem Fest die Situation um Valentina nicht entgangen war, hakte er noch einmal nach: »Was ist mit der Kleinen? Liebst du sie?«

»Valentina?« Melchiorres Stimme wirkte gebrochen. »Ich weiß es nicht.«

Und er musste sich selbst eingestehen: »Ich habe ihr zu viel zugemutet.«

Francois wollte mehr aus seinem Bruder herausholen. »Du musst doch wissen, ob du jemanden liebst oder nicht.« Dabei riskierte er einen kurzen Blick zu seinem in Selbstmitleid zerfließenden Bruder.

Melchiorre schaute erneut hinaus aufs Meer. Es war so ein schöner Tag. Die vorbeifahrenden Boote zogen ihn magisch an. Ach, wie schön wäre es, wenn er einfach fliehen könnte.

Mit seinen Fingern strich er nervös durch seine zerzausten Haare. »Ja, ja, ich liebe sie. Aber es darf nicht sein.«

»Warum?« Sein Bruder war sichtlich erstaunt. Ihm war einfach nicht klar, warum Melchiorre seine wahren Gefühle ständig verleugnete.

»Sie ist zu gut für mich.« Melchiorres Stimme versagte. Abermals überforderte ihn diese Situation.

In der nächsten Minute bat er: »Lass uns das Thema wechseln. Ich möchte nicht darüber reden.« Damit war die Sache für ihn erst einmal erledigt.

Um seinen Bruder aufzuheitern, schlug Francois einen Ausflug für den nächsten Tag vor. »Was meinst du, sollen wir morgen mit unserem Motorboot hinaus aufs Meer fahren?«

Voller Dankbarkeit willigte Melchiorre ein: »Gerne.«

Eine Abwechslung würde ihm guttun und seine wirren Gedanken verfliegen lassen. Ohne Frauen, ohne Sorgen, nur viel Ruhe, vielleicht ein bisschen angeln, einfach die Seele baumeln lassen. Das war genau das Richtige für Melchiorre.

...

An diesem Morgen verspürte Valentina einen unerklärlich starken, stechenden Schmerz in sich.

Unbedingt musste sie Melchiorre sehen. Warum nur hatte sie dieses merkwürdige Gefühl?

Mit Herzklopfen lief sie die Straße auf und ab. Suchend, flehend und immer wieder dieser Schmerz. Sie schaute sich um. Auf dem Weg zur Schule müsste er vorbeikommen...

Endlich! Nach zwei geschlagenen Stunden sah sie ihn. Wie gerne hätte die immer noch Verliebte jetzt mit ihm gesprochen. Doch das ging nicht. Michelle begleitete ihren Mann und durchbohrte das junge Mädchen mit ihren steinernen Blicken.

Michelles Gedanke war nur: »Weg mit ihr.«

Sie bemerkte, dass auch Melchiorre Valentina ansah und sich ihre Blicke kurzzeitig trafen.

Blicke zwischen Sehnsucht, Liebe und Verlangen. Aber keiner der beiden Liebenden wagte es nur einen Schritt aufeinander zuzugehen. Aber warum? War es nur Angst, Unsicherheit, Respekt? Irgendetwas Unerklärliches hatte sich zwischen sie gedrängt…

So trennten sich ihre Wege auf der Straße. Überrollt vom heranbrausenden Verkehr, den spöttischen und gleichzeitig durchbohrenden Blicken von Michelle. Seltsam!

Melchiorre wurde von seiner Frau zum Jachthafen Port Médoc gefahren, der nördlich an der Gironde von Le Verdon-sur-Mer lag. Einer der achthundert Anlegeplätze gehörte den Brüdern Chevrier, die schon als Kinder zusammen segelten.

Francois wartete bereits auf seinen Bruder. »Bonjour.« Die Begrüßung zwischen Schwägerin und Schwager war kurz und knapp.

Die beiden Brüder umarmten sich liebevoll und stiegen in ihr Boot. Sie freuten sich auf den gemeinsamen Ausflug.

Die sonst so unnahbare Michelle lächelte ihren Mann auf einmal recht liebevoll an, ganz, wie es sich für eine liebende Ehefrau gehörte.

Das entging Francois nicht und er forderte seinen Bruder auf, ihr doch zuzuwinken. »Mach schon, sie guckt doch ganz lieb.«

Und genau das machte Melchiorre Angst. Sie war an diesem Tag zu lieb. Führte sie etwas im Schilde? Bei ihr konnte man nie wissen. Aber er wollte sich nicht weiter damit beschäftigen und einfach frei sein. Zögernd hob er seinen Arm und winkte zurück.

»Vielleicht ist sie gar nicht so, wie du meinst«, sagte Francois nachdenklich.

»Ja, vielleicht«, kam es murmelnd aus Melchiorres Mund. Ihn konnte der angebliche Liebreiz seiner Gattin nicht mehr umhauen.

Die Brüder hatten alle Hände voll zu tun und starteten in einen sonnigen Tag hinein, der ihnen Entspannung und Ruhe bringen sollte.

Nach mehreren Stunden auf See legte sich Francois einen kurzen Moment in die Sonne: »Es ist alles so friedlich auf dem Meer. Herrlich.«

»Es sieht so aus. Aber, pass auf, das Wetter dreht sich bestimmt noch«, seufzte Melchiorre. Wenn er nur für einen Moment die Verantwortung übernehmen sollte, dann wurde er nervös. Lieber wäre ihm gewesen, sein Bruder hätte das Ruder in der Hand behalten.

»Du bist so still.« Francois beobachtete seinen Bruder eine ganze Weile.

Melchiorre wirkte ziemlich abwesend. »Ich habe Valentina gesehen«, schob er direkt mit einem riesigen Seufzer hinterher.

»Und?« Francois war neugierig.

»Wie und! Das war`s schon. Michelle war doch bei mir. Ich konnte gar nichts sagen.« Dann zog er eine goldene Kette mit einem Herz aus seiner Jackentasche.

»Wow, für wen ist die denn?« Francois war von dem wunderschönen Schmuckstück beeindruckt. Das musste ein besonderer Mensch sein, für den dieses schöne Geschenk gedacht war.

Melchiorre holte tief Luft und wurde sichtlich nervös. »Heute wollte ich Valentina diese Kette schenken. Ich hatte aber nicht den Mut dazu. Bin ich ein Schwächling?«

Bevor sein Bruder antworten konnte riss ein intensiver Ruck ihn aus seinen Gedankengängen heraus. Der Motor war ausgefallen! Bei der Abfahrt schien noch alles in Ordnung zu sein. Keiner der beiden konnte sich das erklären.

Francois schaute nach. »Der Motor ist hin. Sieht so aus, als ob uns da einer dran gedreht hat. Komisch, ich dachte, ich hätte alles im Griff. So kann man sich täuschen.«

Ängstlich und fast weinerlich stand Melchiorre vor ihm. »Was machen wir denn jetzt?«

»Schwimmen!«, schrie Francois genervt und ungehalten. So auf offener See wurde auch ihm ganz mulmig.

»Vielleicht kann uns jemand helfen!« Über das Funkgerät wollte er einen Notruf starten. Doch auch das funktionierte nicht. Immer mehr gewann Francois den Eindruck, dass hier wirklich an allem manipuliert wurde.

Melchiorre geriet in Panik. »Wir werden hier umkommen!«

In der nächsten Sekunde plagte ihn das schlechte Gewissen und er brüllte nur noch hinaus aufs Meer: »Das ist alles meine Schuld!«

»Nun beruhige dich!«, fuhr Francois ihn barsch an. Er versuchte, etwas gelassener zu bleiben.

Mittlerweile drehte sich tatsächlich das Wetter und ein Sturm kam auf.

»Wir werden hier umkommen!«, schrie Melchiorre noch einmal. Schweißperlen der Angst bildeten sich auf seiner Stirn.

»Wenn du so schreist bringt das auch nichts.« So schnell gab Francois nicht auf.

Als sein Blick über das Meer streifte, entdeckte er etwas Kleines am Horizont. »Da hinten, da kommt ein Boot. Wir geben Signale, die helfen uns bestimmt.«

In Windeseile holte Francois die Leuchtpistole, die man glücklicherweise nicht entsorgt hatte. Das Boot hatte sie gesichtet und fuhr auf die beiden Brüder zu.

»Die retten uns, die retten uns!« Melchiorre war aufgeregt und freute sich wie ein kleines Kind.

Die Männer des anderen Bootes nahmen sie an Bord.

Francois ging mit einem der Männer nach vorne und Melchiorre blieb hinten völlig erschöpft sitzen.

Die Dunkelheit nahte und legte sich wie ein Schatten auf das Meer.

Ein Mann brachte Melchiorre einen Becher mit Rum.

»Trink!« Irgendwie wirkte dieser dicke Seemann unheimlich.

Dem sonst eher ängstlichen Melchiorre entging der stechende Blick des Mannes. Er war zu geschwächt, griff nur nach dem Becher und wollte seinen Durst löschen.

Da stürzte sich der zwei Zentner schwere Seemann auf ihn und warf Melchiorre über Bord. Sekundenschnell. Problemlos.

Die Schreie seines Bruders konnte Francois am anderen Ende des Bootes nicht hören!

Der zweite Seemann, der stets eine qualmende Zigarre im Mund hatte, verwickelte ihn sehr in ein Gespräch. Erleichtert über die scheinbar gelungene Seenotrettung und mit viel Alkohol im Blut, trällerten sie fröhlich Seemannslieder. Lautstark. Der Verlust seines Bruders blieb unbemerkt…

Nach einer ganzen Weile war die Küste in Sicht.

Erst da ertönte die Stimme des zentnerschweren Seemanns. »Mann über Bord, Mann über Bord!«

»Wir müssen ihn schon vor einiger Zeit verloren haben.« Der bullige Typ, der Melchiorre über Bord geworfen hatte, war berechnend und sein grässlicher Blick ließ einen kalten Schauder über Francois´ Rücken laufen. Schlagartig wurde ihm klar, dass es sich dabei um seinen Bruder handeln musste. Sonst fehlte keiner. Nur Melchiorre!

Die Männer auf dem Boot gaben Francois zu verstehen, dass es hoffnungslos sei, jetzt nach Melchiorre zu suchen.

»Das kann nicht sein!« Francois stand fassungslos an der Reling. »Wo ist mein Bruder?«, brüllte er die Männer an.

»Nichts zu machen, er ist von der See verschluckt worden«, war die einzige Antwort, die Francois an diesem Abend bekam.

Nach einigen Minuten betrat Francois versteinert den Strand von Le Verdon-sur-Mer. Sein ganzes Gesicht war schmerzverzerrt. »Das kann doch alles nicht wahr sein!«, stammelte er immer wieder vor sich hin.

Da nahte Michelle. Sie hatte ein Taschentuch in der Hand und wischte sich damit ständig durch ihr Gesicht. »Mein geliebter Mann. Nein, ist das alles tragisch!«

Mitleiderregend kam sie näher, gestützt von zwei unbekannten Männern. Schluchzend fiel Michelle ihrem Schwager in die Arme.

Selbst ganz benommen von allem, ließ Francois diese Umarmung wie in Trance über sich ergehen. »Wie konnte das nur passieren?", fragte sie scheinheilig.

Aber woher konnte Michelle nur so schnell von dem Unglück wissen?

Darauf achtete Francois in diesem Moment nicht und stand nur kopfschüttelnd vor ihr. »Ich weiß es nicht. Vielleicht findet man ihn noch lebend.« So einfach wollte er die Hoffnung nicht aufgeben.

Der nach Qualm stinkende Seemann mischte sich ein. »Unwahrscheinlich!«

Die herbeigerufene Polizei nahm alle Angaben auf.

Michelle wandte sich an einen Polizisten. »Vielleicht war es Mord?!« Sie übernahm die Rolle der trauernden Witwe mit Leichtigkeit.

»Mord?« Francois schreckte auf. »Wie kommst du auf so eine absurde Idee?« Er war fassungslos und verwirrt zugleich. Obwohl ihm kurz in den Sinn kam, dass scheinbar jemand an seinem Boot gearbeitet hatte, verwarf er diese Möglichkeit wieder. Wer sollte seinen Bruder oder ihn töten wollen?

Michelle beherrschte ihre Haltung perfekt. »Auszuschließen ist so etwas nicht.« Wieder verdeckte das Taschentuch ihr wahres Gesicht.

Der Polizist wollte nun mehr wissen. »Haben Sie einen Verdacht? Wer könnte da in Frage kommen?«

Ohne zu zögern sprach Michelle den Namen der verhassten Person aus. »Valentina Leconte.«

Kreidebleich und noch schwach erwiderte Francois: »Das ist jetzt nicht dein Ernst. Was soll dieses kleine Mädchen denn damit zu tun haben?« Für so eine dumme Aussage hatte er kein Verständnis und schubste seine Schwägerin zur Seite. »Absurd, völlig absurd«, murmelte er.

Eisern stand Michelle diese Situation durch. »Sie wurde nicht zurückgeliebt. Dieses Mädchen war in meinen Ehemann verliebt, er aber nicht in sie! Vielleicht tat sie es aus Rache? Es wird bei ihr genügend Beweggründe geben.«

Innerlich begann ihr Puls Purzelbäume zu schlagen. Gerade verdächtigte sie ihre größte Rivalin. Die Polizisten mussten ja jedem Verdacht nachgehen. Herrlich!

»Blödsinn«, winkte Francois ab und kehrte seiner Schwägerin den Rücken zu.

»Wir werden die junge Dame befragen.« Einer der Polizisten handelte nach Vorschrift und nahm alles zu Protokoll.

Das war ganz nach Michelles Geschmack. Kurz manipulieren, die Ärmste der Armen spielen. Es funktionierte alles nach ihrem gut durchdachten Plan...

...

Valentina war früh zu Bett gegangen. Den ganzen Tag über ging es ihr nicht gut. An Schlaf war jedoch nicht zu denken, zu viel quälende Gedanken kreisten durch ihren Kopf.

Zu später Stunde hörte sie noch einen Wagen vorfahren. Schwer und mühsam stand die junge Frau auf und ging zum Fenster.

»Polizei, wieso kommt jetzt die Polizei zu uns?«, fragte sie sich erschrocken. Vielleicht war etwas passiert und ihr mulmiges Gefühl, das sie seit Stunden verspürte, hatte sie nicht getäuscht.

Hastig warf sie ihren flauschigen, rosafarbenen Bademantel über und rannte die Treppe hinunter.

Ihr Vater hatte die Polizisten schon ins Haus gelassen.

»Sind Sie Valentina Leconte?«, fragte der jüngere Polizist mit ernster Miene.

»Ja«, antwortete Valentina völlig außer Atem.

»Was ist passiert?« Kaum konnte das junge Mädchen ihre aufsteigende Angst verbergen.

»Wo waren Sie heute ab Mittag? Was haben Sie heute den ganzen Tag gemacht?«

»Ich war hier. Aber was soll die Frage?« Valentina wurde langsam nervös und ungehalten. Was war nur geschehen?

»Heute hat sich ein Unglück auf See ereignet und Melchiorre Chevrier kam dabei ums Leben.«

Diese schockierende Nachricht riss Valentina den Boden unter den Füßen weg und in Sekundenschnelle fiel sie in Ohnmacht.

Eugenie und Monique eilten herbei, um sie wachzurütteln.

»Kind, Kind, was machst du?«, schrie ihre Mutter voller Angst um ihr kleines Mädchen. Aber Valentina blieb ohne Bewusstsein.

Aufgeregt rannte Monique zum Telefon und verständigte einen Notarzt.

In der Zwischenzeit kümmerte sich Antoine um die Polizisten.

»Was soll meine Tochter damit zu tun haben?« Antoine stellte sich schützend auf die Seite seines Kindes.

»Sie wird verdächtigt«, antwortete der ältere Polizist.

»Von wem?« Antoine wollte wissen, wer sein Kind zu Unrecht denunzierte.

»Das dürfen wir Ihnen nicht sagen.« Dann schwiegen die Polizisten.

Langsam kam Valentina wieder zu sich.

»Kind!« Eugenie hielt ihre Jüngste liebevoll im Arm. In diesem Moment kam die Mutter sich mehr als hilflos vor. Auf das Gerede der Polizisten hörte Eugenie erst gar nicht.

»Sieht so jemand aus, der einen Menschen auf dem Gewissen hat?« Antoine verteidigte seine Kleine. Das konnte doch alles nur ein Missverständnis sein.

»Halten Sie sich für weitere Fragen bereit.« Der jüngere Polizist drückte dem besorgten Vater eine Visitenkarte in die Hand. Dann verließen die Polizisten das Haus der Lecontes.

Inzwischen war der Notarzt eingetroffen und kümmerte sich um Valentina. Zur Beruhigung bekam sie eine Valiumspritze. Voller Schmerz wollte die zwischenzeitlich aufgewachte Valentina am liebsten nur noch schreien. Ihr Atem lastete schwer auf ihrer Brust.

Eugenie versuchte, ihr Küken zu beruhigen. »Alles wird gut, Kind.«

Monique hätte gerne geholfen. Aber auch sie wusste nicht wie und stand apathisch neben ihrer kleinen Schwester.

Vater Antoine bewahrte als einziger einen klaren Kopf und ging auf Valentina zu. »Wir werden nicht zulassen, dass man dich für etwas zur Rechenschaft zieht, was du nicht getan hast.« Liebevoll nahm er ihre zitternde Hand. Dankbar blickte sie zum Vater auf, denn er schenkte ihr Hoffnung. Die Hoffnung, dass sie aus diesem bösen Traum wieder aufwachen würde.

Valentina trank hastig einen Schluck Wasser aus dem Glas, das Monique ihr reichte. Allerdings interessierte Valentina nicht ihr eigenes Schicksal, sondern sie stammelte nur leise: »Melchiorre, wo ist Melchiorre?« Sie wollte und konnte das alles nicht verstehen.

Die Eltern brachten ihre jüngste Tochter in ihr Zimmer. Eugenie wachte an Valentinas Bett. Leise flüsterte die gläubige Frau ihre Gebete.

Maurice, der derzeit Zuhause wohnte, kam hinzu. »Was ist denn hier los?«, murmelte er verschlafen und kratzte sich am Hinterkopf.

Monique erzählte ihm die ganze Geschichte und er war mehr als erstaunt. »Was? Das ist doch wohl ein Scherz, oder?«

Aber seine Schwester schüttelte nur den Kopf. »Nein, leider nicht.«

Mit einem Wimpernschlag fiel es ihm wie Schuppen von den Augen. »Da hat jemand etwas Böses mit unserer kleinen Schwester vor!« Das war pure Intuition. Er spürte, wer das sein könnte. Keinesfalls würde er zulassen, dass Valentina weiter verletzt wird. Niemals!

Nach der Spritze ging Valentina in das Tal der Träume und sie schlief bis zum nächsten Morgen.

In einem unbequemen Stuhl saß Eugenie neben ihrem Bett und machte die ganze Nacht kein Auge zu.

Als die ersten Sonnenstrahlen ins Zimmer fielen, öffnete Valentina ihre Augen. Sie wirkte verschlafen und noch recht benommen.

»Guten Morgen, mein Liebes.« Eugenie nahm Valentinas rechte Hand und strich sanft über ihr Haar.

»Was ist geschehen, Mama? Es war doch alles nur ein Traum. Bitte, Mama, sag es, sag, dass das alles nicht wahr ist.« Gerne hätte Valentina nun eine positive Antwort bekommen.

Leider konnte ihre Mutter diesen Wunsch nicht erfüllen und versuchte, sie einfach mit einem »Alles wird wieder gut« zu beruhigen.

Schmerzlich musste Valentina erkennen, dass sie nichts geträumt hatte und weinte. Unaufhörlich benetzten bittere Tränen das zarte Gesicht. Sie wollte sich aufrichten, schaffte es aber nicht. Die Schwachheit des Schmerzes und der Angst übermannte sie.

Besorgt empfahl ihr die Mutter im Bett zu bleiben.

Brav fügte sich die Tochter. Die geschwächte Valentina verspürte keinerlei Drang aufzustehen.

Eugenie konnte sie überreden, eine Tasse Pfefferminztee zu trinken, damit sie wenigstens etwas Flüssigkeit zu sich nahm.

An Essen mochte Valentina gar nicht denken. Ihr wurde noch immer übel. Ihr Magen und Darm rebellierten unkontrolliert.

Im Wohnzimmer hatten sich Vater Antoine und Bruder Maurice eingefunden und beratschlagten, was zu tun war, schließlich wollte man das nicht einfach so hinnehmen, was Valentina vorgeworfen wurde.

Olivier, der kurzfristig aus Bordeaux angereist war, nahm auch an diesem Männergespräch teil. Mit Stolz wollten die Männer des Hauses um das Ansehen ihrer Familie kämpfen.

»Ich habe da so einen Verdacht.« Maurice war sich absolut sicher, dass sein Bauchgefühl ihn nicht täuschte. »Es ist die Ehefrau von diesem Melchiorre, die Valentina verdächtigt. Und ich denke, ich liege mit meiner Vermutung richtig.«

»Warum sollte sie das tun?«, fragte Olivier entsetzt.

»Aus Eifersucht«, war die schnelle Reaktion von Maurice. »Sie ist ganz einfach eifersüchtig auf Valentina.«

Antoine nickte, denn er erinnerte sich noch gut an den hasserfüllten Blick, den Michelle seiner Jüngsten auf dem Fest zuwarf. »Dieser Meinung bin ich auch.« Er war sich sicher, dass ihn seine Intuition nicht täuschte.

»Ach, das glaube ich nicht«, reagierte Olivier trotzig.

Wieso war er offensichtlich der einzige der Leconte-Männer, der daran nicht glaubte? Er tat gerade so, als ob ihm ein Spielzeug abgenommen wurde.

»Michelle ist doch sehr nett,« fügte Olivier bestimmend hinzu.

Mit dieser Meinung stand er nun absolut alleine da.

Stirnrunzelnd schaute Antoine seinen Sohn an. »Woher willst du wissen, wie nett sie ist? Oder kennst du diese Frau etwa näher? Das will ich nicht hoffen.« Misstrauisch beäugte der Vater den Sohn.

»Nein, nein, woher?«, antwortete Olivier recht zügig, so als wollte er keinesfalls mit ihr in Verbindung gebracht werden.

Das entging auch Maurice nicht und kritisch behielt er seinen Bruder im Auge.

Aber was sollten Antoine und Maurice unternehmen? Es fehlte ihnen an Beweisen.

Diese ganze Situation empfanden die beiden als beunruhigend, sehr beunruhigend. Dass ihre geliebte Valentina als sogenannte Auftragskillerin dargestellt wurde, lag ihnen schwer auf der Seele. Wieso kam die Polizei nur auf so eine absurde Idee? Unfassbar!

Vater und Sohn Leconte wollten allerdings die Hoffnung niemals aufgeben, dass die Wahrheit ans Licht kommt.

...

Monique hatte ihren kleinen Pierre von der Schule abgeholt und kam abgehetzt nach Hause. Sie gesellte sich zu den drei Männern und berichtete, was sie alles auf dem Nachhauseweg erlebt hatte.

»Alle reden über diese schlimme Geschichte und die Leute haben mich dabei so merkwürdig angesehen. Ob sie tatsächlich glauben, dass Valentina etwas damit zu tun hat?«

Dieses Gefühl, dass die Menschen über ihre Familie schlecht redeten, wurde Monique nicht los. Viele begegneten ihr anders als sonst. Ob mitleidige oder fragende, gar mahnende Blicke, die älteste Tochter der Lecontes fühlte sich beobachtet, gedemütigt und verstand die Welt nicht mehr.

»Valentina trifft keine Schuld, dafür würde ich meine Hand ins Feuer legen«, sagte Antoine mit Nachdruck.

Niemand sollte seine Familie verletzen oder gar verleumden. Doch das schien sich gerade im Örtchen Le Verdon-sur-Mer abzuspielen.

Die Einwohner untereinander kannten sich, sprachen miteinander, aber auch übereinander und das Gerücht um Valentina und diese schlimme Tat verbreitete sich rasend schnell.

Mit Genugtuung konnte Michelle zusehen, wie die kleine verhasste Nebenbuhlerin und ihre Familie zugrunde gerichtet wurden.

Nichts war so wie es einmal war und aus einem kleinen Mädchen wurde schnell eine mögliche Täterin gemacht.

Und das alles nur, weil eine eifersüchtige und machtgierige Frau manipulierte.

Warum machten die Leute eigentlich nicht die beiden Seemänner für diesen „Unfalltod" verantwortlich? Sie waren doch mit auf dem Boot, als das „Unglück" passierte. Diese Männer spielten allerdings brave Familienväter, denen man einen Mord niemals zutrauen würde.

Im Dorf begann ein regelrechtes Hetzmanöver gegen Valentina, bis ihr älterer Bruder Maurice eingriff. Er wollte nicht tatenlos zusehen, wie man seine kleine Schwester für Dinge verantwortlich machte, die sie niemals getan hatte und auch nicht tun würde. Im Gegensatz zu seinem Bruder wollte er ihr den Rücken freihalten und die Arme entlasten!

Mit einem befreundeten Jurastudenten besprach er die Sachlage und so gab es keine Anklage. Durch diverse Zeugenaussagen der Eltern, Geschwister und auch Nachbarn, die ständig hinter dem Vorhang das Geschehen auf der Straße beobachteten, wurde bewiesen, dass Valentina an diesem besagten Unglückstag Zuhause war.

Eine ältere Nachbarin gab nichts auf das Geschwätz der anderen und sie sagte bei der Polizei aus, dass man Valentina ruhig Glauben schenken darf. So ein liebes Mädchen ist doch keine Mörderin. Glücklicherweise war sie die Großmutter des diensthabenden Polizisten und redete ihrem Enkelsohn ins Gewissen. Es gab keinen Grund, Valentina weiter zu verdächtigen. Aus Mangel an Beweisen wurde zu Gunsten von Valentina entschieden.

Die meisten Bewohner von Le Verdon-sur-Mer jedoch interessierte das recht wenig, denn in den Köpfen dieser Leute hatte sich diese unglaubliche Geschichte manifestiert. Ob das alles nun der Wahrheit entsprach oder nicht, ein bitterer Beigeschmack blieb hängen.

Valentina wurde von den anderen Dorfleuten gemieden und sogar verachtet. Schulkameraden und angebliche Freunde benahmen sich ihr gegenüber auch völlig anders als vor diesem Geschehen. Es konnte ja vielleicht doch etwas dran sein, was man sich so erzählte...

...

Es vergingen drei Wochen, quälende Wochen für Valentina und ihre Familie.

Ihre Brüder lebten meistens in Bordeaux, aber ihre Eltern, ihre Schwester und der kleine Neffe Pierre waren täglich den Widerständen auf der Straße ausgesetzt. Kaum jemand redete mit der Familie Leconte. Viele drehten sich einfach um, wenn sie ihnen begegneten.

Dabei war Valentina von Amtswegen her längst rehabilitiert. Nichts hatte das junge Mädchen getan, aber ihre Mitmenschen wollten das nicht wissen. Sie redeten und redeten, keiner wollte damit aufhören. Keiner ließ die Lästereien verstummen. Das tat weh, denn bis jetzt waren alle Familienmitglieder in diesem schönen Örtchen sehr beliebt und angesehen.

Insgeheim freute sich allerdings eine Person ganz besonders hämisch: Michelle. Für die Leute spielte sie natürlich weiter die trauernde Witwe.

»Das geschieht diesen Lecontes recht«, war ihr ständiger Gedanke, obwohl zumindest einer aus dieser Familie ihr hätte nahestehen müssen.

Seit einiger Zeit gehörte der smarte Olivier zu ihren zahlreichen Affären, die sie während der Ehe mit Melchiorre hatte. Gerne, aber heimlich, kam er stets durch die Hintertür des gut gepflegten Anwesens. Er war eben ein Mann, den die Frauen sehr begehrten, egal, ob jung, ob alt. Hauptsache der gut gefüllte Geldbeutel lockte. So führte ihn auch heute der Weg zur reichen, verführerischen Michelle.

»Ah, da bist du ja.« Michelle erwartete ihn schon in einem freizügigen Negligé. Sie konnte es kaum erwarten, ihn zu berühren und zog ihn ins Bett. Er war so männlich, sein gut gebauter Körper hatte eine magische Anziehungskraft auf die Damenwelt.

Leidenschaftlich waren ihre Küsse, die von Olivier nur allzu gerne erwidert wurden.

Nur für einen kurzen Augenblick wehrte sich der feurige Liebhaber jedoch gegen diese prickelnde Erotik. »Warte, ich möchte noch etwas klären bevor ich mit dir schlafe.« Die Glut in den Augen von Michelle stieg an. Wer wollte jetzt noch reden?

Kurz versuchte er, sich ihren weiblichen Reizen zu entreißen.

»Meine Schwester ist unschuldig«, beteuerte Olivier.

Michelle war überrascht, denn bisher hatte sich ihr junger Geliebter wenig darum gekümmert, wie sehr die Kleine litt. Nie hatte er sich für seine Familie je so eingesetzt wie Maurice das zum Beispiel immer tat.

»Nicht jetzt.« Sie zog ihn erneut an sich, schlang ihre langen Beine um seinen Körper, küsste ihn im Nacken.

Der rote Lip Gloss glänzte nicht nur verführerisch, sondern schmeckte nach seiner Lieblingsmarke: Erdbeere. Ihr einladendes, großzügiges Dekolleté setzte die lebenslustige Michelle gekonnt in Szene und der liebeshungrige Mann mit den zwei Gesichtern dachte keine Sekunde mehr an seine Schwester.

Wie von Sinnen gab er sich der Leidenschaft und den Reizen dieser Frau hin. Seine Manneskraft konnte er hier immer wieder gerne unter Beweis stellen.

Nun hatte die „trauernde Witwe" wieder erreicht, was sie wollte. Das leidige Thema Valentina war erst einmal vom Tisch.

...

Währenddessen saß Valentina Zuhause und grübelte. Die Ereignisse der vergangenen Zeit hatten ihr sehr zugesetzt und das verzweifelte Mädchen starrte einfach durch die Gegend. Die seelischen Qualen nagten an ihr.

Monique betrat leise den Raum. »Na, Schwesterlein.«

Erschrocken blickte Valentina auf. Die Sorgenfalten auf ihrer Stirn waren unübersehbar.

Ihre Schwester wollte sie etwas aufmuntern. »Wie wäre es mit einem Spaziergang am Meer? Das wird dir gut tun.« Monique lächelte das Nesthäkchen der Familie an und strich ihr sanft durchs Haar.

Valentina war unschlüssig: »Ich weiß nicht.« Sie hatte Angst, Menschen zu treffen. Menschen, die sie denunzierten, die sie anstarrten, die sie ignorierten. Vielleicht traf sie auch zufälligerweise auf diese Michelle. Nein, so eine Situation wollte die verzweifelte Valentina möglichst vermeiden.

»Komm, wir gehen.« Monique war hartnäckig und nahm Valentinas Hand.

Natürlich spürte das Mädchen, dass die große Schwester es nur gut mit ihr meinte und so machten sich die beiden auf den Weg.

Am Strand angekommen, blieb Valentina stehen und hörte aufmerksam dem Rauschen der Wellen zu. Das Meeresrauschen saugte sie in sich auf. Es tat gut, sehr gut! Aber alles lief wie in einem Film vor ihr ab. Ein schlechter Film, den sie gerne am liebsten abgeschaltet hätte.

Doch die quälenden Gedanken blieben. Wie mag dieses Unglück mit Melchiorre abgelaufen sein?

Die Schreie ihres Geliebten, den man Tage zuvor als Leiche geborgen hatte, konnte die sensible Valentina deutlich hören.

Tränenüberströmt stand sie nun hier an einem friedlichen Ort, der Ruhe ausstrahlte. Sie starrte aufs Meer, so, wie es einst ihr Melchiorre immer getan hatte.

Intuitiv spürte die immer noch Liebende ihren Freund, Geliebten, was auch immer er für sie gewesen war. Er war ihr ganz nah, näher als je zuvor.

Monique sah ihre von Seelenschmerz übermannte Schwester an. Das hatte sie nicht gewollt! Valentina sollte nur auf andere Gedanken gebracht werden. Mehr nicht! Doch genau das Gegenteil war der Fall.

Aber die große Schwester verspürte das Gefühl, sie musste ihr Küken hierherbringen. Das war einfach so eine Art Eingebung, die sie sich selbst nicht erklären konnte.

»Was ist das?« Monique erblickte etwas Funkelndes, das an Land gespült wurde. Sie lief barfuß durch den Sand, obwohl die Temperaturen bereits stark gesunken waren.

»Eine Kette. Die ist aber wunderschön.«

Bei näherer Betrachtung dieser goldfarbenen Kette sah sie auf dem Anhänger einen Namen eingraviert: Valentina.

»Du, du da steht dein, ja dein, Name drauf«, stotterte Monique.

Mit zitternden Händen drehte die nervöse Valentina den Anhänger auf die andere Seite und dort stand geschrieben: »In Liebe, dein Melchiorre.«

Valentina brach erneut in Tränen aus. Diese Kette war offensichtlich für sie bestimmt, angespült von den Wellen des Meeres, die ihren geliebten Melchiorre verschluckt hatten.

Monique konnte ihre Schwester nicht mehr beruhigen. Weinend fiel Valentina in den Sand.

»Er hat dich geliebt«, kam es zaghaft aus Moniques Mund.

»Ich weiß, ich habe es immer gespürt.« Valentinas Stimme stockte durch den reichen Tränenfluss.

Mit wenig Kraft, aber sehr emotional, schrie Valentina aufs Meer hinaus: »Ich liebe dich, Melchiorre! Ich liebe dich!« Abermals brach das zarte Geschöpf zusammen und ihre Tränen berührten den sandigen Boden.

Die Schwestern verbrachten noch viele Stunden an diesem schicksalhaften Ort. Weinend, tröstend, still.

Zuhause waren Eugenie und Antoine völlig verzweifelt, was das Wohl ihrer beiden Töchter anbelangte. Ihre Söhne schienen gut versorgt zu sein, aber ihre beiden Mädchen! So manche Sorgenfalte wuchs ihnen auf die Stirn.

Die Eheleute Leconte saßen in der Küche und tranken einen guten, frisch aufgebrühten Kaffee. Ständig stellten sie sich die Frage, wie sie helfen konnten.

Eugenie war traurig. »Die Leute gehen mir beim Einkaufen immer noch aus dem Weg.«

»Ja, ich weiß, meine Auftraggeber stellen sich genauso dumm an«, konnte Antoine nur bestätigen. »Aber das Wichtigste sind unsere Kinder.«

»Du hast Recht. Sie müssen beschützt werden. Und der kleine Pierre auch. In der Schule macht man ihm derzeit das Leben schwer.«

Die Gedanken um das Wohl der Familie ließ Eugenie nicht los. Dass ihnen so etwas passieren musste. Dabei verkörperten die Eheleute Grundwerte wie Sympathie und Loyalität. Doch wer war ihren Kindern und ihnen selbst gegenüber noch loyal?

Pierre hatte seiner Großmutter von den Hänseleien seiner Mitschüler erzählt. Er wurde zwar nicht komplett abgelehnt, aber sie redeten abwertend über seine Eltern und seine Tante. Vor allem auf dem Schulhof behandelten die Mitschüler ihn niederträchtig. Der Junge war ein tapferer kleiner Mann, aber auf Dauer konnte das nicht gut für den Schüler sein. Trotz Klugheit und Besonnenheit, die kleine Seele weinte und den Großeltern bereitete diese Seelenpein ihres Enkels schlaflose Nächte.

Monique und Valentina kamen Arm in Arm nach Hause. Beide sahen angegriffen aus. Die verweinten Augen ihrer Jüngsten blieb den Eltern nicht verborgen.

»So kann das nicht weitergehen«, beschloss Antoine. »Es muss für die Kinder eine Lösung geben! Wir kommen mit der momentanen Situation zurecht, aber die drei müssen aus der Schusslinie genommen werden.« Antoine war fest entschlossen, seine Familie vor noch mehr Kummer und Sorgen zu beschützen.

Als die beiden Schwestern die Küche betraten, bat der Vater sie, sich zu setzen. Besorgt legte er seine Hände auf Moniques linken und Valentinas rechten Arm.

»Was ist los?«, fragte Monique und zupfte nervös an ihrem Kleidersaum. »Ist schon wieder etwas passiert?«

»Nein, nein. Aber ihr wisst ja, dass die Lage hier im Ort für uns alle im Augenblick angespannt ist. Man kann sogar von einem Spießrutenlaufen sprechen.«

Antoine hatte die ganze Situation erfasst und machte seinen Töchtern den Vorschlag: »Was haltet ihr davon, wenn ihr eine Weile von hier fort geht?«

Die Mutter sprang entsetzt auf. Wie konnte Antoine nur so eine einsame Entscheidung treffen? »Nein, meine Kinder bleiben hier!«

»Wenn es aber das Beste ist für sie, so lass sie besser gehen. Es muss ja nicht für immer und auch nicht weit weg sein.« Natürlich wollte Antoine seine Kinder lieber um sich haben, aber sie sollten sich dem ganzen Kummer nicht mehr länger aussetzen.

»So weh das tut, es scheint die beste Lösung für alle zu sein.« Antoine versuchte, ruhig zu bleiben.

»Es ist meine Schuld, allein meine Schuld«, stammelte Valentina schluchzend vor sich hin und griff nach dem zwanzigsten Taschentuch an diesem Tag.

»Nein, du kannst doch nichts dafür«, versuchte Monique die Schwester zu trösten.

Doch das half nicht. Leidvoll kamen immer wieder diese Worte aus Valentinas Mund: »Ich bin schuld.«

Monique gab zu bedenken: »An der Sache mit Danyel hast du ganz sicher keine Schuld.«

»Schuld, Schuld, hier hat keiner Schuld!«, schrie der verzweifelte Vater, der nun auch von seinen Gefühlen hin- und hergerissen war.

»Die falschen Männer in eurem Leben haben euch geschadet und krank gemacht.« Wütend lief er im Wohnzimmer auf und ab und schlug trotz Aufruhr in seinem Herzen vor: »Lasst uns in Ruhe überlegen, was zu tun ist.«

Plötzlich stand der kleine Pierre in der Tür. Er hatte alles gehört, was die Erwachsenen zu sagen hatten. Besonnen machte er einen Vorschlag: »Wir gehen einfach weit weg und kommen erst wieder, wenn sich alle beruhigt haben und Gras über alles gewachsen ist.«

Antoine sah seinen Enkelsohn, den er über alles liebte, voller Stolz an. »Kluger Junge.«

Pierre setzte sich zu seinem geliebten Großvater auf den Schoß und lehnte seinen Kopf an dessen Wange.

Schweren Herzens musste Eugenie zugeben: »Ja, Pierre hat Recht. Die Leute werden sich beruhigen.«

Monique zweifelte jedoch daran. Sie hatte Angst, sogar große Angst vor der Zukunft, denn sie ahnte, dass ein gewisser Herr in ihrem Leben etwas dagegen haben könnte.

»Ihr glaubt doch wohl nicht, dass Danyel seinen Sohn und mich ziehen lässt?«

Klein Pierre wusste Rat: »Das lass einmal meine Sorge sein, Maman. Ich werde mit Vater reden.«

Zärtlich streichelte Monique die Wangen ihres Sohnes. »Das ist lieb von dir. Aber ich denke, das wird wenig helfen.« Sie stand dem Ganzen eher misstrauisch gegenüber.

Pierre lächelte seine geliebte Maman an. »Das werden wir sehen.« Es war ihm schon einmal gelungen, seinen Vater zu überzeugen, warum sollte es diesmal misslingen?

Valentina wollte nichts hören und nichts sehen. Sie war am Boden zerstört. Aber sie wusste auch, dass ihr Vater Recht hatte. So konnte es wirklich nicht weitergehen und es ging allen an die Substanz.

Antoine konnte sein kleines Mädchen nicht so leiden sehen. »Meine Kleine, du gehst bald nach Bordeaux, um zu studieren. Möchtest du vielleicht nicht schon viel eher dorthin fahren, um dich langsam einzugewöhnen?

Tröstend nahm er sein geliebtes Töchterchen in den Arm. »Vielleicht ist es besser, Maurice wird dich abholen.« Antoine küsste seine geliebte Tochter zärtlich auf die Stirn. Auch sein Vaterherz blutete.

Eugenie wischte sich ihre Tränen ab. Aber was sollte sie tun? Hatte sie eine andere Lösung parat?

Monique weinte und war untröstlich. Sie mochte den Ort, an dem ihre Eltern wohnten, nicht verlassen. Aber sie musste an ihren Sohn denken. Unbeschwert und glücklich sollte er aufwachsen.

Als Valentina und Pierre zu Bett gegangen waren, besprach Monique noch einmal alles mit ihren Eltern.

»Was soll ich tun? Wo sollen wir denn hin?« Monique holte tief Luft. »Es soll Pierre gut gehen. Ich will nicht, dass man ihn hänselt oder sogar quält.«

Mutter Eugenie, selbst den Tränen nahe, hatte eine erleuchtende Minute. »Meine Schwester, ja, Tante Maria, sie lebt in Augsburg!«

Ganz angetan von diesem Lichtblick fuhr sie weiter fort: »Bei ihr hättet ihr eine gute Zuflucht. Dann bin ich auch nicht ganz so traurig und könnte euch jederzeit besuchen.«

Mit diesem wunderbaren Vorschlag war Antoine einverstanden. Dann wusste er seine Tochter und den geliebten Enkelsohn wenigstens in guten Händen. »Ja, das ist perfekt.« Ein Lächeln umschmeichelte sein Gesicht.

»Das ist aber weit weg. Deutschland. Pierre spricht nicht einmal diese Sprache.« Wie immer, stand Monique dieser Möglichkeit eher skeptisch gegenüber.

»Dort gibt es mit Sicherheit internationale Schulen und Kinder lernen schnell andere Sprachen.« Antoine war davon überzeugt, dass der kleine Pierre keine Schwierigkeiten damit hatte.

»Ich muss erst Pierre fragen, was er davon hält.« Nervös ging Monique auf und ab. Viele ungeklärte Dinge gingen ihr durch den Kopf. Zum Beispiel ihr Ehemann, eine neue Erfahrung, neue Stadt, neues Land.

»Ruf doch deine Schwester Maria an«, bat Antoine seine Ehefrau. Dabei warf er ihr einen zärtlichen Blick der Liebe zu.

»Gute Idee, das mache ich.«

Noch zu später Stunde griff Eugenie zum Telefon. In jeder Einzelheit erklärte sie ihrer Schwester die Ereignisse und näheren Umstände.

Eugenie war gebürtige Deutsche. Geboren in Würzburg und aufgewachsen in Augsburg, verliebte sie sich eines Tages in den gutaussehenden Antoine und folgte ihm nach Frankreich. Damals fiel ihr das ganz sicher nicht leicht. Aber was macht man nicht alles aus Liebe?

Ihre Schwester freute sich über die baldige Gesellschaft und hatte nichts dagegen, die Nichte und deren Sohn aufzunehmen. Ihr Haus war groß genug, um zwei weitere Gäste zu beherbergen.

Auch wenn es Antoine und seiner Frau das Herz brach, sie mussten die beiden Töchter und das Enkelkind gehen lassen.

Am nächsten Morgen rief Pierre seinen Vater an. »Papa, ich muss mit dir etwas sehr Wichtiges besprechen.«

Sein Vater war sehr angetan davon, dass sein Sohn freiwillig mit ihm reden wollte. Und allein, so ganz von Mann zu Mann.

In seiner Wunschvorstellung würde er Pierre am liebsten ohne seine Mutter erziehen. In den vergangenen Wochen war das Aufsehen um ihn und die Familie herum jedoch so groß, dass er nicht noch weiter seinen angeschlagenen Ruf ruinieren wollte. So beließ er es bei der aktuellen Lebenssituation.

»Gerne, mein Sohn, komm ruhig zu mir.« Danyel freute sich auf das Treffen mit seinem Sohn. »Mein Fahrer wird dich gleich von der Schule abholen.«

Ohne seine geliebte Mutter fuhr Pierre jedoch nirgendwohin, schon gar nicht zum Vater. Also musste Danyel zähneknirschend einwilligen, dass auch Monique zu diesem Treffen erschien.

Nach der Schule wurden Pierre und Monique, wie vereinbart, von Danyels Fahrer in Empfang genommen.

Ziemlich mulmig war es Monique zumute. Trotzdem begleitete sie ihren Sohn.

Ein paar Minuten später trafen sie auf dem wunderschönen Anwesen ein, das einmal ihr Zuhause war. Die Blumenpracht um das Haus herum vermisste Monique sehr, denn sie war eine ausgesprochen begabte Gärtnerin.

Strahlend breitete Danyel seine Arme aus als er den Sohn erblickte. »Komm zu Papa!«, rief er begeistert.

Mit Argusaugen betrachtete Monique das Ganze. Auf keinen Fall wollte sie riskieren, dass man ihr den Sohn wieder wegnahm.

Dagegen wirkte Pierre gelassen. Unkompliziert ging er auf seinen Vater zu. Geschickt liebäugelte er mit allem, was dem Vater so wichtig erschien. Lange genug konnte er seine Eigenarten beobachten.

»Papa, ich werde doch einmal dein Nachfolger sein? Ein guter Nachfolger oder?«, wiederholte er.

»Natürlich. Das ist mein Wunsch.«

Pierre setzte sich auf den Schoß des Vaters. »Du, dann möchte ich mich in aller Ruhe in einer guten Schule darauf vorbereiten. Aber in ein Internat gehe ich nicht mehr.«

Mittlerweile war Danyel auch dieser Weg recht. »Das ist vernünftig, mein Sohn.«

»Selbstverständlich mit Maman an meiner Seite«, warf Pierre schnell noch ein. Sein Charme ließ sogar den kaltherzigen Danyel dahinschmelzen.

Nun mischte sich mutig Monique ins Gespräch ein, erzählte von der sehr guten internationalen Schule in der Nähe von Augsburg und dass sie bei ihrer Tante leben konnten. Sie berichtete von hervorragenden Lehrern, die an der Schule unterrichteten und von den vielen Sprachen, die Pierre erlernen konnte.

Zunächst war Danyel wenig angetan von der Tatsache, dass sein Sohn nach Deutschland gehen sollte. Doch die Anfeindungen der Mitmenschen sowohl im Heimatort der Frau als auch in seinem Wohnort waren ihm nicht unbekannt. Mit der Macht seines vielen Geldes konnte er zwar etliche Stimmen verstummen lassen, aber eben nicht alle.

Sicher würde es Pierre gut tun, woanders aufzuwachsen, auch wenn einem Danyel Delaware das nicht gefiel. Schließlich stimmte er allem missmutig zu.

Pierre war begeistert und Monique erleichtert. Dieses Gespräch hatte sie sich schlimmer vorgestellt. Dank der hervorragenden Überredungskünste ihres Sohnes war alles gut verlaufen. So würden Monique und Pierre ihre Zukunft in Deutschland verbringen.

Durch die Beziehungen des Vaters wurde schnell eine Einigung mit der neuen Schulleitung gefunden. Tante Maria nahm ihre Schützlinge mit offenen Armen auf. In ihrer Obhut würden sich die beiden wohlfühlen, da war die grauhaarige Dame aus Augsburg sich ganz sicher.

...

Früher als geplant, verließ nun auch Valentina ihr Elternhaus und ging nach Bordeaux.

Von ihrem Bruder Maurice wurde sie abgeholt. Begleitet wurde er von Albert, der noch immer sehr viel für Valentina empfand. Jedoch hielt Albert sich gentlemanlike zurück. Er wusste, warum es Valentina derzeit nicht gut ging. Sehr rücksichtsvoll ging der Kamerad mit ihr um. So überließ er Valentina gerne das schönste Zimmer in der Wohngemeinschaft in

Bordeaux. Von nun an lebten Maurice, Olivier, Albert und Valentina in einer Wohngemeinschaft zusammen.

Für den Lebensunterhalt arbeitete Maurice in einer Fabrik, die Medikamente herstellte. Dort konnte er seine Studien machen, sehen, wieviel Unfug damit getrieben wurde. In diesem Werk konnte er viel lernen über die Zusammensetzung der bereits vorhandenen Medikamente und wie die einzelnen Produktionen funktionierten und wie man vor allem Versuche durchführte. Oft fühlte er sich fehl am Platz, aber er musste Geld verdienen und auch Erfahrungen sammeln, wie man es eines Tages besser machen könnte.

Sein Bruder Olivier lebte dafür umso leichtfüßiger. Der Frauenwelt stets nicht abgeneigt, hüpfte er von einer „Blüte" zur anderen. Mal hier und da sogar einen Geldschein dafür einstecken oder anderweitig von einer der zahlreichen Affären profitieren.

Hauptsächlich verdiente er aber sein Geld zum Lebensunterhalt mit Schreiben für eine Zeitschrift, die über biologische Vorkommnisse berichtete. Die Biologie hatte es ihm nicht nur im Zusammenhang mit den Frauen angetan.

Ihr Mitbewohner Albert studierte ebenfalls gerne Zeitungen und schrieb hierfür ab und an einen Artikel. Das Schreiben lag ihm. Aber das brachte ihm nicht genug Geld ein, so musste er morgens früh noch Zeitungen austragen.

Nun stieß Valentina noch hinzu. Sie hatte noch keine Zeit, sich um einen Job zu kümmern und gedanklich schwebte sie noch in einer anderen Welt.

Da bis jetzt auch ohne sie alles gut in dieser Männerwohngemeinschaft funktionierte, erwartete so schnell keiner einen finanziellen Beitrag von ihr. Zuerst sollte sie sich einmal eingewöhnen.

Mit zwei Koffern und einer Tragetasche betrat sie die Studentenwohnung, die in einem Vorort von Bordeaux lag. Der Großteil der Universitäten I, III und IV von Bordeaux hatte seinen Campus im Vorort Talence.

Ganze siebzig steile Treppenstufen führten zu diesem ungewohnten Domizil und sie war völlig aus der Puste.

Drei Zimmer, Küche, Diele, Bad. Das war nun ihr neues Zuhause.

Mulmig war ihr schon zumute. Der Neubeginn schmerzte, da vor allem die Erinnerungen der letzten Tage und Wochen ihr noch ganz schön in den Knochen steckten. Äußerlich gab sie sich inzwischen gelassen, aber wer sie wirklich kannte, wusste, dass es innerlich in ihr brodelte.

So wie Maurice, der immer als Beschützer seiner kleinen Schwester fungierte. Er wollte, dass es Valentina gut ging, denn er liebte sie abgöttisch.

»Komm, Schwesterherz, ich trage deine Koffer«, besorgt griff er nach ihrem schweren Gepäck.

Dankbar schaute sie ihn an. Ihre eigenen Kräfte hatten in letzter Zeit etwas nachgelassen. Sie lächelte ihn an: »Danke.«

Albert kam auf sie zu, denn auch er war bemüht, dass es Valentina an nichts fehlte. »Die Tasche trage ich«, sagte er und nahm ihr das nächste Gepäckstück aus der Hand.

Diese Tasche hatte ihre liebe Mutter genäht, feines Brokat, vielleicht etwas altbacken, aber für sie war es ein sehr liebevolles, wertvolles Geschenk.

Höflich antwortete sie: »Danke, das ist freundlich.«

Valentina fand Albert sehr nett, aber an mehr konnte sie nicht denken. Zu tief saß der Schmerz, den sie seit Melchiorres Tod mit sich herumtrug. Ob sie je wieder lieben könnte? Oder würde sie für immer allein bleiben?

»Ich habe Kaffee aufgebrüht, den magst du doch so gerne.« Albert wollte, dass sich Valentina sofort hier wohlfühlte.

»Dankeschön.« Valentina schaute sich kurz in der Wohnung um.

Im hellblau gestrichenen Flur, der sich lang durch die Wohnung zog, standen zwei kleine Schuhschränke, die Antoine für seine Söhne zusammengeschraubt hatte. Ein Spiegel neben der Garderobe rundete das Bild eines ganz normalen Flures ab.

»Setz dich hin, wir bedienen dich jetzt erst einmal.« Liebevoll schaute Maurice seine kleine Schwester an.

Mit einem großen Kuchenteller in der Hand näherte sich Albert dem Esstisch. »Ich habe Kuchen beim Bäcker geholt.« Glücklich, seine Angebetete verwöhnen zu können, stellte er den Schoko-Sahnekuchen hin.

»Sieht lecker aus«, flüsterte Valentina.

Hunger hatte sie zwar keinen, aber enttäuschen wollte sie hier auch niemanden, denn es kümmerten sich alle rührend um sie.

Maurice kam zurück in die Küche. »Ich habe die Koffer in deinem Zimmer abgestellt.«

»Aber ihr habt doch nur drei Zimmer, da kann ich doch eigentlich nirgendwo schlafen.« Valentina machte sich erst jetzt Gedanken darüber wie die neue Wohnsituation aussehen sollte.

»Doch, du bekommst dein eigenes Zimmer.« Maurice bestand darauf. Seine Schwester sollte sich nach ihren eigenen Wünschen einrichten.

Nachdenklich fragte sie: »Wo schlaft ihr denn alle?«

Albert wischte sich verstohlen eine Locke aus dem Gesicht. »Olivier und ich haben ein Zimmer und Maurice räumt sein Zimmer für dich. Er will es so.«

Valentina war entsetzt. »Aber das geht doch nicht! Wo willst du denn schlafen?«

Maurice winkte ab: »Das ist schon gut so. Ich schlafe hier in der Küche auf der Couch.« Die kleine Couch war zwar relativ hart und unbequem, aber für sein geliebtes Schwesterherz tat er alles.

»Nein, nein, das will ich nicht.« Valentina wollte ihrem Bruder den Schlafplatz nicht wegnehmen.

»Ist in Ordnung. Mach dir da mal keine Sorgen.« Maurice ließ sich nicht davon abbringen auf dieser hässlichen Couch zu nächtigen.

Als diese Sitz- und Schlafgelegenheit gekauft wurde, war es zu einem Sonderpreis. Die Studentenwohngemeinschaft war eben oft knapp bei Kasse! Aber es ging schon. Man arrangierte sich auch mit kleinen Dingen des Alltags gut und brauchte nicht immer irgendwelchen Schnickschnack.

»Wieso können wir beide nicht in einem Zimmer schlafen? Wir sind doch Geschwister.« Auf gar keinen Fall wollte Valentina ihren Bruder aus dem Zimmer drängen.

Kurz überlegte Maurice und kratzte sich dabei wieder am Hinterkopf. Das machte er immer, wenn er nervös und unsicher wurde.

»Warum nicht? Du hast Recht. Wenn du willst, dann nehme ich dein großzügiges Angebot an.«

Valentina lächelte. Natürlich wollte sie.

»Prima, dann bin ich nicht so alleine.« Sie war beruhigt und Maurice konnte seine Schwester auch im Schlaf beschützen.

»Soll ich dir das Zimmer einmal zeigen?«, fragte Maurice.

»Gerne.« Die Geschwister nahmen sich an der Hand und Valentina folgte ihm.

Das Zimmer war nett und mit den nötigsten Dingen eingerichtet. Ein Bett, ein Sessel, ein Schrank.

»Das Bett ist doch groß genug. Da können wir bequem beide drin schlafen.«

Valentina duldete keine Widerrede und erhob lehrerhaft den rechten Zeigefinger.

Eher unangenehm war es Maurice, aber er schlug die Bitte seiner Schwester nicht aus. Gedanklich hatte er sich ausgemalt, auf einer Luftmatratze zu schlafen. Aber Platz war ja in der kleinsten Hütte!

Valentina ahnte seine Gedanken. »Nein, nein, du brauchst nicht auf der Erde schlafen. Wir teilen uns das Bett. Es ist wirklich groß und außerdem bist du mein Bruder.« Ein kleines Grinsen huschte über ihr Gesicht.

Maurice nickte. Seine Schwester war sein Ein und Alles. Er passte Tag und Nacht auf sie auf.

...

Zur gleichen Zeit verließ Monique mit Pierre das elterliche Haus in Le Verdon-sur-Mer. Mit dem Zug fuhren die beiden Auswanderer nach Deutschland.

Antoine konnte Tochter und Enkelkind nicht zum Bahnhof begleiten. Er kümmerte sich rührend um seine geliebte Frau, der die Sorgen um die Familie arg an die Substanz gingen. Rücken- und Nackenschmerzen plagten die Arme unentwegt. Sie litt Seelenqualen einer Mutter und Großmutter.

»Auf Wiedersehen, mein Engel.« Zärtlich umarmte sie ihr geliebtes Enkelkind. Sie ahnte, dass sie ihn für recht lange Zeit nicht wiedersehen würde.

Weinend stand der kleine Pierre vor seiner schluchzenden Großmutter. Nach außen hin immer stark, weinte er nun öffentlich.

Ihre Gefühle konnte auch Monique nicht unterdrücken und so wurde es ein tränenreicher Abschied.

Antoine liebte seine Tochter und Pierre sehr, aber er war der Einzige, der die Situation nüchtern betrachtete. Als verantwortungsvoller Vater und Großvater.

So blieb ihm und seiner geliebten Eugenie das Letzte, was sie noch hatten: Ihre Liebe zueinander. Gegenseitig trösteten sie sich mit den Worten: »Es ist besser so.«

Als das Taxi zum Bahnhof Le Verdon La Pointe de Grave abfuhr, winkte Pierre heftig seinen Großeltern zu. »Au revoir! Es wird alles gut!«

Seinen Vater hatte Pierre beim Abschied kaum vermisst. Keiner hatte erwartet, dass Danyel Delaware zum Bahnhof oder zum Haus der Lecontes kam.

In einer stillen Ecke seines großen und menschenleeren Hauses, saß Danyel stumm da und auch er konnte seine Gefühle, die er ansonsten stets hervorragend zu unterdrücken verstand, nicht steuern. Selbst er, der mächtige Herr, verdrückte zu vorgerückter Stunde eine Träne. Die Kontrolle über das Leben seines einzigen Kindes hatte er zähneknirschend aus der Hand gegeben.

Nur eine Frau triumphierte an diesem Tag: Michelle Chevrier. Mit einem Glas Rotwein in der Hand prostete sie sich im Spiegel selbst zu. »Gut gemacht! Jetzt nimmt die Gerechtigkeit ihren Lauf.« Hämisch glaubte sie, dass es einen Gerechtigkeitssinn gab, bei dem sie allerdings kräftig nachgeholfen hatte. So war sie: Mächtig, lieblos, berechnend!

Am Ende des Tages kamen Pierre und seine Mutter nach zwölf Stunden Fahrt auf dem Hauptbahnhof in Augsburg an. Den kleinen Jungen faszinierte das noch älteste in Betrieb befindliche Bahnhofsgebäude der deutschen Großstädte, das 1845 erbaut wurde. Diese Eisenbahnleidenschaft vererbte ihm sein Großvater mütterlicherseits. Auch Antoine interessierte sich für alles, was mit Zügen und Bahnhöfen zu tun hatte.

Anpassungsschwierigkeiten würden den beiden Neuankömmlingen sicher nicht begegnen, denn Monique sprach die Sprache ihrer Mutter gut und Pierre lernte meistens sehr schnell.

»Da seid ihr ja.« Tante Maria empfing die beiden freudestrahlend. Seit mehr als elf Jahren war die Siebenundfünfzigjährige alleine, denn ihr Mann verstarb recht früh.

»Ach, wie schön, euch hierzuhaben.« Die schon grauhaarige Dame freute sich riesig über den Familienbesuch und wischte sich verstohlen unter ihrer dunklen Brille ein paar Tränen ab.

Monique und Pierre waren von der Fahrt noch etwas erschöpft, begrüßten die Tante aber höflich. Ganz nach französischer Art: Küsschen rechts und Küsschen links.

Der verantwortungsbewusste Pierre trug einen Großteil des Gepäcks selbst, denn er war jetzt der Mann, der auf seine Maman aufpassen musste.

»Gib mir etwas ab.« Tante Maria fand, dass das alles zu schwer war für ihn und wollte gerne helfen.

»Das ist nicht nötig.« Pierre sprach ein wenig Deutsch. In den vergangenen Tagen hatte er mit seiner

Großmutter in Le Verdon-sur-Mer die deutsche Sprache geübt. Es klappte trotz der wenigen Zeit, die die beiden zum Lernen hatten, recht gut.

»Übermorgen fängt die Schule an. Freust du dich schon?« Tante Maria wollte den kleinen Pierre etwas aufmuntern, denn sie wusste, was alles in der Vergangenheit vorgefallen war. Sie schloss den Jungen sofort in ihr Herz. So einen süßen Enkel hätte die kinderlose Witwe auch gerne gehabt.

Durch die Entfernung hatte man sich vorher nie so oft gesehen. Das sollte sich nun alles ändern und Tante Maria führte die beiden in ihr kleines, aber schönes Reihenhaus in der Augsburger Vorstadt Gersthofen. Dort befand sich auch die internationale Schule, die Pierre demnächst besuchte.

»Wie gefällt es euch?«, fragte Tante Maria neugierig.

Obwohl Monique sich noch ziemlich fremd fühlte, antwortete sie freundlich: »Gemütlich ist es hier.«

Pierre hakte nach: »Hast du auch Tiere?« Gerne hätte er einen lieben Spielkameraden gehabt. Bis vor Kurzem wuchs er bei Großmutter und Großvater Leconte mit einem süßen, kleinen Yorkshire Terrier auf, der von einem Auto überfahren wurde.

Aber Tante Maria lebte sehr zurückgezogen. »Nein. Leider nicht. Aber wir können ein Tierchen kaufen.«

Liebevoll streichelte sie die rechte Wange des Kleinen, dem sie gerne eine Freude gemacht hätte.

Doch Monique wehrte ab: »Danke, das ist nett. Aber nein.«

»Schade.« Pierre war ein bisschen enttäuscht und senkte seinen Kopf.

Tante Maria strich ihm durch die Haare und zwinkerte ihm ein Auge zu. »Vielleicht später.«

Pierre nickte und lächelte dabei verschmitzt.

Tante Maria führte die beiden in die erste Etage des Hauses. Über eine schmale Holztreppe führte der Weg in einen kleinen Flur, der Bad und die zwei Schlafzimmer teilte.

»Das ist dein Zimmer, Pierre.« Sie öffnete die Tür zu einem schönen, freundlichen kleinen Zimmer. Nett eingerichtet mit dem Nötigsten wie Bett, Schrank, Schreibtisch und Stuhl. Eine alte Eisenbahnanlage stand in der Ecke.

»Oh, eine Eisenbahn!«, rief Pierre begeistert. Das Zugfahren am heutigen Tage hatte ihm viel Spaß gemacht.

»Nicht anfassen«, sagte Monique erschrocken und nahm seine Hand weg. »Bitte mach nichts kaputt.«

Tante Maria lachte: »Ach, der Junge darf damit spielen. Sie gehörte einmal meinem verstorbenen Mann. Ich freue mich, wenn sie Pierre gefällt.«

»Oh ja!«, rief Pierre voller Begeisterung und fasste die vor ihm stehende Lokomotive an. Die alte Eisenbahn war wie neu. Solche Modelle hatte auch sein Großvater zu Hause.

»Nebenan ist dein Zimmer, Monique.« Sie öffnete ihr die Tür zum gegenüberliegenden Zimmer, das ebenfalls hell und freundlich wirkte. Am Fenster stand ein kleiner Schreibtisch. Antik, aber schön. Das hellbraune Sofabett sah zwar schon ziemlich alt aus, aber es war zweckmäßig. Tagsüber ein bequemes Sofa und nachts ein einfaches Bett.

»Danke.« Monique war ihrer Tante für die Aufnahme in ihrem Haus wirklich sehr dankbar.

»Und wo schläfst du?« Monique hatte nur diese beiden Zimmer auf der ersten Etage entdeckt.

»Ach, mach dir mal keine Sorgen, mein Kind, ich schlafe oben, da ist eine kleine Mansarde, die genügt mir. Und ich bin ja noch gut zu Fuß«, schob Tante Maria lachend hinterher. Mit ihren siebenundfünfzig Jahren stand Maria mitten im Leben. Sie bekam ihre Witwenrente und ihr Mann hatte seinerzeit gut vorgesorgt, damit seine geliebte Frau einmal abgesichert war. Er ahnte, dass ihn seine Krebserkrankung einmal frühzeitig ins Grab bringen würde.

»Wir rufen Eugenie und Antoine jetzt an. Sie werden sicher darauf warten«, schlug Tante Maria vor.

»Ja, danke.« Monique fiel es sehr schwer, aber sie wollte mit ihren Eltern telefonieren, denn sie wusste, dass sie beide traurig zurücklassen musste.

Voller Erwartung stürzte sich der aufgeregte Pierre auf das Telefon. »Darf ich anrufen?«

»Ja, natürlich.« Tante Maria wählte die Auslandsnummer für ihn.

Am anderen Ende der Leitung meldete sich Eugenie, die schon stundenlang den Platz neben dem Telefon nicht verlassen hatte.

»Hallo, Oma, wir sind da.«

Eugenie weinte und Pierre versuchte, sie zu trösten. »Nicht weinen, Oma, ich komme bald wieder. Maman geht es gut.«

Noch häufiger griff die Großmutter sehnsüchtig zum Telefon, um die Stimmen ihrer Lieben zu hören.

Aber jeder musste tapfer sein und das Allerbeste aus allem machen!

...

Drei Monate waren vergangen.

Monique und Pierre hatten sich bei Tante Maria in Augsburg gut eingelebt und nahmen ihr Schicksal mutig in die Hand.

Dagegen umgab Valentina in Bordeaux ständige Traurigkeit. Den ganzen Tag dachte sie an Melchiorre, ihre verlorene Liebe, die merkwürdigen Ereignisse um sie herum. Es fiel Valentina sichtlich schwer, das alles zu verarbeiten. Mühevoll kämpfte die junge Frau gegen die Schatten der Vergangenheit.

Seit Valentina Le Verdon-sur-Mer verlassen musste, ging sie tief in sich versunken ohne wirklichen Lebensmut weiter. Eine Art Dunkelheit umgab die Verzweifelte.

Das entging auch ihrem verantwortungsvollen Bruder Maurice nicht, der sein Schwesterlein oft zu trösten versuchte. Aber irgendwann war selbst er mit seinem Latein am Ende.

Den abenteuerlustigen Olivier kümmerte das alles recht wenig und der schüchterne Albert hielt sich dezent zurück. Doch seine Gefühle für Valentina waren zu tiefster Liebe herangewachsen.

Aus der Ferne beobachtete er die traurigen Augen seiner Angebeteten. Vielleicht war es einfach nur eine Frage der Zeit, bis er Valentina seine Liebe gestehen konnte.

»Möchtest du heute nicht ein wenig mit uns ausgehen? Wie wäre es mit einem Kinobesuch?«, versuchte Maurice seine kleine Schwester aufzumuntern. Jedoch gelang es ihm wieder nicht, denn Valentina zog sich immer mehr zurück. Sie wehrte mit einer Handbewegung zu einem klaren „Nein" ab.

Albert wollte seinem guten Freund helfen und dachte laut:»Ja, das wäre doch eine schöne Idee.« Leider blieben auch seine Bemühungen erfolglos.

So sehr sie sich alle bemühten, von Valentina kam nur leise:»Nein, danke.«

Achselzuckend standen Maurice und Albert sich gegenüber.

Zärtlich strich Maurice seiner Schwester über die Wangen. Diese hatten stark an Röte verloren, denn Valentina sah ziemlich angegriffen und aschfahl aus. Es war nicht zu übersehen, dass ihre einst heile Welt auf dem Kopf stand.

Im Augenblick konnten Maurice und Albert wohl nichts anderes tun, als abzuwarten.

In der gemeinsamen Küche trafen sich die beiden Männer wieder.

»Ich weiß wirklich nicht mehr, was wir noch machen sollen. Ihre Traurigkeit ist kaum auszuhalten.« Verzweifelt raufte sich Maurice durch sein Haar.

Albert konnte dem nur zustimmen: »Ja, das ist wahr. Aber wie sollen wir Valentina helfen?«

Maurice runzelte die Stirn. »Keine Ahnung.« Leider wusste er absolut keinen Rat. Wie konnte er seiner Schwester wieder mehr Lebensmut schenken? Sie hatte es sicher nicht verdient, so Trübsal zu blasen. Valentina sollte einfach nur glücklich sein.

»Wenn wir sie nur mehr aus diesem emotionalen Desaster herausbringen könnten!« Doch die Ratlosigkeit blieb.

Der Sunnyboy Olivier kam hinzu. Wie so oft, war er stark angetrunken. Die Kneipen von Bordeaux waren wie ein zweites Zuhause für den smarten Studenten. Das Abenteuer zog ihn mächtig an und er genoss mehr das Nacht- als das Studentenleben.

Lallend lief er auf die beiden Männer zu: »Hey, welche trüben Fratzen habt ihr denn?«

Volltrunken ließ Olivier sich auf der Couch nieder. Der harte Aufprall hatte seine Gesäßmuskeln in Wallung gebracht und er verzog sein Gesicht, das irgendwie nach Schmerzen aussah.

Sichtlich verärgert über den Lebenswandel, den der Bruder führte, antwortete Maurice: »Ach, lass uns doch in Ruhe.«

Olivier hatte weder Verantwortungs- noch Schamgefühl. Im Kühlschrank suchte er weiter nach einer Flasche Bier. Die Eskapaden seines Bruders hatte Maurice schon lange satt. Aber er gehörte zur Familie, und Familie war dem ältesten Sohn der Lecontes heilig.

Mehr und mehr fühlte Maurice sich aber in Oliviers Nähe unwohl. Manchmal fragte er sich, woher sein Bruder das viele Geld für seine Ausschweifungen hatte. Aber es sollte ihm auch egal sein. Lange genug hatte er versucht, ihm gut zuzureden. Schließlich war es sein Leben, was auch immer Olivier daraus machte!

»Geh auf dein Zimmer, du bist ja schon wieder betrunken«, bemerkte Maurice und richtete seinen rechten Zeigefinger auf Oliviers Zimmertür.

Der lallte und lachte nur. »Bald seid ihr mich eh los. Ich kündige mein WG-Zimmer zum Monatsende.«

Wütend, zugleich besorgt und doch etwas erleichtert fragte ihn Maurice: »Aha und wieso?«

»Ich kann euch nicht mehr sehen. So korrekt und anständig wie ihr seid. Langweilig.« Singend begab sich Olivier in sein Zimmer.

Maurice und Albert schauten sich nur fragend an. »Was sollen wir da machen? Dann bekommt eben Valentina ihr eigenes Zimmer.«

Sofort war Albert mit diesem Vorschlag einverstanden. »Ja, gut. Vielleicht bereitet es ihr viel Freude ein eigenes Zimmer zu haben und wie ein junges Mädchen sich einzurichten. Das könnte sie aufheitern.«

Von dieser Idee war Maurice begeistert. Sein Schwesterherz konnte es gestalten, wie sie wollte. Prima, dann dachte sie hoffentlich nicht mehr so viel nach. Diese Ablenkung war bestimmt das Richtige!

Am nächsten Morgen berichteten die beiden Freunde Valentina von der neuen Wohnsituation.

Wieder gedanklich ganz woanders, antwortete sie einfach nur: »Gut.«

Bewusst positiv bemerkte Maurice: »Es wird dir gefallen.«

Aufheiterung sah anders aus und Valentina lebte nach wie vor in ihrer eigenen Welt. Sie setzte sich einfach nur hin, nahm ein Croissant zum Frühstück und nippte gedankenverloren an ihrem Kaffee. Der Café-au-lait hier schmeckte irgendwie anders. Vielleicht lag es einfach nur am Wasser.

»Das machen wir schon. Wir helfen dir.« Alberts fürsorgliche Blicke nahm sie gar nicht wahr.

Noch ziemlich benommen von der vergangenen Nacht stieß Olivier hinzu. Nur eine Tasse Instantkaffee rührte er an. Alles andere war einfach nur ekelhaft.

»Habt ihr euch schon überlegt, wie es ohne mich weitergeht?«

Mürrisch fuhr sein Bruder ihn an: »Valentina bekommt das Zimmer.«

»Ah ja«, lachte Olivier höhnisch, »aber ohne weitere Einnahmen schafft ihr das nicht.« Er verließ die Küche und sein schallendes Lachen hörte man noch weit über den Flur hinweg.

Was war nur aus ihm geworden? Man sagte nicht umsonst: Umgang formt den Menschen. Nur, wer hatte ihn denn so spöttisch werden lassen?

»Das machen wir schon! Wir kommen auch ohne dein Geld klar!«, rief Maurice ihm laut und deutlich nach. In diesem Moment platzte dem großen Bruder der Kragen und er konnte nicht mehr innehalten. Natürlich wollte Maurice keinen Krach in der Familie, aber irgendwann musste es auch mal gut sein!

Es dauerte nur drei Tage, dann räumte Olivier sein Zimmer. Der Biologiestudent konnte es kaum erwarten mit einem Freund, mit dem er ständig um die Häuser zog, zusammen zu wohnen.

Bei der Verabschiedung warnte sein Bruder Maurice ihn eindringlich: »Treibe es nicht zu toll. Mach`s gut und lebe bitte nicht so ausschweifend. Denke auch mal an dein Studium.«

Eine Umarmung unter Brüdern gab es nicht, man spürte das unterkühlte Verhältnis der beiden deutlich. Ihre Ansichten über das Leben waren zu verschieden.

Mit hartem Unterton ließ Olivier verlauten: »Ja, ja«, und verließ leicht angesäuert die Wohngemeinschaft.

Valentina überkam immer wieder der Gedanke, dass sie an dieser Situation schuld war. Würde sie nicht da sein, vielleicht wäre dann alles anders.

Maurice ahnte ihre Gedankengänge und konnte sie beruhigen. »Das ist nicht wegen dir, Valentina, glaube mir. Er geht gerne aus, will unkontrolliert sein und das Leben in vollen Zügen genießen. Ich hoffe nur, dass er dabei seine Zukunftspläne nicht ganz vergisst.«

Sie nickte nur geknickt. Aber es fehlte ihr auch hier an Kraft, obwohl sie gerne ihre Brüder miteinander versöhnt hätte.

»Komm, wir räumen jetzt dein neues Zimmer um. Dann gehen wir dir ein neues Bett kaufen. Einverstanden?« Zärtlich rieb Maurice über Valentinas linke Hand.

»Aber ich habe doch kein Geld«, stammelte sie vor sich hin.

»Mache dir darüber keine Sorgen. Ich habe eine Nachtschicht mehr eingelegt und etwas mehr dazuverdient. Wir können dir ein Bett kaufen. Kein Problem.« Gerne half Maurice seiner kleinen Schwester und dafür war ihm absolut nichts zu viel. Wenn die Uhr noch mehr Stunden gehabt hätte, dann hätte er noch mehr gearbeitet.

»Aber das geht doch nicht«, kam von ihr verlegen zurück und sie senkte ihren Kopf. Am liebsten wäre Valentina in den Erdboden versunken. Sie wollte niemandem auf der Tasche liegen.

»Das geht. Komm.« Maurice packte seine Schwester sanft am Arm und sie gingen in das nächste Möbelgeschäft an der Ecke. Hier würden sie sicher etwas Passendes finden.

Bescheiden, wie sie war, suchte Valentina sich ein einfaches Holzbett aus. Und es durfte nicht viel Geld kosten! Mit dem neuen Möbelstück bepackt, kamen die Geschwister nach Hause.

Albert öffnete ihnen die Tür und eilte Valentina sofort zur Hilfe.

»Warte, ich helfe dir.« Zuvorkommend nahm er alle Teile, die Valentina trug und brachte diese in ihr neues Reich.

Schnell bauten Maurice und Albert das Bett auf. Es war nicht das erste Möbelstück, das sie in dem preiswerten Laden gekauft hatten. Also lief alles routinemäßig ab. Zwei Schrauben waren zu viel, aber es hielt alles perfekt.

»Sieht doch toll aus.« Maurice legte dabei liebevoll seinen Arm um Valentinas Schulter.

»Ja«, war ihre fast stumme Antwort, aber es schien ihr tatsächlich zu gefallen.

Mit frischen Blumen in der Hand betrat Albert das Zimmer. Auf dem Nachhauseweg hatte er diese an einem Marktstand entdeckt und sofort an Valentina gedacht. Ein bunter Strauß aus Gerbera, Lilien, Rosen, Schleierkraut und grünen Blättern ringsherum.

»Oh, die sind aber schön.« Valentina liebte diese bunte Blumenpracht. »Danke.«

Beim Aufräumen hatte Valentina eine alte Glasvase gefunden, diese war wie geschaffen für den wunderschönen Strauß. Ein geeigneter Platz auf der Fensterbank war direkt gefunden. Für einen Moment lebte sie regelrecht auf. Sie hatte nun alles, was sie mochte. Licht, Sonne und Blumen.

Etwas kritisch blickte Maurice durch den Raum. »Es fehlt noch irgendetwas.« Sehr gut kannte er seine kleine Schwester und wusste, wie sehr sie das Dekorieren mochte.

»Vielleicht Gardinen?«, fragte Albert, der ebenfalls Geschmack in schönen Dingen bewies.

Nun war Valentina auf einmal voller Elan bei der Sache. »Ja, perfekt. Gut, dann kaufen wir morgen Gardinenstoff.«

Im nächsten Moment dachte sie wieder an das Geld, was mit dem Kauf verbunden wäre und lehnte ab. »Ach, nein, das muss auch nicht sein.«

Maurice schaute auf die Uhr und lenkte vom Thema ab. Natürlich bekam seine kleine Schwester das, was ihr Freude machte.

»Ich muss noch einen Artikel schreiben. Ich ziehe mich dann jetzt zurück. Gute Nacht.«

»Gute Nacht.« Valentina war müde von all den neuen Eindrücken und legte sich in ihr frisch bezogenes neues

Bett. Die Laken waren weiß mit bunten Blumen verziert. Und in dieser Nacht schlief sie wunderbar darin.

Nur Maurice war noch hellwach und nahm das Telefon mit in die Küche. Obwohl es schon nach zweiundzwanzig Uhr war, wählte er die Nummer seiner Eltern.

Eugenie war hocherfreut, die Stimme ihres ältesten Sohnes zu hören.

»Hallo, Mama, wie geht es euch?«

Zwar antwortete Eugenie mit »Gut«, aber in ihrer Stimme erkannte Maurice, dass etwas nicht in Ordnung war. Sie hätte die finanziellen Probleme, die sich durch das Gerücht um Valentina ergeben hatten, am liebsten dem Sohn verschwiegen. Es war wirklich eine harte Zeit, die die Eltern auch ohne ihre Kinder erleben mussten.

»Du klingst aber nicht so gut, Mama!« Der feinfühlige Maurice ahnte, dass etwas nicht stimmte.

»Ach, Kind, was soll ich sagen?« Eugenie versuchte abzulenken und sprach vom nasskalten Wetter. Doch es gelang ihr nicht, den Sohn zu belügen.

Vielleicht gab der Vater ihm ja Auskunft? »Ist Papa da?«

»Ja, er steht gerade neben mir. Ich gebe dich weiter. Ich liebe dich, mein Sohn.« Mit Tränen in den Augen reichte Eugenie das Telefon ihrem Ehemann und hörte nur ein: »Ich liebe dich auch, Mama.«

»Hallo, mein Sohn, schön dass du anrufst.« Auch Antoine klang anders als gewöhnlich. Seltsame Schwingungen voller Leid lagen in der Stimme des sonst so starken Familienoberhauptes.

»Was ist los? Ihr seid so eigenartig?« Unbedingt wollte Maurice wissen, was seine Eltern so bedrückte.

»Ach, Junge, es gibt hier leider Vieles, das nicht mehr rund läuft. Die Geschäfte gehen schlecht.« Sein Sohn hatte das Recht, die Wahrheit zu kennen. Warum noch länger alles verschweigen?

Erstaunt fragte Maurice nach. »Wieso? Bis jetzt lief doch alles gut. Verstehe ich nicht!« In seinem Kopf ratterte der Gedankenfluss. »Hat es etwas mit den Vorfällen vor einiger Zeit zu tun?«

»Wir verstehen es ja auch nicht. Aber die Leute meiden uns noch immer. Es ist alles so ungerecht.« Antoine brach es fast das Herz, denn er wusste, dass man seine kleine Tochter noch immer zu Unrecht einer Tat bezichtigte, die so nie geschehen war.

»Das darf nicht wahr sein. Es ist immer noch keine Ruhe eingekehrt. Sind die denn alle von Sinnen?« Maurice war entsetzt und fragte sich, warum die Menschen seine Schwester so denunzierten. Es musste doch bald einmal Ruhe herrschen! Konnte es sein, dass die Menschen in seinem Heimatort so engstirnig waren?

»Nicht nur wegen Valentina. Diese Michelle streut weiter böse Gerüchte über uns. Sie ist eine äußerst fragwürdige Person!« Antoine runzelte sorgenvoll die Stirn.

»Sie hat genau so viel Einfluss wie Danyel und alle sind nur auf ihr eigenes Wohl bedacht. Traurig, aber wahr! Sie wollen Valentina und Monique schlecht machen. Das ist Absicht, pure Absicht! Aber was sollen wir dagegen tun, wenn die Leute so beeinflussbar sind?« Bei dem aufgeregten Vater lagen neuerdings auch die Nerven äußerst blank. Dass Schlimmste aber war, dass es ihm einfach nicht gelang, seine Familie vor der Ignoranz und Engstirnigkeit der Leute zu beschützen.

»Das darf ihnen nicht gelingen!« Maurice war fassungslos. Doch wie sollte er helfen?

Eugenie schluchzte ins Telefon: »Tut es aber.«

Antoine musste sich um seine weinende Frau kümmern. »Lass uns jetzt Schluss machen. Wir telefonieren später noch einmal. Gute Nacht.«

»Hab euch sehr lieb! Gute Nacht!«, seufzte Maurice. Nachdem das Telefonat beendet war, legte er sein müdes Haupt gedankenverloren auf den Tisch.

Eigentlich wollte Valentina, die trotz der Müdigkeit nicht schlafen konnte, sich nur ein Glas Milch holen. Sie stand lange genug in der Tür und hatte unbemerkt Bruchteile des Gespräches gehört. »Geht es Mama und Papa nicht gut?«

Maurice hob den Kopf langsam hoch: »Valentina«, stammelte er leise. »Alles in Ordnung. Geh ruhig wieder schlafen. Alles ist gut.«

Seinen kleinen Sonnenschein wollte der Bruder keinesfalls beunruhigen. Nichts, aber auch gar nichts, sollte Valentina von den Problemen der Eltern erfahren. Ihr Lieblingsbruder fürchtete, dass sie einen neuen Schmerz erleiden würde und das sollte auf jeden Fall verhindert werden.

»Schlaf gut.« Nachdem Valentina wieder zu Bett gegangen war, saß Maurice noch lange in der Küche und grübelte.

Der nächste Morgen erwachte.

Im neuen Bett hatte Valentina gut geschlafen und sogar von ihrem geliebten Melchiorre geträumt. Ganz nah war er bei ihr und hatte sie sogar angelächelt. Auf der einen Seite war es ein sehr schöner Traum, auf der anderen Seite aber auch sehr schmerzlich für Valentina. Sie vermisste Melchiorre. Statt dem ersehnten Liebesglück umgab sie jetzt nur Trauer und böse Gerüchte im Heimatort.

Seine Kette trug sie Tag für Tag heimlich unter dem T-Shirt oder Kleid, denn sie mochte nicht, dass das jemand sah. Womöglich stellten die Mitbewohner dann zu viele Fragen. In Ruhe wollte die junge Frau um ihren Geliebten trauern.

Im wahren Leben konnte er ihr nie richtig seine Liebe gestehen, aber die Kette war ihrer Ansicht nach ein einziges Liebesbekenntnis. In Ehren wollte sie sein Geschenk bewahren, auch wenn nur das Meer statt seiner ihr diese Erinnerung überlassen hatte.

Valentina näherte sich dem Frühstückstisch.

»Guten Morgen. Wie hast du geschlafen?«, wollte Albert wissen. Er lächelte mit dem Honig, den er sich gerade aufs Brot geschmiert hatte, um die Wette. Seine geliebte Valentina war auch noch im rosafarbenen Baumwollschlafanzug mit Paisley-Druck eine Augenweide.

»Gut«, antwortete Valentina höflich. Am liebsten hätte sie gar nicht viel geredet. Ein Gespräch lenkte sie nur von ihren Träumen ab.

Auch Maurice stieß zur morgendlichen Frühstücksrunde. »Guten Morgen.«

Er küsste seine Schwester auf den Mund. »Hast du gut geschlafen in deinem neuen Bett?« Er strich ihr sanft über die linke Wange.

»Ja«, antwortete Valentina wieder knapp und eher genervt.

»Wir gehen heute Nachmittag Gardinen für dein Zimmer kaufen. Direkt nach der Uni. Wäre dir das recht?« Leicht fordernd schaute Maurice seine kleine Schwester an, denn die erneute Traurigkeit in ihren Augen war ihm nicht entgangen.

Sie nickte kurz.

Albert kniff Maurice ein Auge zu. »Darf ich mitkommen? Mein Zimmer braucht auch neue Gardinen! Dringend!« Ihm war nur wichtig, dass diese süße Kleine wieder auf andere Gedanken kam.

»Ja, natürlich gerne.« Maurice war seinem Studienkollegen unendlich dankbar und klopfte ihm freundschaftlich auf die Schultern.

Valentina zeigte absolut keine Reaktionen. Als sie bemerkte, dass die beiden gerne eine Antwort von ihr wollten, sagte sie einfach ziemlich lustlos: »Natürlich.«

Nach der Uni trafen sich die drei im nahegelegenen Möbelhaus. Die reiche Auswahl an bunten und unifarbenen Stoffen reizten Valentina sehr, und sie zauberten ihr wieder ein Lächeln ins Gesicht. Die Stoffabteilung hatte es der kleinen Näherin besonders angetan.

»Oh, wie schön.« Begeistert nahm Valentina den Stoff in ihre Hände. Dann griff sie beherzt zum nächsten Stoffballen. Stöberte hier und stöberte da. Wunderbar!

Maurice und Albert lächelten sich an. Endlich war Valentina fröhlich. Ziel erreicht!

Schließlich entdeckte Valentina den nächsten Stoffballen. Weiß, bedruckt mit roten Rosen, der gefiel ihr am besten.

»Darf ich hiervon etwas haben?«, fragte sie schüchtern ihren Bruder.

Dieser Stoff erinnerte Valentina an das schöne Kleid, das ihre Mutter ihr einst nähte, um zum Ball zu gehen. Zwar hatte sie beim Tragen dieses Kleides diese unliebsame Begegnung mit Melchiorre und seiner Ehefrau, aber in diesem Moment zählte nur das schöne Geschenk von ihrer geliebten Mama.

Maurice prüfte kurz die Qualität des Stoffes. »Ja, der Stoff ist gut. Wieviel brauchst du davon?«

Sie überlegte nur kurz. »Ich denke, drei Meter reichen. Die Gardine sollte nicht ganz auf dem Boden hängen.«

In Ordnung, der Stoff war gekauft.

Albert suchte sich noch rasch eine beigefarbene Gardine aus. Schlicht, aber nützlich.

Vor der Kasse stand eine endlose Schlange. Aber das machte nichts, die drei stellten sich geduldig an.

Während der Wartezeit fiel Maurice ein, dass sie ja gar keine Nähmaschine hatten. »Kannst du das ohne Nähmaschine nähen? Wir haben doch gar keine und zur Mama können wir auch nicht kurzfristig fahren.«

Ohne großartig zu überlegen antwortete ihm Valentina: »Das ist doch egal. Dann nähe ich eben mit der Hand. Kein Problem.«

Da hatte Albert eine zündende Idee. »Oh, ich muss noch einmal dringend weg!« Hastig holte er einen Geldschein aus der Brusttasche, gab diesen Maurice. »Zahle du bitte für mich mit, danke.«

Fragend schauten sich Valentina und Maurice an. »Wo will er denn noch hin?«

Beide konnten sich diese Frage nicht beantworten und standen achselzuckend voreinander.

Nach einer guten Stunde kamen die Geschwister Zuhause an. Albert schien noch nicht da zu sein.

Zehn Minuten später hörten die beiden ein tönendes Poltern im Treppenhaus. Was war denn da los?

Neugierig öffnete Valentina die Tür und Albert schleppte ein Riesenpaket an. Nach Luft ringend stellte er erst einmal das schwere Paket in den Flur. »Das ist eine Überraschung für dich.«

Sie wollte kaum glauben, dass er ihr ein Geschenk machte. »Für mich?«, fragte Valentina erstaunt.

»Ja, packe das doch einmal aus«, bat er. Hoffnungs-voll lächelte Albert seine Angebetete an. Für sie würde er alles tun und wenn er bis zum Südpol dafür laufen müsste.

»Oh, das ist eine Nähmaschine!« Sie war ganz aus dem Häuschen und sehr angetan von seinem Freund-schaftsbeweis. Blitzschnell umarmte sie ihn, ließ ihn aber auch ganz schnell wieder los. »Danke.«

»Wo hast du die denn aufgetrieben?«, fragte Maurice, der die Geste seines Freundes zu schätzen wusste.

»Ich war kurz bei meinen Eltern. Auf dem Speicher haben sie seit Jahren eine alte Nähmaschine stehen. Da-ran hatte ich mich erinnert. Sie funktioniert aber noch!«

Valentina war so glücklich, dass sie direkt mit dem Nähen beginnen konnte. Stundenlang verschwand sie in ihrem Zimmer. Ab und an konnten ihre Mitbewoh-ner ein Summen hören.

»Gut gemacht.« Das Experiment „Valentina aufmun-tern" war gelungen.

Im Laufe der Zeit schafften sich die drei WG-Bewoh-ner ein gemütliches Zuhause und verstanden sich prächtig. Zunehmend ging es Valentina besser, auch wenn sie manchmal noch recht traurig war.

Seitdem Oliviers Einnahmen fehlten, wurde das Geld oft knapp. Das blieb auch Valentina nicht verborgen. Schon Mitte des Monats war der Kühlschrank recht spärlich bestückt!

Eines Abends saß Maurice vor dem Fernseher und schaute nicht so richtig zu, was dort über den Bild-schirm flimmerte. Er grübelte. Wie sollten sie das nur alles bezahlen?

Valentina bemerkte die innere Unruhe ihres geliebten Bruders. »Bedrückt dich etwas? Du siehst nicht wirk-lich fern.«

Maurice schüttelte den Kopf. »Mache dir keine Gedanken, es ist alles gut.«

Doch seine Schwester spürte, dass das nicht so ganz stimmen konnte. »Ich glaube das nicht, Maurice. Du denkst immer, ich wäre noch zu jung und würde nicht alles mitkriegen, aber ich habe dich heute Mittag am Tisch gesehen, wie du alles ausgerechnet hast und verzweifelt warst.«

»Ach, Liebes, das sollte dich nicht beschäftigen.« Liebevoll strich er seiner kleinen Schwester über die langen Zöpfe, die sie manchmal trug.

»Doch, tut es aber«, reagierte sie leicht trotzig. »Es ist meine Schuld. Olivier wäre bestimmt nicht ausgezogen, wenn ich nicht gekommen wäre.«

Warum nur quälten dieses feinfühlige Mädchen nur diese Gewissensbisse? Es lag doch nicht an ihr, dass die Brüder nicht einer Meinung waren. So oder so hätte Olivier diese Entscheidung irgendwann getroffen, denn seine Lebensauffassung war genau das Gegenteil von der, die sein Bruder oder Mitbewohner mitbrachten.

»Nein, das ist nicht wahr! Du kannst absolut nichts dafür, dass er gegangen ist. Glaube mir, Olivier wäre auch so oder so ausgezogen, denn er ist ziemlich freiheitsliebend.«

Trotz der flammenden Rede ihres Bruders stand für Valentina fest: »Ab morgen suche ich mir einen Job. Das kann so nicht weitergehen, ich will etwas zum Lebensunterhalt beisteuern.«

Fest entschlossen blätterte sie die Tageszeitung durch. Doch bei den Stellenanzeigen wurde nichts angeboten, was sie hätte tun können. Nicht einmal ein Aushilfsjob in einer Bäckerei oder ähnlichem stand dort drin.

»Du musst das nicht tun.« Maurice wollte seine Schwester vor neuem Kummer bewahren und ihr das Gefühl von Sicherheit geben. Er wusste, wie hart das Arbeitsleben sein konnte und seiner Meinung nach war Valentina noch nicht soweit. Sie hatte so viele eigene Sorgen!

Hartnäckig studierte die verzweifelte Valentina jedoch weiter die Zeitungen, wälzte jedes Blatt dreimal hin und her. Dann ging sie entmutigt in ihr Zimmer, legte sich aufs Bett und dachte nach. Allmählich beschlich sie das ungute Gefühl, das sie zu nichts taugen würde. Die junge Studentin saß in ihren Gedanken fest.

Noch zu später Stunde gingen ihr die wildesten Gedanken durch den Kopf. Zeitung austragen, in irgendeinem Supermarkt Regale auffüllen oder vielleicht doch zurück nach Hause gehen?

Am nächsten Morgen redeten Maurice und Albert über dieses Thema am Frühstückstisch. Sofort fiel Albert Valentinas Steckenpferd ein: Die Näherei.

»Sie ist so gut im Nähen. Ich denke, ich habe die Möglichkeit, da etwas für Valentina zu arrangieren.«

Von diesem Vorschlag war Maurice ganz angetan. Für Valentina war das mit Sicherheit das Beste. Endlich hätte sie etwas zu tun, was ihr Spaß machte. »Gute Idee.«

»Ich finde die Idee auch gut.« Valentina stand unverhofft in der Küchentür. »Aber wo soll ich da anfangen zu suchen?«

Albert lächelte seine Traumfrau an. »Meine Mutter kann dir wahrscheinlich helfen. Sie kennt einige Schneiderinnen. Vielleicht hat sie eine Möglichkeit, dir einen Job zu besorgen?«

Alle drei fanden das prima und ließen sich ihr Frühstück in angenehmer und freundschaftlicher Atmosphäre gut schmecken. Eine gelöste Stimmung kam auf, wie schon lange nicht mehr. Das klang doch alles wunderbar!

Wenig später griff Albert zum Telefon und bat seine Mutter um Rat. Nach langer Diskussion über das Für und Wider einer möglichen Einstellung zeigte er seinen rechten Daumen nach oben. Das Signal für die Geschwister: Es klappt! Das gab Auftrieb!

»Prima, Mutter, dann hören wir von dir.« Albert war zuversichtlich. Er holte tief Luft und mit einem Blick zu Valentina und Maurice fuhr er fort: »Ja, sie hört sich um. Ich glaube, dass es funktioniert. Eine ihrer Freundinnen sucht in ihrem Betrieb nach Näherinnen. Sie stellen Wohnaccessoires her. Das wäre doch genau das Richtige für dich.« Er lächelte seine Angebetete an.

Valentina lächelte zurück, denn sie fand es toll, wie er sich bei seiner Mutter für sie einsetzte. Doch es waren nur freundschaftliche Gefühle, die da aufkamen. Nicht mehr. Ihr Herz gehörte nach wie vor Melchiorre.

Tage später klingelte in der Wohngemeinschaft das Telefon.

Valentina nahm den Anruf entgegen und am anderen Ende der Leitung befand sich Alberts Mutter.

»Sie sind also die junge begabte Dame, von der mir mein Sohn so vorschwärmt?«

Etwas verlegen antwortete Valentina: »Ich denke, ja, denn ich bin hier das einzige Mädchen in der WG.«

Im nächsten Moment fiel ihr so ganz beiläufig ein, dass Albert auch eine Studienkollegin hätte meinen können. Aber das war egal, denn Alberts Mutter schien eine ziemlich redselige Person zu sein, jedenfalls plapperte sie munter weiter: »Ja, dann kann ich sie gleich beglückwünschen, denn ich habe da eventuell einen Job für sie in Aussicht.«

Valentina machte gleich mehrere Luftsprünge. »Das ist super. Danke.« Sie freute sich riesig, dass sie nun arbeiten und Geld verdienen konnte.

»Kommen Sie doch gleich morgen einmal bei mir vorbei. Meine Freundin, Madame Periot, wird auch hier sein. Am besten bringen sie ein paar Probearbeiten mit.«

Das hörte sich sehr verlockend an.

»Natürlich, das ist sehr nett. Danke.« Die überglückliche Valentina stürmte geradewegs zu ihrem Bruder und Albert. Sie hörte gar nicht mehr auf zu schwärmen. Hoffentlich baute sie sich jetzt keine unnötigen Luftschlösser!

Die begeisterte Valentina so glücklich zu sehen, machte beide Männer froh.

Schnell holte die kleine Näherin ein paar Stoffreste hervor und zauberte im Nu dekorative Kleinteile. Ein rotes Samtkissen mit Rüschen. Vielleicht etwas kitschig, aber dennoch nett anzusehen. Ein geblümtes Muster für eine Mitteldecke, Größe 80 x 80 cm. Das nahm alles wunderbare Formen an.

Die Damen sollten morgen mit ihrem Naturtalent zufrieden sein. Und den Job wollte Valentina auf alle Fälle haben. Unbedingt!

Am nächsten Tag begleitete Albert sie zu seiner Mutter. Seine geliebte Valentina wollte er keinesfalls alleine lassen, denn seine Mutter und deren Freundinnen konnten recht dominant sein. Nicht, dass da noch eine auf die Idee kam, das junge Fräulein über den Tisch zu ziehen. Das hätte er ritterhaft zu verhindern gewusst!

Freundlich wurden die beiden von Alberts Mutter begrüßt und sie schloss Valentina sofort in ihr Herz. Kein

Wunder! Die junge Frau strahlte eine Herzlichkeit und Natürlichkeit aus, da konnte niemand widerstehen.

»Danke, dass Sie sich so um mich kümmern.« Valentina war etwas schüchtern und senkte verlegen den Kopf.

Madame Periot bewunderte sofort die mitgebrachten Teile. »Das ist eine ausgezeichnete Arbeit. Kompliment. Haben Sie das gelernt?« Die mögliche neue Chefin war von den Nähkünsten der niedlichen Person sehr angetan.

»Meine Mutter hat mir alles beigebracht.« Valentina war voller Stolz in die Fußstapfen ihrer Mama getreten.

Madame Periot war entzückt. »Sie haben den Job. Sie werden ab morgen für mich arbeiten.« Freundschaftlich reichte sie ihr die rechte Hand. »Einverstanden?«

Valentina konnte es kaum fassen und schlug ein. »Danke, danke. Das ist wunderbar.«

Bei einer Tasse Hagebuttentee besprachen sie alle Details und wurden sich schnell über das Gehalt einig. Zwölf Euro pro Stunde war für Valentina ein Traum. Wer hätte gedacht, dass das alles so gut klappte?

Albert und Valentina machten sich nach einer Stunde freudestrahlend auf den Heimweg.

Dort wartete schon Maurice ungeduldig und freute sich mit seiner Schwester, denn ihr strahlendes Lächeln sprach Bände. Das hatte er lange an ihr vermisst.

Hinzu kam noch, dass Valentina von Zuhause aus arbeiten konnte. Perfekt!

Übermütig stürzte sich Valentina in ihre neue Aufgabe. Es machte ihr Spaß und sie wurde von ihrem seelischen Schmerz abgelenkt.

»Gut, wenn man solche Freunde hat«, dachte Valentina und sah zuversichtlich in die Zukunft.

...

Im fernen Deutschland suchte auch Monique eine Arbeitsstelle. Obwohl Tante Maria sie und Pierre sehr gut umsorgte, war ihr das auf Dauer peinlich. Ab und an gestattete ihr die Tante, sich in der Küche nützlich zu machen, doch ansonsten wartete die Mutter den lieben langen Tag bis ihr Sohn aus der Schule kam. Langeweile machte sich breit.

Tante Maria ließ sich nicht gerne helfen, denn sie hatte bislang alles alleine gemacht. Jeden Versuch, den Monique unternahm, um ihr im Haushalt zur Hand zu gehen, lehnte die Grauhaarige rigoros ab.

So kam Monique das Leben hier ziemlich nutzlos und eintönig vor. Aber was sollte sie tun? Einen richtigen Beruf hatte sie nie gelernt. Als junges Mädchen verliebte sie sich in Danyel, heiratete ihn und brachte Pierre zur Welt. Von da an war sie nur Vorführehefrau und liebende Mutter.

Ihre Grübelei entging Tante Maria nicht. »Worüber denkst du nach? Schon oft habe ich dich einfach so da sitzen sehen. Vermisst sicher die Heimat und deine Eltern und Geschwister? Das kann ich gut verstehen.«

Monique versuchte, alles so gut wie möglich herunterzuspielen, schließlich wollte sie die Tante nicht beleidigen.

»Nichts Besonders. Ich überlege nur, ob ich mir eine Beschäftigung suche.« Verlegen zupfte sie an einer herunterhängenden Haarsträhne herum. »Verstehst du, ich brauche irgendwie noch einen anderen Ausgleich im Leben.«

Hoffnungsvoll und ernst blickte sie auf ihre Tante. Würde Maria ihr jetzt böse sein? Oder zeigte die ältere Dame Verständnis für ihr Verlangen?

Aber Tante Maria nickte verständnisvoll. »Ach, Kind, wenn du das unbedingt willst, dann tue es. Hast du konkrete Vorstellungen?«

Monique war sichtlich erleichtert und seufzte: »Nein, nein. Aber wer soll mich einstellen? Ich bin eine ungelernte Kraft.«

Rührend nahm ihre Tante sie bei der Hand.

»Es wird schon etwas geben. Mach dir keine Sorgen. Irgendwie findet sich immer für alles eine Lösung.«

Eine harmonische Zweisamkeit der beiden Damen ließ Monique tatsächlich für einen Augenblick ihre immer wiederkehrenden trüben Gedanken vergessen. Dass sie ständig Heimweh nach ihrem Elternhaus hatte, verschwieg Monique mal wieder.

Nur allzu gerne hätte sie ihren Pierre geschnappt und wäre mit dem nächsten Zug wieder nach Hause gefahren.

Da klingelte das Telefon.

»Liebste Schwester, wie geht es meinem Kind und Enkelsohn?«, fragte Eugenie am anderen Ende der Leitung besorgt.

Maria freute sich über ihren Anruf. »Guten Morgen, Eugenie. Danke, es geht beiden gut.«

Monique strahlte, als sie die Stimme der Mutter hörte. »Hallo, Mama.« Bei diesen Worten erstickte ihre Stimme.

»Mein Kind, wie geht es dir und meinem kleinen Pierre?« Auch Eugenie kämpfte mit den Tränen und hätte am liebsten ihre Tochter durchs Telefon umarmt.

Es kam ein schlichtes »Gut, danke« aus Monique heraus. Mehr ging in diesem Augenblick nicht. Die Mutter am Telefon zu hören und nicht berühren zu können, das bereitete ihr Kummer und Schmerz. Sie fühlte sich doch so oft verloren in diesem fremden Land.

Eugenie spürte, dass ihre Tochter etwas bedrückte. »Stimmt das auch, Kind? Oder sagst du das nur so?«

Schnell antwortete Monique: »Nein, nein, es geht uns gut. Tante Maria kümmert sich um uns. Wirklich Mama.«

»Gut, mein Kind. Ich wünsche euch eine gute Zeit. Viele Grüße an Pierre und dicke Küsse von mir.«

Mutter Eugenie beendete das Gespräch und zog sich in ihr Wohnzimmer zu Hause zurück. Lange noch dachte sie nach, ob alles so richtig war. Die Kinder weit weg von daheim, sie und Antoine allein in Le Verdon-sur-Mer. Alles hatte sich so sehr verändert.

Monique war äußerst blass um die Nase herum und so lud Tante Maria sie zum gemütlichen Kaffee in den Garten ein. Frische Luft und das Sonnenlicht sorgten dafür, dass Moniques Körper wieder mehr Vitamin D produzierte. Das würde ihren Abwehrkräften gut tun, dachte Tante Maria.

Die Damen machten es sich in den braunen Stühlen aus Rattan bequem und überlegten, wie die zukünftige Arbeit von Monique aussehen könnte. Beide Frauen waren allerdings ziemlich ratlos.

Gegen Nachmittag holte Monique ihren kleinen Pierre von der Ganztagsschule ab. Das tat sie jeden Tag, denn sie mochte ihn in dem noch etwas fremden Land nicht gerne alleine lassen. Sie hatten sich zwar etwas eingelebt und meisterten ihre Situation so gut es ging, doch es blieb immer noch ein wenig Unsicherheit bei der besorgten Mutter.

Auf dem Weg zur Schule sah sie plötzlich einen Aushang in einer Modeboutique: »Verkäuferin gesucht«.

Kurz zögerte Monique, traute sich aber dann doch und betrat hoch erhobenen Hauptes das Geschäft. Urplötzlich kam ihre alte Selbstsicherheit zurück, die sie einmal vor der miserablen Ehe mit Danyel gehabt hatte.

Eine scheinbar nette Dame in einem cremefarbenen Kostüm sprach sie freundlich an: »Guten Tag. Kann ich Ihnen helfen?«

»Guten Tag«, Monique war ganz aufgeregt. Sie überlegte nicht mehr lange, denn sie war der Meinung, dass sie das Richtige tat.

Die nette Dame, die angenehme Atmosphäre in der Boutique, alles sagte ihr zu.

»Sie haben einen Aushang im Fenster. Sie suchen eine Verkäuferin?«, fragte Monique höflich nach.

Die Dame lächelte. »Und Sie interessieren sich für diese Arbeit?«

Im nächsten Moment forderte sie Monique heraus: »Was haben Sie denn vorher gemacht?«

Plötzlich fühlte Monique sich gar nicht mehr so sicher und geriet ins Stocken. »Nichts«, antwortete sie zögernd.

Die erstaunte Dame verzog ihre Mundwinkel und Monique erahnte ihr Misstrauen. Damit hatte die Ladenbesitzerin nicht gerechnet. Monique kam ihr sympathisch und adrett vor und sie sollte nichts Sinnvolles gearbeitet haben? Doch sie blieb höflich, wenn auch ein etwas spöttischer Unterton mitschwang. »Nichts! Ja, das ist nicht viel.«

Kurz schilderte Monique ihren bisherigen Lebensweg. Die Dame witterte direkt eine billige Arbeitskraft und gab der Ungelernten eine Chance.

»Viel Geld kann ich Ihnen allerdings nicht bieten, dafür kommt hier draußen zu wenig Kundschaft«, machte sie sofort klar.

Monique störte das nicht. Sie wollte einfach nur die Eintönigkeit in ihrem Leben verblassen lassen. So einigten die beiden Damen sich auf ein mageres Gehalt von zunächst 400 Euro im Monat.

Am nächsten Tag durfte Monique als Verkäuferin anfangen. Einfach so, ohne weitere Fragen, ohne weitere Papiere.

Durch das kleine Intermezzo in der Boutique hatte Monique etwas Zeit verloren und kam abgehetzt vor der Schule an.

Hier wartete Pierre sehnsüchtig auf seine Mutter. »Maman. Was ist passiert? Du atmest so schnell!«

Voller Sorgen um seine geliebte Maman lief er seiner Mutter entgegen. Er war doch ihr Beschützer!

Sie lächelte. »Ach, es ist alles gut, mein Kleiner. Mama hat eine Arbeit und morgen geht es schon los.«

Pierre war von dieser Tatsache nicht so sehr begeistert, aber er wollte auch seine Maman lächeln sehen und wenn sie das glücklich machte, dann gönnte er ihr das von Herzen.

»Wo ist das denn?«, fragte er liebevoll nach.

Monique strich ihm über die Wangen. »Keine Angst. Das ist nicht weit weg von hier. Es liegt sogar auf dem Weg zur Schule.« Strahlend stand sie vor ihm. Sie hatte Arbeit! Sie war unabhängig. Sie fühlte sich frei!

»Bist du denn bis spät abends weg?« Nach der Schule hatte seine Maman immer Zeit für ihren Pierre gehabt und war mit ihm zum Beispiel in den Zoo gegangen. Nun hatte der Junge die Befürchtung, dass wenig gemeinsame Zeit für ihn und seine Mutter übrig blieb.

»Keine Sorge, Pierre. Ich gehe nur vormittags vier Stunden arbeiten. Nachmittags bin ich bei dir. Es wird sich also für dich nichts ändern. Versprochen!« Mit ihren Händen fuhr sie durch seine Haare.

Der Kleine war erleichtert.

Zu Hause bei Tante Maria berichtete sie sofort alles.

Allerdings fand die Grauhaarige die neue Situation nicht gerade gut. Aber warum war sie so skeptisch?

Monique hätte sich eine bessere Reaktion gewünscht. Vielleicht war die Tante mit der Zeit auch etwas kauzig geworden, schließlich lebte sie lange alleine.

Doch Tante Maria kannte diese reichlich unsympathische Dame aus dem Geschäft leider sehr gut. Und das aus gutem Grund! Für Maria stand fest, dass ihre Nichte von diesem Exemplar Arbeitgeber wohl eher benutzt würde. Aber sie wollte dem guten Kind nicht die Freude verderben und sprach nicht weiter darüber. Oder sollte sie Monique lieber warnen? Zweifel kamen auf. Die Nichte aber war alt genug, um selbst zu entscheiden. Und vielleicht hatte diese Schmarotzerin ja aus den Fehlern der Vergangenheit gelernt!

Überglücklich, eine neue Aufgabe zu haben, begann Monique mit ihrer Arbeit. Nach wenigen Tagen musste die neue Verkäuferin jedoch feststellen, dass die nach außen nett wirkende Dame gar nicht so nett war. Sie ließ Monique schwere Kisten schleppen, kommandierte ständig an ihr herum. Nichts war gut genug.

Wenn Kundinnen die Boutique betraten, war diese reizende Arbeitgeberin ihrer Mitarbeiterin gegenüber sehr höflich. Waren sie alleine, dann schlug das ins Gegenteil um, statt Nettigkeiten wurden schlechte Laune, Bevormundung und Ausnutzung ans Tageslicht geholt.

Die enttäuschte Monique gab nach nur wenigen Arbeitstagen auf. Hätte sie nur die Reaktion von Tante Maria besser deuten können!

Mit dieser Kapitulation hatte keiner gerechnet. Weder die Chefin, die eine billige, ungelernte Kraft kommandieren konnte noch Monique selbst, die einfach nur etwas tun wollte.

Als die Gutgläubige nicht mehr so spurte, wie die „nette Dame" das gerne gehabt hätte, war Monique ihr nicht mehr nützlich. Noch bevor die neue Mitarbeiterin ihre schriftliche Kündigung einreichen konnte, schmiss die Arbeitgeberin ihre dumme Kraft hinaus: Weg mit ihr!

Vollkommen verzweifelt und ziemlich blass um die Nase herum kam Monique zum Haus ihrer Tante. Ihr war mulmig zumute. Offenbar war sie nach Tagen bereits gescheitert. Sollte sie diese Niederlage einfach so zugeben? Keinesfalls wollte Monique als Versagerin dastehen.

Maria König wunderte sich: »Ach, Kind, du bist heute aber früh da? Hast du schon Feierabend?«

Da bemerkte sie erst Moniques verweinte Augen. Die Tante nahm Monique liebevoll in den Arm. »Was ist passiert?«

Sofort ahnte sie, dass diese dumme Person aus dem Laden dahinterstecken konnte. »Was hat diese alte Hexe mit dir gemacht?«

Monique schüttelte nur mit dem Kopf. »Die ist so ekelig. Warum habe ich mich nur darauf eingelassen?«

Maria konnte ihr da nur beipflichten. Von Anfang an hatte sie kein gutes Gefühl, schließlich kannte sie diese „Dame" noch aus ihrer Schulzeit. Da waren sie Klassenkameradinnen und Frau König konnte ein Lied davon singen, wie boshaft diese Frau war. In der Schule aß sie ihr die Butterbrote weg, schmiss ihre Sachen zu Boden und sprach ziemlich schlecht über sie. Schon damals war sie alles andere als eine Dame und Tante Maria hatte „ihre beste Seite" kennengelernt. »Manche Leute ändern sich eben nie«, dachte Maria.

Nun versuchte sie, ihre Nichte zu trösten: »Mache dir nichts daraus. Diese Frau ist einfach nur schäbig.«

Verständnisvoll nahm sie Monique in den Arm. »Du wirst etwas anderes finden, wenn du unbedingt willst. Aber wir drei kommen auch mit meiner Rente gut aus.«

»Ja, Tante Maria, aber das will ich nicht«, antwortete Monique und wischte sich die Tränen aus dem Gesicht.

Erschrocken sah Monique auf die Uhr. »Oh, ich muss Pierre abholen.« Schnell stand sie auf, schnappte sich ihren weißen Schal, zog ihre rote Steppjacke an und rannte in Richtung Schule. Unterwegs dachte sie, dass es vielleicht besser gewesen wäre, wenn sie nicht so vorschnell gehandelt hätte. Mit der Arbeitssuche hätte sie sich mehr Zeit lassen und nicht das Erstbeste nehmen sollen. Aber sie fühlte, dass es für sie noch einen anderen Weg gab. »Aufgeben ist nur etwas für Feiglinge«, dachte Monique.

...

Hunderte Kilometer weiter weg durchlebte auch Valentina eine harte Zeit. Über den Job als Näherin hatte sie sich sehr gefreut, doch musste auch sie feststellen, dass sie von der so reizenden Bekannten eher ausgenutzt wurde...

Gut bezahlt sah anders aus und oft wurde ihr immer mehr aufgebürdet, obwohl sie das neben ihrem Studium gar nicht schaffen konnte. Mehr und mehr fiel ihr alles zur Last. Das Lernen, das Nähen, einfach alles. Sie nähte gerne, war sicher auch nicht zu faul zum Arbeiten, aber was zu viel war, das war eben zu viel.

Alles sollte ihr viel mehr Spaß machen, doch schnell wurde aus der anfänglichen Euphorie bittere Enttäuschung!

Maurice hatte sich das jetzt eine Weile angesehen und kam zu dem Entschluss, dass das so nicht weiterging. Er spürte, dass es seiner Schwester nicht gut tat. »Solltest du nicht mal eine Pause machen?«, fragte er liebevoll und brachte ihr eine Tasse Kaffee und Plätzchen ins Zimmer. Nicht einmal der Duft dieser leckeren Mandelkekse konnten Valentina aufheitern. Eugenie schickte ihren Kindern regelmäßig Selbstgebackenes, damit sie ein Stück Heimat spürten.

Essen empfand die mittlerweile Neunzehnjährige als völlig überbewertet und so nahm sie recht schnell mehr als zehn Kilogramm ab. An gemeinsamen Mahlzeiten mit Maurice und Albert war die junge Frau ebenfalls nicht mehr weiter interessiert. Sie lernte, arbeitete, lernte, arbeitete.

»Danke«, flüsterte sie nur, »das ist sehr nett von dir.« Sie blickte kaum auf und nähte weiter. Diese Arbeiten mussten noch unbedingt bis zum Abend erledigt werden. Pflichtbewusst machte sie weiter und fühlte sich wie ein Hamster in seinem Rädchen.

»Was machst du da gerade Schönes?« Maurice wollte seine kleine Schwester etwas ablenken. Der Anblick seiner inzwischen fast magersüchtigen Schwester verriet ihm, dass es eher einen Anlass zur Sorge gab, als freudig durchs Leben zu gehen.

»Das sind kleine Deckchen, die muss ich bis spätestens morgen früh fertig haben.« Ihre Stimme klang leicht gehetzt.

»Kann ich dir helfen?« Maurice traute sich diese Arbeit durchaus zu. Selbstverständlich hätte er auch alles getan, um Valentina zu entlasten.

»Nein, danke. Das ist sehr lieb. Aber ich schaffe das schon.« Valentina ließ sich nicht helfen. Sie glaubte immer noch, dass das alles ihre Schuld war. Vielleicht konnte sie so alles „abarbeiten"!

Das gefiel Maurice ganz und gar nicht, aber er ließ seine kleine Schwester in Ruhe. Sie war mittlerweile alt genug, um selbst entscheiden zu können.

In der Küche traf er auf Albert.

Mit sorgenvoller Miene sagte er zu ihm: »Ich glaube, das ist alles zu viel für Valentina. Andauernd bekommt sie neue Aufträge. Das Pensum kann sie gar nicht schaffen.«

»Mir ist das auch aufgefallen«, Albert wirkte recht nachdenklich. Er war es schließlich, der ihr diesen Job besorgt hatte. Jetzt zweifelte er daran, ob er ihr wirklich damit geholfen hatte. Aber wie sollte er das ahnen!

»Leider weiß ich keinen Rat«, musste er sich einge-stehen. »Vielleicht könnte ich noch einmal mit meiner Mutter reden?«

»Und was soll das bringen?«, fragte Maurice leicht gereizt.

Achselzuckend saß Albert neben ihm.

Als sie zu Bett gingen, schaute Maurice noch einmal in Valentinas Zimmer.

Vor lauter Müdigkeit war dieses zarte Persönchen am Tisch eingeschlafen. Sie lag mit dem Kopf auf ihren halbfertigen Stoffdecken.

Vorsichtig machte der große Bruder die Nähma-schine aus, legte die Stofffetzen zur Seite und nahm seine Schwester sanft auf den Arm. Rührend küsste er ihre Stirn und legte sie aufs Bett.

Valentina bemerkte nicht einmal, dass ihr Bruder sie zärtlich berührt hatte. Vor einiger Zeit war für das Mädchen noch der Himmel voller Geigen, dann stürzte sie aus ihrer Wolke sieben ab.

»Gute Nacht, mein Engel, ich liebe dich. Wir werden eine Lösung finden.«

Für sein Schwesterherz tat der verantwortungsbewusste Bruder alles. Nicht nur aus Sorge, sondern vor allem aus tiefer Liebe!

...

Es vergingen drei lange Jahre.

Die beiden Schwestern Monique und Valentina lebten ein Leben voller Traurigkeit.

Bei Tante Maria ging es Monique und ihrem kleinen Pierre zwar gut, aber immer wieder überkamen sie diese unerklärlichen trüben Gedanken. Schon lange hatte sie keinen neuen Job mehr. Zum einen traute sich die Unverstandene nicht mehr an eine Arbeit heran, zum anderen hatte sie Angst, wieder auf jemanden hereinzufallen.

Die ständige Abhängigkeit von ihrer Tante machte Monique auch nicht glücklich. So fasste sie den Entschluss, sich wieder auf die Suche nach einer geeigneten Tätigkeit zu begeben.

Dabei stieß die Arbeitsuchende in der Innenstadt auf einen wunderschönen Blumenladen. Der Duft der Rosen, die bunte Fülle der Pflanzenwelt. Alles faszinierte die ungelernte Floristin. Ja, das war einmal ein schöner Traum! Diesen Beruf hätte sie voller Hingabe und Liebe ausgeübt. Wäre da nicht Danyel gewesen.

In diesem Moment fühlte Monique sich unbeobachtet und es sprudelte nur so aus ihr heraus: »Oh, wie das duftet. Herrlich! Fantastisch!«

In dieser wunderbaren Umgebung blühte die mittlerweile Einunddreißigjährige auf. Dass sie dabei so vor sich hinplapperte, störte Monique nicht im Geringsten. Es konnte sie wohl kaum einer gehört haben!

Nicht weit von ihr entfernt stand jedoch ein gutaussehender junger Mann, dunkelhaarig, bekleidet mit Bluejeans und weißem Poloshirt. Er schmunzelte. Sein besonderes Augenmerk lag auf ihrer schlanken Taille, die sie durch einen silbernen Gürtel um den engen Bleistiftrock geschnürt hatte.

Freundlich ging er auf Monique zu. »Ja, das stimmt. Unsere Rosenzüchtung ist unser besonderer Stolz.«

Monique erschrak, aber der sympathische Mann lächelte nur. »Mit großer Wahrscheinlichkeit ist der Mann hier Verkäufer oder so«, dachte die Hobbyfloristin und antwortete hastig: »Das kann ich mir gut vorstellen. Hier zu arbeiten muss das reinste Paradies auf Erden sein.«

Ihre Begeisterung schmeichelte dem gutaussehenden Vierzigjährigen. »Sie können gerne bei uns anfangen«, sagte er ohne zu zögern. Die schöne Unbekannte war ihm auf Anhieb mehr als sympathisch und gute Kräfte lagen nicht gerade vor seiner Tür.

Leicht schüchtern, aber auch angenehm berührt, antwortete Monique: »Ach, das wäre wundervoll. Sind Sie hier etwa der Chef?«

»Nein, das ist mein Vater. Wenn Sie wollen, frage ich ihn, ob er nichts dagegen hat? Meinetwegen können Sie sofort anfangen.« Das Wichtigste für den Juniorchef war nur, dass er seine Traumfrau gefunden hatte. Ihr

Anblick ließ sein Herz höher schlagen. Diese Frau jeden Tag sehen zu können, das war sein uneingeschränktes Ziel.

Trotz der schlechten Erfahrungen aus der Vergangenheit musste Monique nicht gerade lange überlegen.

»Gerne.« Innerlich jubelte ihr angegriffenes Herz.

Der freundliche junge Mann ging auf einen älteren Herrn zu und Monique beobachtete die beiden aus der Ferne.

Dann kamen Vater und Sohn lächelnd auf Monique zu.

»Mein Name ist Mann, Eduard Mann.« Der ältere Herr streckte seine Hand aus. Sein starker Handschlag fühlte sich sehr männlich an. Mit seinem grauen Haar sah er aus wie ein weiser Mann, der Herr Mann. Und seine sonore Stimme ging ihr durch den ganzen Körper. Gänsehautfeeling!

Da schlug Moniques Herz höher. Der Gentleman mit den grauen Schläfen hatte es ihr sofort angetan. Ein Mann von Welt, charmant, aufmerksam, so ganz anders als ihr grober Danyel. Mit leicht feuchten Händen erwiderte sie seinen Gruß.

»Hallo, mein Name ist Monique Delaware.« Beim Aussprechen dieses Nachnamens lief es ihr kalt den Rücken herunter. Ja, Delaware, so war der Name des Mannes, den sie tief im Herzen immer noch liebte, obwohl er sie geschlagen hatte. Nun pochte ihr Herz eher aus Angst statt aus Freude.

Doch Eduard Mann holte sie eine Minute später mit seiner überaus netten Art in eine harmonische Atmosphäre zurück. »Sie würden uns mit Ihrer Anwesenheit bereichern.«

»Ja, das würde ich sehr gerne.« Monique war aufgeregt und zupfte leicht nervös an ihrer dunkelblauen Bluse, die mit weißer Spitze abgesetzt war.

»Dann lassen Sie es uns versuchen. Wer sich so sehr an den Blumen erfreuen kann, der kann sie auch pflegen.« Eduard Mann war überzeugt davon, mit Monique die richtige Wahl getroffen zu haben. Seine Menschenkenntnis würde ihn nicht enttäuschen.

Mit der neuen Arbeit begann Monique bereits am nächsten Tag. Alle waren sehr nett zu ihr. Die Kollegen, die beiden Chefs, ein Team im Miteinander. Das stand von der ersten Minute an für die Neufloristin fest. Sie hatte einfach ein gutes Gefühl. Monique arbeitete vormittags, eine Kollegin am Nachmittag.

Der Besitzer und sein Sohn kümmerten sich um den Ankauf und Bepflanzungen aller Art. Monique fand sich in der Pflege und dem Verkauf der Blumen wieder.

Inzwischen war ihr Pierre viel unterwegs und so konnte sie sogar länger als vier Stunden am Vormittag arbeiten.

Nach den Hausaufgaben ging er oft zum Sport, denn aus ihm war ein richtig guter Fußballspieler geworden. Ein Tor nach dem anderen erzielte der kleine Pierre, der mittlerweile schon zum Teenie heranwuchs, für seinen Verein und war bei allen beliebt. Für den Vierzehnjährigen schien nach vielen dunklen Stunden endlich die Sonne wieder!

Monique lebte sich schnell in ihrem neuen Job ein und Eduard Mann fand nicht nur als Chef Gefallen an ihr.

Dem Witwer hatte es die süße Französin mit deutschen Wurzeln vom ersten Augenblick an angetan. Ganz gentlemanlike ließ er sich aber nichts anmerken.

Viel Aufmerksamkeit schenkte der verliebte Chef seiner neuen Mitarbeiterin und Monique tat das richtig in der Seele gut. Es war lange her, dass sie von einem Mann so begehrt wurde.

»Sie machen das alles sehr schön.« Herr Mann war ein höflicher Chef, der den Einsatz seines Teams noch zu schätzen wusste.

Für ihre neueste Blumenkreation hatte er nur bewundernde Blicke. Aber natürlich nicht nur für diese...

Stolz antwortete Monique:»Danke. Die Arbeit macht mir sehr viel Spaß.« Sie lächelte ihn an, ohne dabei die geringsten Hintergedanken zu haben. Oder vielleicht doch? Monique verspürte wohlige Wärme in der Nähe dieses starken Mannes.

Lächelnd erwiderte er:»Das spürt man. Es war eine sehr gute Entscheidung, Sie einzustellen.«

Gerne hätte er ihr noch mehr Komplimente gemacht, aber letztendlich fehlte ihm der Mut. Man sollte ja auch nicht gleich mit der Tür ins Haus fallen. Schon alleine seine gute Kinderstube hätte ihm das verboten. Da war er ganz konservativ.

»Es ist wunderschön hier und ich fühle mich sehr wohl.« Moniques Lächeln betörte ihn.

Wie gerne hätte er sie jetzt einfach genommen und geküsst...

Natürlich hörte er ihre Worte sehr gerne. Vielleicht würde sie seinem Werben eines Tages nachgeben. Die Hoffnung darauf gab der reizende Herr Mann nicht auf.

...

Im fernen Le Verdon-sur-Mer lebten die Eltern sehr zurückgezogen. Oft fühlten sie sich einsam ohne ihre

Kinder. Auch ihren kleinen Enkelsohn vermissten sie sehr.

An kühlen Abenden saßen die Eheleute vor dem Kamin und Antoine versuchte, seine geliebte Ehefrau mit den Kindergeschichten aus der Vergangenheit aufzuheitern. Manchmal gelang es ihm, ihr ein Lächeln ins Gesicht zu zaubern. Aber sie vergoss auch oft ein paar Tränen. Dann nahm ihr Ehemann sie bei der Hand, hielt diese ganz fest und seufzte: »Alles wird gut.«

Oft blickten die beiden nachdenklich in die Zukunft. Eisern hielten Eugenie und Antoine zusammen.

Trotz aller Probleme ging das Leben weiter. Tag für Tag war es derselbe Trott. Aufstehen, ins Bad gehen, frühstücken. Antoine musste versuchen, seine Firma nicht ganz untergehen zu lassen. Eugenie kümmerte sich um ihre hausfraulichen Pflichten. Ab und an nähte sie für die Töchter oder sich selbst ein hübsches Kleid oder einen Rock. So bekamen Monique und Valentina häufig ein Paket von zu Hause.

Ab und zu besuchten die Eltern ihre Kinder in Bordeaux. Aber der Weg zu Monique und Pierre nach Deutschland war zu weit und das Geld zu knapp. Ihre finanzielle Lage war nicht die Beste. Immer schwieriger wurde es, Aufträge an Land zu ziehen. Es lief nicht gut in der Buchdruckerei.

Bescheiden, wie Eugenie und Antoine nun einmal waren, kamen sie mit dem Wenigen, das sie hatten, so gerade über die Runden. Ihre Liebe zueinander hielt sie aufrecht und machte sie stark. Ja, und die Kinder, sie verbanden die Eltern ein Leben lang.

In Bordeaux hatte sich in diesen vergangenen drei Jahren nicht viel getan. Die Näharbeiten für Valentina waren nicht weniger geworden, doch sie hielt tapfer durch, obwohl die junge Frau immer öfter angespannt, gereizt und hektisch war. Auch ihre zunehmende Nervosität ließ Valentina schlecht schlafen, ständig quälten sie Nackenschmerzen. Vielleicht lag es aber auch einfach nur am falschen Kopfkissen.

Ohne ihren Hinzuverdienst wäre der Unterhalt in der Wohngemeinschaft jedoch nicht zu bestreiten gewesen. So machte die Gestresste einfach so weiter, obwohl ihr alles über den Kopf wuchs.

Maurice und Albert sahen es nach wie vor nicht gerne, dass auch Valentina so hart für das Wohl aller arbeitete. Aber die beiden Studenten wussten selbst nicht weiter. Keiner lebte über seine Verhältnisse und doch hatten sie trotz ihrer Nebenjobs nicht viel Geld.

An diesem regnerischen Montag lag allerdings irgendetwas Merkwürdiges in der Luft.

Valentina schimpfte den ganzen Tag und war gereizter als jemals zuvor. Innerlich war sie schon lange zusammengebrochen. Das hatte nicht nur mit dem Verlust von Melchiorre zu tun.

Immer mehr nahm die junge Frau an Körpergewicht ab, wog nur noch achtundvierzig Kilogramm. Da spielten sogar Selbstmordgedanken eine Rolle...

Oft dachte sie sich, dass man Tabletten mit Alkohol einfach mischen könnte. In der nächsten Sekunde verwarf sie diesen Gedanken wieder.

Dann dachte die Verzweifelte immer häufiger an ihre Eltern, an Monique und Pierre, die so weit weg wohnten. Und natürlich dachte sie auch an Maurice und sogar Albert, die sich beide sehr viel Mühe gaben, denn ihre Mitbewohner versuchten täglich, sie aufzuheitern und waren immer für ihren Sonnenschein da.

Wenn sie zu solchen Mitteln greifen würde, dann wäre das auch keine Lösung.

Im nächsten Moment fragte sie wieder, welchen Sinn das Leben überhaupt hatte. Ein Wirrwarr der Emotionen stieg in Valentina auf.

Eine Minute später griff die Erschöpfte zur Tablettendose. Nahm zwei davon, trank glücklicherweise Wasser statt dem daneben stehenden Alkohol.

Valentina war müde, einfach nur müde. Müde von der Arbeit, müde vom Leben. Dass sie „nur" zwei Tabletten nahm und Wasser statt Alkohol, war ihr vollkommen entgangen. Sie fiel in ihr Bett und legte sich hin, um für immer zu schlafen...

Dabei fiel das Medikamentendöschen hin und die weiteren Tabletten rollten unter das Bett. Die Ginflasche kippte um und es floss der Alkohol durchs Zimmer.

Eine Stunde später wollte ihr Maurice »Gute Nacht« sagen.

Als er die Zimmertür öffnete, roch es nur widerlich nach Alkohol.

Entsetzt sah er seine Schwester, voll bekleidet lag sie apathisch auf dem Bett.

Was war nur los? Tausend Gedanken durchquerten seinen Kopf. Auch das fast leere Tablettendöschen fiel ihm sofort auf.

»Valentina!« Panik breitete sich aus.

»Albert! Komm schnell«, Maurice brüllte durch das ganze Zimmer. »Ruf einen Arzt! Schnell!«

In wenigen Sekunden war der Notarzt bestellt, der nach zehn Minuten zur Stelle war.

»Wir nehmen ihre Schwester mit. Verdacht auf Tablettenvergiftung«, sagte der routinemäßig arbeitende Notarzt nur nüchtern.

»Ich komme mit.« Maurice schnappte sich seine Jeansjacke vom Haken im Flur. Niemals würde er das Schwesterlein alleine lassen.

»Bleib du bitte hier!«, rief er Albert noch zu, »ich melde mich.«

Völlig fassungslos stand Albert in der menschenleeren Wohnung. Still war es um ihn herum.

Nun gab er sich die Schuld, weil er nichts bemerkt hatte, obwohl er die junge Frau von Herzen liebte. Doch Schuldzuweisungen waren jetzt fehl am Platz!

Im Notarztwagen wurde fieberhaft an Valentina gearbeitet und Maurice musste tatenlos alles beobachten.

Der große Bruder machte sich Vorwürfe. Wie konnte er das nur alles zulassen? Quälende Gedanken überkamen ihn und der Schock saß tief.

Im Krankenhaus wartete er sechs geschlagene Stunden bis er etwas Näheres erfuhr. Nervös ging er im Flur auf und ab. Das Warten zermürbte ihn.

Der behandelnde Stationsarzt kam endlich den Flur entlang: »Es war nicht so schlimm. Ihre Schwester hat weitaus weniger Tabletten zu sich genommen, als wir dachten.«

Fast kameradschaftlich klopfte er dem nervlich angespannten Maurice auf die Schultern. »Machen Sie sich keine Sorgen. Ihre Schwester braucht jetzt einfach nur Ruhe.«

Nervös zog Maurice seine Jeansjacke wieder an. »Darf ich zu ihr?«

»Ja, aber nur eine Minute!«

Maurice nickte.

Seine geliebte kleine Schwester schlief ruhig, als er das Zimmer betrat. Seine Tränen konnte er nicht mehr zurückhalten als er seine Valentina so im Krankenbett sah. Leise schluchzend nahm er ihre rechte Hand.

Sie bemerkte nichts davon und schlief weiter.

»Ach, mein Liebes, dass ich das zugelassen habe, dass du so unglücklich bist. Ich liebe dich.« Sanft strich er Valentinas Handrücken. Schweigend, aber voller Liebe, blieb er noch einen Moment bei ihr.

Dann betrat eine etwas rundliche Krankenschwester mittleren Alters das Zimmer und bat ihn höflich, zu gehen. »Die Patientin braucht Ruhe, bitte.«

Obwohl Maurice gerne bei Valentina geblieben wäre, folgte er dem Rat der Dame. Beim Hinausgehen warf er Valentina noch einen Handkuss zu. »Ich liebe dich, mein Engel.«

»Lassen Sie Ihre Schwester jetzt schlafen. Morgen können Sie ja wiederkommen«, sagte die Krankenschwester und lächelte ihn an.

Schweren Herzens verließ Maurice das Zimmer.

Wieder zu Hause in der Wohngemeinschaft angekommen, berichtete er Albert von allem. Beide Männer überlegten in dieser Nacht, wie es weitergehen sollte.

Der neue Tag erwachte.

Maurice und Albert hatten keine gescheite Lösung gefunden, wie sie mit noch mehr Arbeit Geld verdienen konnten. Ihre Arbeitskapazität war völlig ausgeschöpft.

Ihnen blieb sowieso nur wenig Spielraum für ihre Freizeit.

Wie immer trafen sich die guten Freunde am Frühstückstisch.

»Guten Morgen. Gestern habe ich noch lange gegrübelt und bin zu dem Entschluss gekommen, dass wir nicht noch mehr Arbeit annehmen können. Vielleicht wäre es möglich, dass wir in eine andere Wohnung umziehen. Kleiner, billiger. Irgendwie muss das alles machbar sein. Die Mietkosten sind einfach zu hoch. Ich wüsste nicht, wo wir sonst noch einsparen könnten.«

Für ihn war es Ehrensache, dass er seiner kleinen Schwester zur Seite stand und sie von nun an wirklich schonen wollte.

Albert pflichtete ihm bei: »Ja. Das ist eine gute Idee. Ich sehe auch keine andere Lösung. Also nehmen wir uns jetzt die Zeitung und suchen.«

Etwas hektisch blätterte Albert in der Zeitung, schließlich gab er sich immer noch eine gewisse Mitschuld am Elend von Valentina.

Eigentlich dachte er, dass er sich auf seine Mutter verlassen konnte. Nun plagten ihn eher Zweifel. Manchmal kam er sich eher von seiner eigenen Familie verlassen vor, denn er hatte noch einmal bei der Mutter nachgefragt, ob sie nicht für Valentina bei ihrer Freundin ein gutes Wort einlegen könnte.

Ihre Antwort war hochnäsig und vernichtend zugleich: »Damit habe ich nichts zu tun.« Es war ihr offenbar egal, auch wenn sie beim ersten Zusammentreffen mit Valentina so zuvorkommend tat.

Den Kontakt zu seiner Mutter wollte Albert nicht ganz abbrechen, aber zukünftig distanzierte er sich etwas mehr von ihr. Den braven Sohn spielte er nicht länger, das war ihm alles zu dumm.

Maurice sah, dass seinen Freund etwas bedrückte. »Was denkst du?«

Doch Albert wehrte ab: »Ach, nichts. Ich denke einfach über Vieles nach.«

Das machte er lieber mit sich selbst aus.

»Gehen wir gleich gemeinsam zu Valentina?«

Sofort wurde Albert hellhörig. »Ja, natürlich, gerne.« Er hatte zwar im Augenblick gemischte Gefühle, aber Valentina zu sehen, das bedeutete ihm sehr viel.

Bevor die beiden zur Uni fuhren, schauten sie kurz bei Valentina vorbei.

Vorsichtig öffnete Maurice die Zimmertür. »Guten Morgen.«

Valentina hatte den geliebten Bruder entdeckt und lächelte. Sie streckte die Hand nach ihm aus. »Guten Morgen.«

Auch für Albert hatte sie ein liebevolles Lächeln übrig. Noch war die junge Frau etwas schwach und müde, unendlich müde.

Maurice strich ihr über die Wangen. »Wie geht es dir?«

Valentina schaute ihren Bruder liebevoll an. »Gut. Tut mir leid, dass ich dir so viel Kummer mache.«

Da schüttelte Maurice nur mit dem Kopf.

»Mach dir keine Sorgen, Schwesterlein. Du musst dich nur gut auskurieren.«

»Aber ich habe doch noch jede Menge Arbeit. Alles muss fertig werden.« Valentina dachte immerzu daran, wie sie alles schaffen sollte.

Maurice hielt ihre Hand. »Nein, nein, du bleibst jetzt erst einmal hier, ruhst dich aus und dann sehen wir weiter.«

Kein Wort brachte der zurückhaltende Albert heraus und fühlte sich neben der Hilflosigkeit noch machtlos. Wie gerne würde er ihr mehr zur Seite stehen.

»Ich bin so müde«, sagte Valentina mit leiser Stimme.

»Schlaf dich gesund.« Maurice strich unentwegt über ihre Hand. Zärtlich küsste er ihre Stirn.

»Wir kommen am Abend noch einmal wieder.«

Sie nickte.

Geräuschlos verließen die beiden Männer das Zimmer und Valentina schlief sofort wieder ein. Sanft ruhte sie in ihren Kissen.

Plötzlich sah sie Melchiorre vor sich. Sie träumte. Ganz nahe war er ihr. Fast schon real.

Melchiorre nahm ihre Hand, ging mit ihr auf eine Wiese. Alles war wunderschön. Die bunten Blumen strahlten im Sonnenschein, sogar den lieblichen Duft der Rosen spürte sie in ihrer Nase. Ihr Geliebter lächelte sie an und sagte: »Gehe weiter im Leben. Ich liebe dich.«

Ihr Traum zerplatzte wie eine Seifenblase als sie unsanft von der Stimme ihres behandelnden Arztes geweckt wurde.

Vorsichtshalber war Valentina an ein Überwachungsgerät angeschlossen worden. Der Pulsschlag stieg enorm, als die immer noch Liebende von ihrem Melchiorre träumte. Dabei dachte sie, er wäre gerade im Zimmer bei ihr gewesen.

Sie wollte weinen, doch es ging nicht. Wie ein dicker Kloß blieb alles in ihrem Hals stecken. Eine schöne Erinnerung an diese Begegnung mit ihm begleitete sie den ganzen Tag. Ach, wäre es nicht nur ein Traum gewesen!

Wie versprochen kamen Maurice und Albert sie am Abend noch einmal besuchen. Als Geschenk brachten ihre Mitbewohner die geliebten Mandelkekse von Mutter Eugenie und einen wunderschönen bunten Blumenstrauß mit. Herrlich, genauso wie ihre große Schwester, liebte auch Valentina Blumen. Das war schon etwas anderes als diese ekeligen Krankenhausgerüche.

»Das ist aber lieb von euch. Vielen Dank.« Kurz lächelte Valentina ihre beiden Besucher an.

Maurice stellte die Blumen in eine Vase neben Valentinas Krankenbett. So konnte er ihr den doch eher öden Aufenthalt dort etwas verschönern.

Valentina war glücklich, ihren Bruder und den guten Freund in ihrer Nähe zu haben. Oft fühlte sie sich ohne Mama und Papa und die übrigen Geschwister einsam. Und Melchiorre, ja, ihn vermisste sie sehr.

Erneut hielt Maurice ihre Hand. »Wie geht es dir? Hast du etwas geschlafen?«

»Mir geht es besser. Danke. Ich glaube, ich habe den ganzen Tag geschlafen«, sie musste dabei etwas verzückt lächeln. Wäre doch dieser Traum niemals zu Ende gegangen…

In diesem Moment griff sie nach Alberts Hand.

Fast erschrocken, erwiderte er ihre Geste. Bisher hatte Valentina nur die geringste Berührung zu ihm direkt zurückgezogen. Nun war das anders. Auf einmal übte der stille Albert eine nie erlebte Anziehungskraft auf sie aus.

Wie selbstverständlich nahm auch er ihre Hand und am liebsten hätte der Verliebte diese nie wieder losgelassen.

Maurice bemerkte die zärtliche Geste und er hätte seinen Studienkollegen gerne zum Schwager gemacht. Aber es war natürlich Valentinas Entscheidung, ob sie dieser Liebe eine Chance geben würde.

Im nächsten Moment zog Valentina ihre Hand wieder zurück. Der verblüffte Albert blickte nur hilflos zu seinem Freund.

Um beide aus dieser Situation etwas zu befreien, lenkte Maurice mit einer kurzen Bemerkung ab: »Hast du heute schon etwas gegessen?«

»Ein bisschen.« Valentina war zu erschöpft, um an Essen zu denken.

Alles, was sich in den letzten Jahren angestaut hatte, war nicht spurlos an ihr vorbeigezogen. Der pure Zusammenbruch hatte eines Tages kommen müssen.

Die asiatisch aussehende Nachtschwester betrat den Raum. »Ach, guten Abend, auf diesen Besuch hat sie sich schon gefreut.«

Die nette Dame lachte. »Sie hat immer von Ihnen gesprochen, wenn sie dann mal die Augen geöffnet hat.«

»Wissen Sie, wann meine Schwester wieder nach Hause kann?«, fragte Maurice ungeduldig.

»Ich weiß es nicht. Fragen Sie lieber morgen früh den Arzt, wenn er zur Visite kommt.« Dann verließ die Krankenschwester wieder das Zimmer, nachdem sie Valentinas Blutdruck gemessen hatte. Er war noch leicht erhöht, aber die freundliche Thailänderin war zuversichtlich, dass sich das bald bessern würde.

Eine Viertelstunde blieben Maurice und Albert noch bei Valentina.

»Gute Nacht, mein Engel. Morgen kommen wir wieder.« Maurice küsste seine Schwester auf den Mund und Valentina hatte nichts dagegen, dass der nun mutige Albert ihr ansatzweise einen Handkuss gab.

»Gute Nacht, ihr beiden. Bis morgen.« Kurz danach schlummerte Valentina ein.

Zu Hause angekommen, studierten die beiden Männer sofort wieder die Tageszeitung.

»Ich glaube, ich habe eine Wohnung gefunden. Sie kostet dreihundert Euro weniger als wir jetzt bezahlen müssen. Es ist zwar eine etwas ältere, aber das ist doch egal. Oder?« Maurice schaute seinen Studienfreund erwartungsvoll an.

»Meinst du, ich kann da jetzt noch anrufen?«

Maurice war sich nicht sicher, ob man zur späten Abendstunde noch jemanden stören konnte, den man nicht kannte.

Albert war mit allem einverstanden und ermunterte ihn. »Ja, mach das.«

So griff Maurice kurzerhand zum Telefon und versuchte, den möglichen Vermieter zu erreichen. »Guten Abend. Entschuldigen Sie bitte, dass ich Sie nach einundzwanzig Uhr noch anrufe. Ich habe heute ihre Anzeige in der Zeitung gelesen. Wäre diese Wohnung noch frei?«

Der Mann am Telefon reagierte freundlich und fühlte sich nicht gestört. »Ja, ist sie. Wenn Sie Interesse haben, können Sie sich die Wohnung morgen anschauen. Sagen wir um 16 Uhr?«

Maurice überlegte kurz. »Das ist gut. Dann sehen wir uns morgen 16 Uhr. Vielen Dank. Und nochmal Entschuldigung für die späte Störung.«

»Kein Problem.« Der gemütlich wirkende Mann am anderen Ende der Leitung legte wieder auf.

»Also schauen wir uns morgen eine Wohnung an.« Albert kam gerne mit.

Am nächsten Tag gingen beide gemeinsam zum Besichtigungstermin. Sie waren sehr sportlich, daher schafften sie den Weg in nur zehn Gehminuten.

Die Umgebung sah gut aus. Ruhig, viele Bäume, kleine Wohnhäuser.

Der potentielle Vermieter war ein großer, schlanker, dunkelhaariger Typ mittleren Alters. Er hatte nichts gegen den Einzug einer Studenten-Wohngemeinschaft.

Weniger Miete und „kleinere Brötchen backen", das war in Ordnung. Valentina würde es gefallen, da waren die beiden Freunde sich einig.

Ein Handschlag unter Männern, eine Vertragsunterzeichnung mit Maurice und Albert als Hauptmieter, alles lief perfekt.

Auf dem Nachhauseweg fiel Maurice plötzlich ein: »Du, müssen wir nicht eigentlich einen Nachmieter für die alte Wohnung suchen?«

Albert stockte der Atem. »Oh, nein, daran habe ich gar nicht gedacht. Was machen wir jetzt?«

In der nächsten Sekunde ging ihm durch den Kopf, dass er seine Mutter fragen könnte. Dann warf er diesen Gedanken wieder weg. Schließlich wollte er nicht von seiner Mutter abhängig sein. Nur im Notfall!

Mitten auf der Straße begegnete ihnen ihre liebe Nachbarin Christine. Die Sechsundzwanzigjährige war ein wenig korpulent, hatte brünettes Haar und wohnte in einem Appartement im selben Haus wie die Studenten.

»Hey, was diskutiert ihr denn da so heiß?«, fragte sie ein wenig neugierig.

Maurice und Albert waren ziemlich vertieft in ihr Gespräch und sahen die nette junge Frau in der letzten Sekunde.

»Hey, Christine, schön dich zu sehen.«

Maurice lächelte sie an. Er mochte ihre hilfsbereite und nette Art.

»Ach, wir diskutieren über die neue und alte Wohnung«, antwortete Maurice.

»Wie neue Wohnung? Gefällt es euch hier nicht mehr?« Sie war überrascht, denn die WG wohnte seit ein paar Jahren hier.

Maurice winkte ab. »Doch, schon, aber es ist alles so teuer geworden.«

»Wann wird denn eure Wohnung frei?«, wollte Christine wissen. Ein verschmitztes Grinsen konnte sie sich nicht verkneifen.

Maurice kratzte sich an der rechten Stirnseite. »Ende des Monats. Hast du vielleicht einen Nachmieter für uns?« Das meinte er eher scherzhaft, denn in diesem

Augenblick rechnete er nicht mit einer schnellen Lösung. Studenten hatten chronische Geldprobleme und sobald würde sich wahrscheinlich niemand finden.

»Unser Vermieter lässt uns doch bestimmt nicht so einfach aus dem Vertrag.« Maurice zog seine Augenbrauen nach oben.

Christine war allerdings von der großen Wohnung begeistert und da sie kurz vor ihrer Hochzeit mit einem gut betuchten Mann stand, ergriff sie sofort die Initiative.

»Ja, ich kenne da einen Nachmieter für eure Wohnung«, und lachte verschmitzt.

Maurice und Albert lächelten erleichtert. »Das wäre ja großartig. Wer ist es denn?«

Sie spannte die beiden nicht lange auf die Folter: »Mich.«

Albert wurde stutzig. »Du? Aber was willst du mit einer so großen Wohnung ganz alleine?«

Christine warf ihren Kopf in den Nacken. »Tja, ich werde heiraten und eine Familie gründen.«

Die beiden Männer freuten sich für sie und umarmten die liebe Nachbarin. »Das ist ja toll.«

Da hatte sich ihr Problem doch schneller gelöst, als gedacht. Prima!

»Glaubst du, dass klappt bis zum Monatsende?« Maurice war ganz aus dem Häuschen vor Glück.

»Ja, klar. Ich denke, mein zukünftiger Mann wird sich gerne mit dem Gedanken, früher als geplant mit mir zusammenzuziehen, anfreunden.« Christine war voll und ganz davon überzeugt, dass sie damit richtig lag.

Das Ganze hob Alberts Stimmung. »Das ist ja super. Besser kann es doch nicht laufen. Oder?«

Christine verzog ein bisschen die Mundwinkel. »Doch, eine klitzekleine Kleinigkeit wäre da noch!«

Oh ja, da ist doch ein Haken! Erstaunt sahen Maurice und Albert sie an.

»Ich brauche dann einen Nachmieter«, sagte Christine leise.

»Mist, wäre ja auch viel zu schön gewesen«, ärgerte sich Maurice und kam wieder ins Grübeln.

Aber die drei wollten sich nicht unterkriegen lassen und schmiedeten getrennt voneinander Pläne. Man würde schon eine geeignete Lösung finden!

»Wir bleiben in Kontakt«, stammelte Maurice und die Studenten verabschiedeten sich mit Küsschen rechts und Küsschen links.

Als die beiden Freunde zur Tür hereinkamen, klingelte das Telefon.

Völlig außer Atem meldete sich Maurice mit: »Ja, hallo.« Der besorgte Bruder befürchtete, dass etwas mit Valentina sein könnte.

Doch nach langer Zeit meldete sich an diesem Abend Olivier wieder. Mit seinem Mitbewohner hatte er ziemlichen Stress und würde am liebsten alleine wohnen.

Blitzschnell reagierte Maurice, obwohl er immer noch sauer auf seinen kleinen Bruder war: »Das kannst du haben. Christines Appartement wird bald frei. Wie wäre es, möchtest du wieder hier in dieses Haus ziehen?«

Olivier fand diese Idee gar nicht mal so schlecht. »Klar, eigentlich habe ich mich dort immer wohlgefühlt.«

»Also dann. Was hindert dich daran?« Maurice brauchte keine Überredungskünste, denn Olivier willigte ein.

»Das ist toll. Danke. Damit wäre es für alle die beste Lösung.«

Sofort wurde der Vermieter informiert, der sich nicht lange bitten ließ und von der Idee seiner Bewohner und Ex-Bewohner angetan war. Letztendlich war ihm egal, wer die Miete zahlte. Hauptsache sie wurde pünktlich auf den Tisch gelegt.

So hatten sich die Wohnverhältnisse schneller geklärt als gedacht. Wenigstens einmal etwas, das funktionierte!

Wenige Tage später konnte Valentina das Krankenhaus wieder verlassen. Was sie brauchte war Ruhe, Ruhe und nochmals Ruhe sowie jede Menge Zuneigung und Geborgenheit.

»Es ist schön wieder zu Hause zu sein.« Sie lächelte ihren geliebten Bruder Maurice an, der ihre Tasche nach oben trug.

»Ja, wir haben dich sehr vermisst.«

Albert empfing die beiden mit einem großen »Hallo«. Spontan wagte er, Valentina einen Kuss auf die Wange zu drücken. Ganz so, wie es unter Freunden üblich war.

Sie ließ es geschehen und lächelte ihn an.

Zur Feier des Tages hatte Albert etwas gekocht. Maurice und er schwänzten sogar ihre Vorlesungen, um Valentina nicht alleine zu lassen.

Überrascht sah sie einen gut gedeckten Tisch. Bunte Tischdecke, weiße Teelichter, einen Strauß Blumen.

Ja, da hatte sich jemand die Mühe gemacht und ihr Lieblingsgericht vorbereitet. Nudeln mit Tomatensoße, dazu ein kleiner grüner Salat. Einfach, aber lecker!

»Das riecht aber gut. Danke.« Valentina war ganz gerührt von so viel Fürsorge.

»Möchtest du etwas trinken?« Der aufmerksame Albert war der perfekte Kellner für diesen Tag. »Vielleicht ein stilles Wasser, Madame?«, und zuvorkommend schenkte er seiner Angebeteten ein Glas ein.

Valentina nickte und bedankte sich höflich. Die ganze Mühe, die Albert sich gab und die Liebe ihres Bruders, so konnte sie sich rundum glücklich schätzen.

Maurice hatte sein Schwesterherz noch mit den Umzugsplänen verschont, doch er musste sie so langsam aber sicher einmal damit konfrontieren.

»Was hältst du von unserem Umzug in eine kleinere Wohnung?«, fragte er behutsam.

»Macht ihr das etwa alles wegen mir?« Valentina ahnte, dass ihr Bruder und Albert sie vor allem nur schützen wollten.

Doch beide Männer antworteten klar und einstimmig: »Nein.«

So richtig glaubte Valentina das nicht, aber sie genoss erst einmal das gute Essen und die uneingeschränkte Aufmerksamkeit der beiden.

»Wann soll es denn losgehen?«

»Ende des Monats. Ist das okay für dich?« Maurice wollte sie nicht überrumpeln, aber die Zeit drängte.

»Klar, kein Problem. Ich gehe überall hin, wo du hingehst, Bruderherz.«

Ihrem Lieblingsbruder fiel ein Stein vom Herzen.

»Ich freue mich auf unser neues Heim.«

Allgemeine Erleichterung machte sich breit.

Das Monatsende war schnell erreicht und so kam der Tag des Umzuges.

Am Tag zuvor hatte Valentina die Kündigung als Näherin erhalten, da ihre Arbeitskraft nicht mehr benötigt wurde. Bis zu einem gewissen Grad hatte man sie ausnutzen können, dann schob ihr Zusammenbruch einen

Riegel davor. Nicht mehr für die Firma nützlich, konnte die Arbeitgeberin auf sie verzichten. Einfach so.

Aber es lief genauso hart und herzlos ab wie bei ihrer Schwester. Es schmerzte Valentina sehr, aber sie ließ sich nichts anmerken. Schließlich sollte und würde es weitergehen. Für alles gab es eine Lösung, wenn auch nicht hier und sofort.

Ihr Bruder hatte ihr versichert, dass der Lebensunterhalt gesichert war. Selbst, wenn Valentina nichts dazu beisteuern konnte. Sie glaubte ihm, obwohl ein schlechtes Gewissen für die junge Frau im Hinterkopf blieb. Derzeit fühlte sie sich noch etwas schlapp und müde. Daher willigte die Geschwächte ein.

Valentinas Körper war stark angegriffen, genauso wie ihre feinfühlige Seele. Wenn sie wieder ganz bei Kräften war, wollte Valentina einen erneuten Versuch starten. Das hatte sie sich fest vorgenommen. Doch das blieb vorerst ihr Geheimnis.

Den ganzen Tag wurden Kisten gepackt, transportiert. Treppe runter, Treppe rauf. Das konnte ganz schön anstrengend sein. Möbelteile wurden abgeschraubt, verpackt, wieder zusammengeschraubt. Das Übliche halt bei einem Umzug.

Stunden später fielen alle erschöpft auf das Sofa. Die neue Wohnung war ziemlich klein. In der Wohnküche fand das Sofa keinen Platz mehr und so wurde es zunächst einmal im Flur abgestellt. Aber hier konnte man es sich auch ein wenig gemütlich machen. Das Küchenmobiliar bestand lediglich aus einem kleinen Tisch, drei Stühlen, einer Spüle, einem Herd, einem Kühlschrank und einem mittelgroßen Sideboard. Mehr passte nicht hinein.

Das Fernsehgerät wurde in Maurice Zimmer deponiert. Irgendwo musste es seinen Platz finden.

Valentina ging sowieso früh zu Bett und Albert interessierte es im Augenblick nicht, was so auf der restlichen Weltkugel passierte.

Jeder hatte sein Zimmerchen eingerichtet. Die beiden Männer eher rustikal und einfach. Bett, Stuhl, kleiner Tisch und Schrank. Das genügte.

Valentina hatte auch keine anderen Möbel, gestaltete aber durch Kissen mit Blumenmuster, passenden Deckchen und Tapete mit Rosen ihr Zimmer etwas mädchenhafter.

Schnell packte Maurice noch eine Kiste mit Büchern aus, dann war er endlich fertig. Der Forscher in der Familie las sehr gerne Fachliteratur und hatte einige Bücher über die Medizin in seinem Reservoir.

»Das ist wirklich mehr Arbeit als man denkt.« Albert war ziemlich aus der Puste. »Man ist eben nicht mehr der Jüngste«, lachte er.

»Da sagst du etwas.« Maurice taten die Gelenke schon ziemlich weh und er griff beherzt an seine Bandscheibe.

Nur Valentina wurde verschont. Aber das war so zwischen den Männern abgesprochen. Das Allernötigste und Leichteste durfte sie tragen.

Für ihre starken Männer würde Valentina jetzt gerne etwas tun. »Möchtet ihr etwas essen?«

Maurice winkte ab. »Eigentlich habe ich gar keinen richtigen Hunger.«

Albert war leicht hungrig und daher kam von ihm auch der Vorschlag: »Wir haben noch ein paar Würstchen, die könnten wir doch essen.«

Ein wenig Appetit brachte auch Valentina mit. »Gut, dann mache ich die Dose auf. Wollt ihr ein Stück Brot und Senf dazu?«

Beide nickten.

»Bier?«, fragte Albert und hatte schon die Kühlschranktür in der Hand.

Maurice zeigte den Daumen zu einem »Ja« hoch.

Auch Valentina war ausnahmsweise nicht abgeneigt. Die drei ließen gemütlich und vereint den Tag ausklingen.

»À votre santé!«, prosteten die drei Musketiere sich zu.

Am nächsten Morgen räumten die Studenten noch ein paar Kisten aus. Nägel wurden in die Wand gehauen, um die Familienfotos anzubringen. Es fand sich immer noch eine Kleinigkeit, die getan werden musste.

Stolz stand Maurice in der neuen Wohnung. »Wir haben es doch schön hier. Oder?«

»Ja, es gefällt mir«, pflichtete Albert ihm bei.

Und Valentina nickte zustimmend. »Ja, mir auch.«

Mit einer guten Tasse Kaffee in der Hand stieß die fröhliche Runde noch einmal an. »Auf ein neues WG-Leben.«

...

Es war ein schweres Los, dass die Eltern in Le Verdon-sur-Mer zu tragen hatten. Selbst ihre alten Bekannten wandten sich seit Jahren von ihnen ab, grüßten kaum noch oder nur, wenn es keiner sah.

Vater Antoines Buchdruckerei warf kaum noch Gewinne ab und Mutter Eugenies Nähkünste waren nur noch selten gefragt.

Das Haus, in dem die Eheleute Leconte lebten und ihre Kinder großgezogen hatten, wollten beide nicht verlassen. Immer noch hofften die beiden, dass sie eines Tages hier mit ihren Kindern und Enkelkindern wieder glücklich sein werden.

Besonders Eugenie machte das alles sehr zu schaffen. »Ach, Antoine«, seufzte sie, »was ist nur aus uns geworden?«

Liebevoll nahm er ihre Hand und streichelte den Handrücken: »Ich weiß es nicht.«

Wehmütig legte Eugenie ihren Kopf auf seine starken Schultern. Als Familienoberhaupt hatte Antoine immer Stärke bewiesen. Doch auch ihn plagten die finanziellen Nöte und das unsinnige Gerede der Leute. Vor allem konnte er nicht verstehen, dass nach all der langen Zeit, die verstrichen war, die Gerüchte nicht verstummen wollten.

Beide saßen an ihrem Lieblingsplatz vor dem Kamin und tranken eine wärmende Tasse Kräutertee. Die großen Gefühle füreinander konnte man in jeder zärtlichen Geste deutlich spüren. Immer wieder berührten die beiden sich sanft. Ihre Liebe war ein kostbarer Schatz.

»Glaubst du, dass wir hier alle noch einmal glücklich sind?«, seufzte Eugenie und blickte ihren Gatten wehmütig an.

Um seine Frau zu beruhigen, antwortete Antoine: »Mach dir keine Sorgen. Alles wird gut.«

Hundertprozentig war er von seiner eigenen Aussage nicht überzeugt. Doch die Hoffnung auf ein schönes Familienleben wollte der treue Ehemann und Vater nicht aufgeben.

»Gestern traf ich Violette wieder. Sie sagte nur »Guten Tag«, dann drehte sie sich um. Es müsste doch endlich einmal aufhören, dass die Leute uns so meiden.«

Fast verzweifelt schaute Eugenie ihren Mann an. Violette lies früher regelmäßig ihre Kleider bei Eugenie schneidern und es entstand eine Freundschaft. Zumindest dachte Eugenie, dass sie eine Freundin war. Wie sie sich in einem Menschen nur so täuschen konnte…

Gerne hätte Antoine ihr noch mehr über diese schwierige Zeit hinweggeholfen, aber er wusste leider keinen Rat. So seufzte er nur: »Ja, das wäre schön.«

Ihn ärgerte die ganze Situation sehr, aber es schienen ihm die Hände gebunden zu sein. Wie sollte er das alles unterbinden?

»Was haben unsere Kinder nur getan?« Eugenie griff schluchzend zum nächsten Taschentuch. Sie konnte das alles nicht mehr ertragen.

»Monique wurde geschlagen und hat diesen Danyel noch in Schutz genommen. Unsere kleine Valentina hat sich einfach nur verliebt. Leider in den Falschen. Das ist alles«, sagte Eugenie bitter.

Sehr gut verstand Antoine ihre Gefühle. »Ich weiß. Es ist auch für mich oft unerträglich. Hätte ich eine Lösung parat, glaube mir, ich würde sie anwenden.«

Eugenie war eine sehr gläubige Frau. »Ich gehe so oft in die Kirche und zünde eine Kerze an. Es muss doch Gerechtigkeit geben.« Sie brach in Tränen aus und Antoine hielt zärtlich ihre Hand.

»Doch auch da komme ich mir von den anderen beobachtet vor. Ich sehe wie sie die Köpfe ineinander stecken. Selbst da. Warum müssen Menschen nur so schnell urteilen?« Wieder brach die liebende Mutter in Tränen aus. Manchmal verstand sie die Welt nicht mehr.

Am nächsten Morgen ging Antoine wieder in seine Firma. Ohne die früheren großen Aufträge hatte sich die wirtschaftliche Lage des kleinen Unternehmens nun drastisch verschlechtert. So blieb es nicht aus, dass Antoine schweren Herzens einigen Angestellten kündigen musste. Das war keine leichte Aufgabe für ihn, denn er sah in jedem Mitarbeiter auch einen Menschen.

Hinter vorgehaltener Hand diskutierten die Angestellten über seine angebliche Verantwortungslosigkeit, ohne dass sie die wahren Gründe beurteilen konnten.

»Guten Morgen, Chef!«, rief ihm einer der verbliebenen und treuen Mitarbeiter zu.

»Guten Morgen«, grüßte Antoine freundlich zurück. Er blieb immer höflich, auch wenn man ihm mächtig auf die Füße getreten hatte.

»Haben Sie schon gehört? Michelle Chevrier ist verunglückt. Man erzählt sich sogar, dass sie von einem ihrer Liebhaber mit einem Messerstich verletzt wurde.« Der Mann war sich nicht ganz sicher.

»Nein, das wusste ich nicht.« Antoine war über diese Nachricht sehr überrascht.

»Man munkelt, dass er sie sogar umbringen wollte.«

»Ach«, reagierte Antoine recht knapp und emotionslos.

Diese Frau interessierte ihn wenig, denn diese Intrigantin war an Valentinas Schicksal nicht ganz unschuldig.

Michelle befand sich im Krankenhaus und konnte sich kaum noch an den Vorfall erinnern.

Ein maskierter Mann stach sie in den Bauch und murmelte etwas wie: »Geh, du alte Hexe.«

Sie überlegte ständig, wer das sein könnte. Tatsächlich wagte es eine Person, sie zu attackieren. Sie, die sonst alles unter Kontrolle hatte, verlor den Überblick! Undenkbar!

Das war ihr erster Gedanke, als Madame Chevrier die Augen öffnete.

Neben ihr saß ihre langjährige Haushälterin. »Guten Morgen, Madame.«

Michelle sah sie grimmig und feindselig an.

»Was ist passiert?«

Die arme Frau konnte ihr nun wirklich diese Frage nicht beantworten. Madame Clermont saß nur blass vor ihrer Chefin und zuckte mit den Achseln.

Da öffnete ein Polizist die Tür. Höflich bat er die Haushälterin, zu gehen.

Sofort stand Madame Clermont auf. »Ja, selbstverständlich.« Ihrer Chefin winkte sie zu. »Bis morgen.«

Doch Michelle hatte nichts für die Höflichkeit ihrer Angestellten übrig. Diese kleinen Leute waren eben nur ihre Bediensteten, also für sie reines „Fußvolk".

»Können Sie mir ein paar Fragen beantworten?«, bat der freundliche Polizist.

Mürrisch schaute Michelle ihn an. »Wenn es sein muss.« In ihren Augen war es unmöglich, dass so ein kleiner Dorfpolizist ihr Fragen stellte.

Der Polizist machte nur seine Arbeit. »Kennen Sie den Täter? Können Sie mir den Tathergang schildern?«

Jetzt erlaubte er sich auch noch gleich zwei Fragen zu stellen. Unmöglich!

»Nein, ich kann Ihnen diese Fragen nicht beantworten. Es ging alles sehr schnell.« Genervt griff sie zu einem Glas Wasser.

Der Polizist hakte noch einmal nach: »Können Sie den Täter wirklich nicht beschreiben?«

»Nein, das habe ich Ihnen doch gerade gesagt. Wahrscheinlich irgendein kleingeistiger Idiot.« Der kühlen Michelle war diese ganze Fragerei zuwider.

Stirnrunzelnd nahm der Mann alles zu Protokoll, was die Dame aussagte. »Meine Güte, ist das eine Zicke«, dachte er insgeheim.

»Ist Ihnen nichts aufgefallen? Kleidung, Haare, Fingernägel?«, wollte der Polizist noch wissen.

Barsch kam Michelles Antwort: »Nein.«

So kam der junge Polizist nicht weiter und er gab ihr seine Visitenkarte. »Wenn Ihnen noch etwas einfällt, dann melden Sie sich bei mir.«

Sie riss dem stattlichen Mann, der eigentlich in ihr Beuteschema gepasst hätte, diese Karte aus der Hand. »Ja«, war lediglich ihre ruppige Antwort.

Als der Polizist gegangen war, dachte die Unnahbare fieberhaft darüber nach, wer ihr nach dem Leben trachten konnte. Wer hatte sich großartig zu beschweren? Schließlich bezahlte sie jeden ihrer Leute für die geleisteten Dienste!

...

Im entfernten Augsburg machte sich Monique, wie jeden Tag, auf den Weg zur Schule. An diesem Nachmittag war die fürsorgliche Mutter zu früh und wartete geduldig auf Pierre.

Seit Tagen war ihr eine junge Frau aufgefallen, die ihre Tochter von der Schule abholte. Sympathisch, adrett gekleidet und die roten Schuhe dieser Frau waren einfach toll. Hätte sie auf solchen High Heels laufen können, dieses Paar wäre auch an ihren Füßen.

Freundlich begrüßten sich die beiden Damen.

»Hallo, warten Sie auch auf Ihr Kind?«, fragte die nette Frau.

»Ja«, war Moniques etwas schüchterne Antwort.

Sie reichte Monique die Hand. »Mein Name ist Irene Welsch.«

Monique gab ihr ebenfalls die Hand. »Ich bin Monique Delaware.«

Irene Welsch lächelte. »Schön, Sie kennenzulernen.«

»Ganz meinerseits.« Die Sympathie und Höflichkeit tat Monique gut. Sie hatte das Gefühl, diese Frau zu kennen. Doch das war unmöglich!

Irene hatte ihren französischen Akzent gehört und fragte nach: »Wohnen Sie schon lange in Deutschland?«

Höflich antwortete Monique ihr: »Ein paar Jahre. Eigentlich kommen wir aus Frankreich.« Dabei wurde ihr ganz warm ums Herz, sie vermisste die Heimat immer noch sehr.

»Ach, wie schön. Wir fahren oft an die Atlantikküste und machen dort Urlaub. Eine wirklich schöne Gegend.« Irene geriet ins Schwärmen.

In Gedanken spürte Monique wieder den Geruch des Meeres. Himmlisch!

Doch dann überfiel die Französin kurz eine tiefe Traurigkeit. »Ich war schon lange nicht mehr dort.«

Irene spürte, dass Monique sehr traurig war.

Immer öfter trafen sich die beiden Mütter am Schultor und es entstand eine liebevolle Freundschaft.

An einem sonnigen Nachmittag lud Irene ihre neue Freundin zu sich nach Hause ein. Diese willkommene Abwechslung tat Moniques Seele gut. Zwar unterhielt sie sich auch gerne mit Tante Maria, aber eine Weggefährtin in ihrem Alter belebte ihre Sinne.

Irene lebte mit ihrem Ehemann und ihrer Tochter in einem bescheidenen Reihenhaus. Komischerweise nur eine Straße weiter von Tante Marias Haus. Wahrscheinlich hatten sich die beiden Damen dort schon einmal beim Einkaufen gesehen, aber nicht so wirklich wahrgenommen.

Monique gefiel die heimelige Atmosphäre in Irenes Haus. Es erinnerte sie an frühere Zeiten.

Irene war genauso ein Familienmensch wie Monique. Sie brachte Verständnis auf für Dinge, worüber andere Leute vielleicht nur lachten. So kamen sich die Damen sehr nahe und gingen vertraut miteinander um.

Der harmonische Nachmittag verging wie im Flug. Monique erzählte von ihrer zerrütteten Ehe und Irene, dass sie Vorfahren in Frankreich hatte.

Um 18 Uhr blickte Monique verblüfft auf die Uhr. Oh, wie die Zeit verging. Pierre und Tante Maria würden zu Hause schon mit dem Abendessen auf sie warten. Schnell erhob sich Monique und gab Irene ein Küsschen links und ein Küsschen rechts. Natürlich verstand Irene, dass die Familie immer vorging und begleitete Monique zur Tür.

Es folgten noch viele gute Gespräche zwischen den beiden Müttern. Eine harmonische Freundschaft war immer viel wert.

...

Ein neuer Tag begann in Bordeaux.

Valentina hatte ausnahmsweise hervorragend geschlafen! Ein Gefühl, wie neu geboren zu sein, verbreitete sich in jeder Zelle ihres Körpers. Sie wusste nicht einmal mehr, was und ob sie geträumt hatte.

Die Arme streckte die mittlerweile erwachsene Frau nach oben und sah die ersten Sonnenstrahlen durchs Fenster scheinen. Valentina konnte sich nicht mehr daran erinnern, wann sie zuletzt einen solchen Lebensmut verspürte.

Leise öffnete Maurice ihre Zimmertür. »Guten Morgen, Schwesterchen, wie geht es dir?«

Valentina lächelte ihn an. »Gut, danke, gut.«

Der besorgte Bruder fragte lieber noch einmal nach. »Wirklich?« Dann setzte er sich auf die Bettkante und fühlte seiner Schwester auf die Nase. Das alte Spiel aus Kindertagen. Hast du gelogen oder hast du die Wahrheit gesagt?

»Ja, wirklich«, lachte Valentina.

Seine Schwester lachte. Wie hatte er das vermisst!

»Geh schon einmal vor, ich komme auch gleich zum Frühstück.«

»Ja, gerne.«

Am gemeinsamen Frühstück zeigte Valentina in der Vergangenheit kein reges Interesse. Umso erfreuter war er nun, dass sie das von alleine vorgeschlagen hatte.

Salopp in blauer Jogginghose und weißem T-Shirt hüpfte Valentina in die Küche. »Was gibt es denn zu essen?«

»Nichts Besonderes«, antwortete Maurice und runzelte die Stirn.

Die beiden Männer hatten immer nur Brot, Marmelade und Kaffee zum Frühstück. Einfach, aber gut.

»Okay.« In der vergangenen Zeit verspürte Valentina nie viel Hunger. Ständig drückte der Magen und sie fühlte sich elend. Mit einem Mal kam das Gefühl nach Essen zurück.

Es war Sonntag und für die drei Studenten war die vollkommene Ruhe ein wahrer Genuss.

Valentina griff beherzt nach einem Stück Roggenbrot. »Gehen wir heute spazieren? Das Wetter ist so herrlich.«

Sie wirkte wie ausgewechselt. Froh, heiter, lebensbejahend! Valentina zeigte sich gut gelaunt und gelöst, obwohl sie immer noch an ihren Melchiorre dachte.

Maurice und Albert erfüllten ihrem geliebten Sonnenschein jeden Wunsch.

Der gemeinsame Ausflug wurde wunderschön. Die drei Freunde verbrachten einen harmonischen Tag im Jardin Public. Ein schöner Ort in Bordeaux, wo sich Spaziergänger, Jogger, Kinder, Eltern, alle Naturverbundenen begegneten.

Hundertjährige Bäume säumten den Bach. Der Park entstand im Jahr 1746, hatte eine Fläche von elf Hektar und galt als die grüne Lunge des Stadtzentrums.

...

Weniger vergnüglich fand Michelle ihren Krankenhausaufenthalt und den Umstand, dass sie im Bett liegen musste. Dementsprechend schlecht gelaunt scheuchte Madame Chevrier das Personal hin und her. Keiner sagte ihr richtig, wann sie dieses Domizil wieder verlassen durfte. Das Essen war ihrer Meinung nach zu wenig gewürzt, das Wasser schmeckte nach Spülmittel.

»Alles unfähige Leute«, brammelte die Unzufriedene vor sich hin.

Ihre Haushälterin besuchte die Chefin auch an diesem Tag. Madame Clermont brachte Michelle immer etwas mit, um sie aufzuheitern.

Natürlich wusste die reizende Michelle die nette Geste nicht zu schätzen.

»Sie schon wieder?«, keifte Madame die arme Frau an, als sie wieder das Zimmer betrat. »Was gibt's? Haben Sie mir wenigstens etwas Anständiges zu essen mitgebracht?«

Michelles schlechte Laune war mal wieder auf dem Höhepunkt.

Voller Erwartung holte Madame Clermont den selbstgebackenen Apfelkuchen aus ihrem Korb. Jedem konnte sie mit ihrem Meisterwerk eine Freude machen, nur der überheblichen Michelle nicht.

»Kuchen?«, schrie Madame Chevrier die arme Angestellte an. »Kaviar, Champagner, Baguette. So etwas will ich haben!«

Michelle packte den Kuchen und warf ihn zurück in den Korb. »Ihr Angestellten könnt euch damit vollschlagen. Nehmen Sie das Ding wieder mit.«

Am liebsten hätte Madame Clermont ihr den Kuchen vor die Füße geworfen. Sie brauchte jedoch das monatliche Geld, das Michelle zahlte. Wie so Mancher, der auf ihrer Gehaltsliste stand!

Widersprach jemand der Chefin, konnte sich diese Person mit Sicherheit direkt die Kündigung abholen und würde wahrscheinlich noch ein schlechtes Zeugnis bekommen. Also schwieg die gute alte Seele des Haushalts lieber!

»Mal etwas anderes.«

Die ungehaltene Michelle hatte noch eine andere Frage, die sie brennend interessierte. »Wissen Sie eigentlich, wer mir das hier angetan hat?«

Madame Clermont zuckte mit den Schultern. »Nein.«

In ihrem Innersten war sie jedoch davon überzeugt, dass da so einige Kandidaten Hass auf Michelle haben könnten…

Wie Michelle mit Menschen umsprang fand die ältere Angestellte einfach nur widerlich. Mit Wonne kaufte Michelle Chevrier Menschen mit Geld, und wenn sie ihr nicht mehr nützlich waren, dann ließ sie die Leute fallen wie eine heiße Kartoffel!

So einfach ging das. Schnell, unbürokratisch, unmenschlich! Aber ganz nach Michelles Geschmack und Gerechtigkeitssinn!

Nach drei Wochen wurde die mürrische Michelle aus dem Krankenhaus entlassen.

Madame wirkte ein wenig angeschlagen. Mit sich und der Welt konnte sie nichts anfangen. Natürlich waren die Anderen schuld daran. Wer sonst?

Wieder in ihrer noblen Villa angekommen, eilten ihre Angestellten in Windeseile herbei. Egal ob ihre Haushälterin, der Chauffeur, die Reinigungsfrau oder die Köchin. Alle Untertanen begrüßten hoheitsvoll ihre „Majestät". Nichtsahnend wurde Michelle so von ihren geplagten Mitarbeitern genannt.

»Machen Sie dies, machen Sie jenes«, diese Worte hatten ihre Bediensteten nur allzu oft im Ohr. Keiner durfte widersprechen und so kuschten die Damen und Herren vor Michelle. Man hätte in Ungnade fallen können!

Das Geld, das ihr zu einer gewissen Macht verhalf, hatte sie nicht einmal selbst erarbeitet, sondern erbte es von ihren Eltern. Nach deren Unfalltod wurde Madame Chevrier als einziges Kind zur Alleinerbin.

Die Haushälterin betrat den blauen Salon, so hatte Michelle eines ihrer vier Wohnzimmer genannt. Blaue Tapeten, blaue Möbel, blaue Bilder. Man konnte hier fast seekrank werden!

»Ein Herr möchte Sie sprechen, Madame.« Die Haushälterin sprach mit zaghafter Stimme.

»Wer stört? Und was heißt hier ein Herr. Sie müssen doch wissen, wer er ist und wie sein Name lautet?«

Michelle schüttelte nicht gerade verständnisvoll den Kopf.

Da stürmte einer ihrer vielen gut bezahlten Angestellten in den Raum. »Ich bin es.«

Mit einer Handbewegung gab Michelle ihrer Haushälterin zu verstehen, dass sie den blauen Salon zu verlassen hatte.

Madame Clermont gehorchte und schloss die Tür.

»Was willst du denn hier?«, fragte Michelle erstaunt und barsch zugleich.

»Ich will mehr Geld«, antwortete der gutaussehende Mann, satte 1,93 m groß, blond, schlank. Eigentlich war dieser Adonis auch wieder jemand, der gut in ihr Beuteschema passte.

»Ach«, wehrte Michelle süffisant lächelnd ab. Im nächsten Moment stieg ihr Röte voller Zorn ins Gesicht.

»Was soll das? Wir hatten eine Abmachung und du bist fürstlich bezahlt worden für diese paar Minuten.« Sie winkte in Richtung Tür und diese Geste bedeutete, dass er gehen sollte.

»Das war vor langer Zeit. Jetzt brauche ich wieder Geld.« Langsam wurde dieser Mann ungeduldig. Er wollte nicht länger ihr Handlanger sein.

»Du hast etliche Menschen auf dem Gewissen, ich habe dich in der Hand.« Scheinbar fühlte er sich sicher mit seinen Behauptungen.

»Geh!«, schrie Michelle ihn an. »Was bildest du dir ein?«

Der Mann kam näher. Bedrohlich näher! Er machte nicht den Eindruck, dass er zu Scherzen aufgelegt war.

»Was soll das?«, keifte sie ihn erneut an und warf wütend einen vor ihr stehenden Stuhl um.

»Das habe ich dir schon gesagt. Ich will mehr Geld«, wiederholte er. Seine Gesichtszüge sahen nicht so aus, als ob er mit ihr einen Tee trinken wollte.

Michelle dachte nicht im Geringsten daran, seiner Forderung nachzugeben und rannte zur Tür.

Doch der Mann war schneller. »Nein, so kommst du mir nicht davon.«

Sein Wille war stark und er hatte keine Angst mehr vor ihr. Wegen Michelle hatte ihn seine Frau verlassen. Durch Zufall hatte seine geliebte Gattin entdeckt, welche Arbeiten er für seine Chefin leistete.

»Was glaubst du eigentlich, wer du bist?«, schrie der Mann seine ehemalige Auftraggeberin an.

»Du kleiner mieser Typ! Ohne mich wärst du längst in der Gosse gelandet!« Michelle brüllte und diese Lautstärke war im Haus kaum überhörbar. Sie redete ihm ein schlechtes Gewissen ein, doch damit hatte die Möchtegernchefin an diesem Tag kein Glück.

Er hielt sie am Arm fest. Heftig, stark, fordernd!

»Was ist jetzt?«, fragte er voller Ungeduld.

»Lass mich los, du alter Esel«, wehrte sie sich.

Da öffnete der Chauffeur, der gleichzeitig ein Bodyguard für Michelle war, die Wohnzimmertür. Mit wenigen Handgriffen riss der ehemalige Judomeister den Mann zu Boden.

Michelle gewann wieder an Oberwasser. »Entfernen Sie diesen Mann«, befahl sie und ein ironisches Lächeln umspielte ihre roten Lippen. Nun triumphierte die Machthaberin. Wie so oft!

Der arme Mann konnte nichts weiter tun, da der Chauffeur stärker war als er. Doch er rief Michelle nach: »Du wirst das noch bereuen!«

Ihr hämisches und schallendes Lachen klang durch das ganze Haus.

»Ja, ja, wimmere nur. Du dummer Narr!«

Michelle ging zu einem Tisch mit vielen Alkoholspezialitäten und genehmigte sich erst einmal einen Drink.

Whiskey war ihr absolutes Lieblingsgetränk. Natürlich trank sie ihn pur. Mit gepanschten Sachen gab sich Madame Chevrier nicht ab.

Ein paar Minuten später kam ihr Bodyguard zurück und rieb sich die Hände. »Den sehen wir so schnell nicht wieder.«

Nun erwartete der Bulle von Mann ein dickes Lob von seiner Chefin, doch das blieb aus.

Lieber trank Michelle noch ein Gläschen Whiskey. Dazu zündete sie sich eine Zigarre an. Für eine Frau sicherlich sehr ungewöhnlich, für Michelle ein reines Vergnügen!

Marcus Chevalier, der Mann, der so unsanft hinausbefördert wurde, lag ein paar Meter vom Haus entfernt im Dreck. Blut floss aus seinem Mund. Der reizende Bodyguard hatte ihm ganz schön zugesetzt.

Für Michelle und ihr Gefolge empfand er nur noch Hass. Aber das wollte er sich nicht gefallen lassen. Oft genug hatte Michelle ihn für Zwecke benutzt, woran andere Leute sich nicht die Finger schmutzig gemacht hätten. Aber davon hatte Marcus jetzt genug!

...

In Montalivet-les-Bains saß Danyel Delaware in seinem schwarzen Ledersessel und schaute durch das menschenleere Zimmer. Schon lange redete hier keiner mehr über die Vorkommnisse, die Monique und Pierre dazu bewegten, ihr Zuhause zu verlassen. Man lebte hier friedlich. Eigentlich auch Danyel.

Jede Woche telefonierte der Vater mit seinem Sohn Pierre, den er am liebsten wieder zu sich geholt hätte. Immer wieder musste ihm Pierre versichern, dass er ein guter Nachfolger sein wird. Er war eben sein einziges Kind und die Firma war ihm enorm wichtig.

Das Verhältnis zu Monique blieb sehr angespannt. Die Eheleute hatten sich nichts mehr zu sagen. In dieser Ehe war es eisiger wie am Nordpol. Aber man arrangierte sich. Eine Scheidung kam allein aus gesellschaftlichen Gründen nicht in Frage.

Für seine Frau empfand Monsieur Delaware keinen Hass, aber auch keine richtige Liebe mehr. Vielleicht konnte Danyel nicht richtig lieben.

Weder seine Angestellten noch die Bekannten wagten es, ihn zu fragen, wie es Frau und Sohn so ging. Bei ihm taten auch die meisten Leute das, was der große Macher Delaware sagte.

Selbstverständlich hatte Danyel auch eine Haushälterin, eine Köchin, einen Fahrer, einen Bodyguard.

Personal kam, Personal ging. Passte Danyel Delaware etwas nicht, so mussten die Leute eben wieder gehen, und wenn sie auch nur einen Tag dort beschäftigt waren.

Die neu eingestellte Hausdame war bereits im fortgeschrittenen Alter, aber dennoch wäre sie gerne die neue Frau an seiner Seite gewesen. Der Altersunterschied von zehn Jahren störte die biedere Dame nicht im Geringsten. Stets trug sie einen schwarzen Rock, dazu eine weiße Bluse und schwarze Pumps.

Danyel bevorzugte jedoch eher jüngere Gespielinnen, die ihm seine Einsamkeit versüßen sollten. Ab und an gönnte er sich eine solche „Dame", um sein sexuelles Verlangen zu stillen...

Hinterher regnete es dann wieder Geld und man tat das, was er wollte. Egal was!

Für kurze Zeit ein bisschen Spaß, keinerlei Verpflichtungen, für Danyel war das alles in Ordnung und so hatte er sich auch an diesem Tag wieder ein Betthäschen bestellt.

»Na, mein Liebster«, flüsterte sie ihm ins Ohr und kaute an seinem linken Ohrläppchen.

Er nahm die vollbusige Blondine sofort, auf dem Stuhl, auf dem Boden, egal wo! Hauptsache sein sexueller Trieb wurde befriedigt. Sie war schließlich immer zu Diensten. Anruf genügte und das Häschen war bereit!

Nach dem Liebesakt hauchte sie ihm noch einmal ins Ohr. »Nimm mich nochmal.«

Doch Danyel stieß die Gespielin weg. »Lass das. Geh!«

»Ich bleibe«, wagte sie ihm zu widersprechen.

Die Rechnung hatte die Langbeinige jedoch ohne ihren Gönner gemacht.

Barsch antwortete er: »In fünf Minuten bist du verschwunden! Wenn ich noch etwas von dir will, rufe ich an. Wie immer. Hast du das verstanden?«

Auch wenn sie es nicht verstand, beugte sich die Prostituierte seinem Willen. Er war ein sehr gut zahlender Kunde, den sie nicht verlieren wollte. So ging die blonde Frau ohne weitere Diskussionen aus dem Haus.

Danyel genehmigte sich im Nachbarzimmer einen Drink, einen zweiten Drink. Er bevorzugte Whiskey, wie Michelle. Sie hätten nicht nur in dieser Beziehung gut zueinander gepasst. Dann zündete er sich genüsslich eine Zigarre an. Selbstverständlich musste es die teuerste sein, die es weltweit auf dem Markt zu kaufen gab.

Da klopfte seine Hausdame an die Tür. »Kann ich etwas für Sie tun?«, fragte sie höflich, aber nicht ohne

Hintergedanken. Gerne wäre sie ihm so zu Diensten gewesen wie diese „Dame". Natürlich mit einem goldenen Ring am Finger…

»Nein«, antwortete Danyel mürrisch.

»Wenn Sie noch etwas brauchen?«

Die ledige Angestellte setzte noch einmal zu einem Versuch an, ihm zuvorkommend zu begegnen, schließlich beabsichtigte sie, ihn von ihren Qualitäten als neue Frau des Hauses zu überzeugen.

Danyel war nicht bester Laune und so antwortete er nur kurz: »Nein.«

Die Hausdame wartete ab. Vielleicht ergab sich noch eine Möglichkeit und sie konnte ihn für sich gewinnen!

…

Hunderte Kilometer weiter hatte Monique mal wieder einen melancholischen Tag.

Alles, was es zu verkraften gab, setzte ihr auch nach all den Jahren noch ganz schön zu. Was hatte man Valentina und ihrer Familie nur angetan? Manchmal überkam sie dieses Gefühl der Hilflosigkeit und der Wut.

Irene eilte zu ihr und tröstete sie.

»Weine nicht. Alles wird gut!«

Obwohl die Freundin sich die größte Mühe gab, konnte sie Moniques Tränen kaum trocknen.

»Warum nur?«, fragte Monique schluchzend.

»Weil Menschen mies und gemein sein können«, antwortete Irene ruhig und reichte Monique ein Papiertaschentuch.

Der Brunnen, der neben ihnen stand, plätscherte ruhig vor sich hin. »Leid, Schmerz, Gram. Das wird vergehen. Glaube mir, alles wird gut.«

Irene versuchte, die Freundin immer wieder zu trösten, und Monique war für die Liebe und Wärme, die ihr Irene schenkte, sehr dankbar. Wie gut, dass sie sich durch ihre Kinder kennengelernt hatten und sich vertrauten.

...

Drei Tage später.

Die Probleme zwischen Michelle und dem Mann, der sie bedroht hatte, blieben weiterhin bestehen.

Geduldig wartete Marcus diesmal bis der Bodyguard wegfuhr.

Als dann auch noch die Haushälterin und die Köchin das Haus verlassen hatten, ging Marcus erneut zu Michelle. Diesmal ohne zu klingeln und ohne sich bemerkbar zu machen. Er kannte da eine Schwachstelle im Kellerbereich und verschaffte sich so Zugang in die Räumlichkeiten.

Die siegessichere Michelle saß in ihrem blauen Salon und las einen Krimi. Mit einer Rückkehr des Mannes rechnete sie nicht mehr. Madame Chevrier kannte keine Angst. Was sollte dieser törichte Mann ihr noch anhaben?

Ein spitzer Gegenstand legte sich kalt an ihre Kehle. Sich jetzt zu bewegen, hätte tödlich sein können. Das war ihr klar!

»Nicht bewegen oder du bist tot«, sagte eine männliche Stimme zu ihr.

Entschlossen sprach der Eindringling weiter. »Na, Madame, damit hast du wohl nicht gerechnet!« Nun hatte er eine Machtposition und fühlte sich stark.

Keiner hörte die nun leicht bibbernde Michelle und sie wusste, dass sie sich in einer denkbar ungünstigen Situation befand.

»Gib mir das Geld! Du hast doch so viel in deinem Safe. Oder irre ich mich da?« Zur Angsteinflößung setzte er das Messer noch einmal kurz tiefer an.

»Schon gut. Lass das. Du bekommst das verdammte Geld.« Michelle tat so, als ob sie sich fügen würde.

Raffiniert, wie sie nun einmal war, heckte Madame einen ganz anderen Plan aus. So einfach sollte es dieser Mann nicht haben.

»Der Schlüssel liegt in der untersten Schublade.« Sie zeigte auf die rechts neben ihnen stehende Kommode.

Der Mann war sehr angespannt, glaubte ihr aber.

»Hol den Schlüssel da raus«, forderte er sie auf.

Doch Michelle wandte einen Trick an. »Ich bin krank und kann nicht aufstehen. Mach das bitte selbst.«

Sie hatte sogar das Wort „bitte" benutzt, das es normalerweise in ihrem Wortschatz nicht gab.

Nur die Dollarzeichen vor Augen, fiel der Mann in seiner Naivität auf Michelle herein. Während er sich hinunterbeugte und die Schublade öffnete, nahm sie den nächstbesten großen Kerzenständer und schlug ihn nieder.

Regungslos blieb er am Boden liegen und Michelle rief die Polizei.

Überall im Haus hatte Madame Chevrier Pistolen deponiert und vorsichtshalber hielt sie ihn mit einer davon in Schach, obwohl er gar nicht mehr aufstehen konnte.

Als die Polizei eintraf, wachte der Mann kurz auf, wimmerte nur und wurde in Handschellen abgeführt.

Erneut griff Michelle zu einem Glas Whiskey. Dieses Getränk war mittlerweile schon fast ein Lebenselixier für sie geworden.

Der Vorfall ging ihr durch den Kopf. Die Stimme kam ihr auf einmal wieder in den Sinn. Zuvor hatte sie nicht so sehr darauf geachtet, aber schlagartig wurde ihr klar, das war die Stimme des Mannes, der sie vor Wochen niedergestreckt hatte.

Nun kannte Michelle das Gesicht des damals maskierten Mannes! Noch wütender griff sie zum nächsten Glas ihres alkoholischen Lieblingsgetränks.

Auf der Polizeidienststelle gestand Marcus weinend seine Taten. Der vorangegangene Vorfall war längst nicht alles, was er zu Protokoll gab…

Vor einigen Jahren beauftragte Michelle ihn, ihren Mann Melchiorre zu töten und alles nach einem dummen Unfall aussehen zu lassen. Damals war er noch ein bulliger Typ und hatte im Laufe der Zeit vor lauter Sorgen und Kummer dreißig Kilogramm abgenommen.

Jahrelang wurde Valentina von ihren Mitmenschen in Le Verdon-sur-Mer dafür beschuldigt, obwohl man ihr nichts nachweisen konnte!

Wie auch? Sie hatte ja nie etwas getan!

Der Redefluss von Marcus war ungebrochen. Er hörte gar nicht mehr auf, über alle Taten zu reden. Nun sollte nicht nur er, sondern auch seine Auftraggeberin für alle Missetaten bezahlen!

Melchiorres angeblicher Unfall war nicht ihr einziges Verbrechen gewesen! Michelle hatte noch zwei weitere Menschen auf dem Gewissen, die sie töten ließ!

Skrupellos nutzte Michelle die Armut von Marcus, der eine große Familie zu ernähren hatte und keine andere Arbeit fand, aus.

Völlig verzweifelt von allen Geständnissen, die er gemacht hatte, beging er in derselben Nacht noch Selbstmord. Erhängt fanden Justizbeamte ihn am nächsten Morgen in seiner Zelle.

Viel belastendes Material hatte der Kommissar nicht in der Hand. Lediglich die Aussage eines toten Mannes. Hinzu kam, dass er ein Freund von Michelles Familie war und dem Mann auch nicht allzu viel Glauben schenkte. Aber die Sache ging ihm nicht aus dem Kopf, schließlich war er Polizist und musste die Sache klären.

Michelle hingegen wog sich immer wieder in Sicherheit. Was sollte ihr passieren? Sie war doch allein berechtigt, die Rächerin zu mimen!

Die Nachricht von Marcus´ Tod nahm sie erleichtert und mit Genugtuung auf.

»Gut so. Das ist Gerechtigkeit!« Schallend lachte sie durch den Raum und prostete sich im Spiegel mit einem Glas Whiskey zu! Was wollte sie mehr? Kein Zeuge mehr, keine Möglichkeit, sie ans Messer zu liefern.

...

Wenige Kilometer entfernt in Montalivet-les-Bains erfuhr Danyel Delaware von diesen Vorfällen.

Der Kommissar war auch mit ihm seit Jahren befreundet, denn sie gingen einmal vor langer Zeit gemeinsam zur Schule.

»Ja, das sind in der Tat Ereignisse in eurem kleinen Örtchen.« Danyel wusste nicht, wie er sich verhalten sollte.

Jetzt hätte er die Möglichkeit gehabt, sich bei den verhassten Schwiegereltern einzuschmeicheln. Sein Wissen um die Wahrheit rund um Michelle Chevrier und ihre Machenschaften konnte das Leben der Familie Leconte positiv verändern.

Aber wollte er das?

»Du wirst doch wohl nicht etwas unternehmen?«, fragte der Kommissar nervös. »Ich habe dir das im Vertrauen erzählt. Irgendwo muss ich mein belastendes Wissen ja loswerden.«

»Nein, nein. Wir sind doch Freunde«, wehrte Danyel ab und fügte noch hinzu: »So nahe stehe ich der Familie nicht.«

Der halbherzige Kommissar war beruhigt.

»Aber so einfach sollte man eine mehrfache Mörderin nicht davonkommen lassen«, entgegnete Danyel plötzlich nachdenklich.

»Das sie so viele Menschenleben auf dem Gewissen hat, ist schon heikel.« Danyel rieb mit den Fingern seiner rechten Hand über sein Kinn.

»Das könnte auch dich in eine ziemlich missliche Lage bringen.« Danyel blickte seinen langjährigen Freund fragend an.

In seiner Dienststelle war der Kommissar zwar eine unantastbare Person, aber Danyel könnte Recht haben. Sollte es einmal herauskommen, dass er mehr wusste, könnte ihn das seine Position kosten.

...

Wenige Tage später erreichte Maurice ein Anruf.

Aufgeregt erzählte ihm sein Vater: »Du Junge, du glaubst nicht, was hier passiert ist? Die Frau, die Valentina damals so schwer belastet hat, ist verhaftet worden.«

Er ließ seinen Sohn nicht zu Wort kommen und sprach fast atemlos weiter: »Ein Mann hat gesehen, wie diese Madame Chevrier einem anderen Geld gab. Sie hat jemanden beauftragt, ihren Ehemann Melchiorre zu töten. Und es kamen immer mehr Zeugen zum Vorschein, die diese Michelle früher als Handlanger benutzt hatte.«

Maurice konnte es nicht fassen. »Nein!« Sofort wusste er, was das bedeutete: Seine kleine Schwester war ausnahmslos rehabilitiert!

»Erzähle mir mehr«, bat er seinen Vater und schenkte sich schnell ein Glas Wasser ein.

»Alles sollte nach einem Unfall aussehen. Kannst du dich noch daran erinnern?«, fragte Antoine.

Alles aus der Vergangenheit holte ihn wieder ein. Die Sorge um seine Tochter, die vielen Gerüchte und Verleumdungen. Alles ging nicht spurlos an ihm und seiner Familie vorbei.

Maurice kannte diese Gefühle nur allzu gut. »Natürlich, ich erinnere mich an alles. Wie könnte ich das vergessen?«

»Der Mann, dem sie den Auftrag für den Mord an ihrem Gatten gab, der hat jetzt ausgepackt bevor er Selbstmord beging.«

»Wie schrecklich«, Maurice konnte das kaum fassen.

Antoine war so aufgeregt, dass er gar nicht aufhören konnte, weiter zu erzählen: »Und jetzt kommt es noch besser. Stell dir vor, Danyel hat mir alles berichtet.«

»Unser Danyel?«, fragte Maurice sehr erstaunt.

»Ja, wenn ich es dir sage. Ich war auch sehr überrascht über seinen Anruf. Und er hat alles aufgedeckt, denn zuerst sollte alles vertuscht werden.«

Antoine holte tief Luft. »Danyel hat aber dafür gesorgt, dass die Wahrheit ans Licht kam.«

Beeindruckt von den neuen Zügen seines Schwagers sagte Maurice: »Das ist ja großartig! Soviel Großmut hätte ich Danyel gar nicht zugetraut.«

»Aber ich weiß nicht, ob wir unserer Valentina jetzt davon schon erzählen sollen. Sie ist gerade auf so gutem Weg, sich zu erholen.«

Antoine war sehr um das Wohl seiner Jüngsten bedacht. »Ich sehe ja, wie sehr mich das Ganze bewegt. Wie mag es erst einmal ihr zumute sein.« Unsicher war der liebende Vater. Was sollte er tun?

»Glaubst du, sie verkraftet das?«, fragte er seinen Sohn und hoffte, dass er die Antwort darauf kannte.

Maurice war immer an ihrer Seite und ihm war klar, wie sehr Valentina gelitten hatte.

»Ich weiß es nicht. Überlässt du das mir?«, fragte er seinen Vater.

»Gut. Ich denke, du kannst das am besten vor Ort entscheiden.« Maurice genoss das volle Vertrauen des Familienoberhauptes.

Als beide das Telefonat beendet hatten, stand auf einmal Olivier vor der Tür. »Hey, gibt es etwas Neues?«, fragte er ahnungslos.

Maurice nickte. »Und ob.«

Der große Bruder nippte an seinem Wasserglas. »Man hat diese Michelle Chevrier verhaftet. Sie ist wegen Mordes angeklagt worden.«

Olivier fiel die Kinnlade herunter. »Was?«, schrie er entsetzt.

Jahrelang war der smarte Typ einer von Michelles Liebhabern und hatte doch keine Ahnung, wer sie wirklich war. Sex, Vergnügen, Geld. Das war alles, was die beiden verband. Doch was er jetzt hörte, dass konnte Olivier kaum glauben und es setzte ihm kräftig zu.

Ihm war mulmig zumute, als Maurice die ganze Geschichte erzählte.

»Nein, das ist doch alles nicht wahr.« Olivier begriff die ernste Situation nicht. Besser gesagt, er wollte sie nicht verstehen.

»Sympathisch war die ja nicht«, sagte Maurice, »oder hattest du ein anderes Bild von ihr?«

Maurice merkte, dass irgendetwas mit seinem Bruder nicht stimmte und hakte nach. »Bist du nicht auch meiner Meinung?«

Wirre Gedanken schossen durch Oliviers Kopf. »Ich dachte, sie wäre anders.«

Er griff zum letzten Tropfen Rotwein, und stammelte vor sich hin: »Ich hätte es besser wissen müssen.«

»Wieso?«, fragte Maurice überrascht.

Ihm war Oliviers Nervosität nicht entgangen. »Du kanntest sie doch gar nicht oder doch?«

Das ungute Gefühl, dass Olivier ihm etwas verschwieg, wurde er jetzt nicht mehr los. Er war der Älteste und hatte schon immer gewusst, wenn seine Geschwister etwas zu verheimlichen hatten.

Zögernd gestand ihm Olivier das Verhältnis zu Michelle.

»Doch, ich kannte sie. Sehr gut sogar. Das dachte ich allerdings bis jetzt.« Er wischte sich nervös den Mund ab, obwohl er gar nicht viel vom Rotwein abbekommen hatte.

Maurice bekam vor lauter Staunen den Mund nicht mehr zu.

Olivier sprach mit leicht bebender Stimme weiter: »Ich habe sie verehrt und mit ihr geschlafen.«

Sein Entsetzen konnte Maurice nicht verbergen. Nur eine Haaresbreite war er davon entfernt, das ihm die Hutschnur komplett riss: »Was hast du? Du hast mit dieser Frau geschlafen?«

Gerne hätte er noch weiter ausgeholt, aber es fehlten ihm die Worte. Sein Bruder war so egoistisch, dumm und offenbar ohne Achtung für seine Familie. Olivier hätte die Möglichkeit gehabt, Valentina längst zu rehabilitieren. Er saß doch sozusagen direkt an der Quelle!

Hätte Olivier nicht nur sein eigenes Interesse ständig vor Augen gehabt. Für Maurice war das eindeutig ein böser Verrat an der Familie.

»Sie hat unsere Schwester vor allen Leuten verdächtigt und gedemütigt. Dieses Weib hat behauptet, es sei Valentinas Schuld gewesen, dass ihr Mann starb. Und mit einer solchen Frau gibst du dich ab?«

Wütend schlug der sonst so sanftmütige Maurice mit seiner rechten Hand auf den Tisch. Seinem abtrünnigen Bruder ersparte er die Vorwürfe nicht. Und es entbrannte wieder ein bitterer Streit zwischen den beiden.

»Geh bitte! Ich muss über alles nachdenken!«

»Aber ich…«, weiter kam Olivier mit seinem Satz nicht, denn Maurice öffnete die Tür und bat seinen Bruder, zu gehen.

Die Brüder gingen voller Enttäuschung, Wut, Nichtverstehen wollen und Angst auseinander.

…

Zwei weitere Wochen vergingen.

Ob Maurice oder Olivier, beide hatten ihre eigenen Interessen und gingen sich so gut wie möglich aus dem Weg.

Was Olivier getan hatte, verzieh Maurice ihm nicht. Gerne wollte der große Bruder wieder auf ihn zugehen, aber er konnte es nicht.

Immer häufiger träumte Valentina von ihrem geliebten Melchiorre. In ihren Träumen war er ihr ganz nah und lächelte sie an. Sie liebte ihn, auch wenn so viel Zeit vergangen war.

Valentina spürte, dass Albert sich um sie bemühte und sie liebevoll umhegte, aber für die junge Frau war er einfach nur ein guter und lieber Freund. Mehr nicht. Ihr Herz gehörte alleine Melchiorre, ihrer ersten großen Liebe.

Was in der Zwischenzeit alles in Le Verdon-sur-Mer geschehen war, wurde der einst zu Unrecht Beschuldigten nach und nach erzählt.

In Ruhe hatte Maurice diese Aufgabe übernommen. Sehr liebevoll und behutsam berichtete er von den Vorkommnissen in der Heimatstadt.

Auch der Lieblingsbruder sah, wie liebenswert Albert mit Valentina umging. Die beiden Freunde brauchten erst gar nicht darüber zu sprechen, sie verstanden sich ohne Worte. Dass Albert seine Schwester wirklich liebte, daran hegte Maurice keinerlei Zweifel. Mit Sicherheit war der Studienkollege eine weitaus bessere Wahl als der verkorkste Lehrer, der nicht wusste, wo er wirklich hingehörte.

An diesem Tag war Valentina sehr aufgeregt. Ein erneuter Prüfungstag stand bevor. Normalerweise hätte man ein Sportstudium an der Universität innerhalb von vier Semestern schaffen können. Aber durch die vielen verpatzten Tests in der Vergangenheit dauerte ihr Studium etwas länger als gedacht. Auf der einen Seite war das sicher schlecht für sie, auf der anderen Seite konnte sie wiederum zusammen mit Maurice und Albert, die auch nun ihre Prüfungen ablegten, nach Hause gehen. Endlich!

Der Weg war frei! Die wahre Täterin saß hinter Schloss und Riegel. Da, wo sie hingehörte!

»Toi, toi, toi«, Maurice umarmte seine Schwester liebevoll. Seine aufmunternden Gesten, wie ein zarter Kuss auf die Wange, das Streicheln ihrer Arme, sie einfach in den Arm nehmen, oder gar einen Zettel an den Kühlschrank kleben mit der Aufschrift „Lach doch mal wieder" ja, diese wunderbaren Gesten voller Liebe hielten die feinfühlige Valentina am Leben und gaben ihr neuen Mut.

Zaghaft traute sich Albert und drückte ihr einen leichten Kuss auf die Wange. »Du schaffst das! Ich glaube an dich!«

Valentina lächelte beide schüchtern an. »Danke.«

Maurice und Albert brachten die nervöse Valentina zur Uni und warteten draußen.

Endlich! Nach drei Stunden kam Valentina aus dem Unigebäude heraus.

Erwartungsvoll sahen die beiden Männer sie an.

»Und, welches Gefühl hast du?« Maurice wünschte seiner Schwester so sehr den Erfolg. Sie hatte es verdient erfolgreich und einfach glücklich zu sein.

Eher zurückhaltend zuckte die angehende Sportlehrerin mit den Achseln. »Ich weiß nicht. Warten wir ab.« Sie hätte ruhig etwas optimistischer sein dürfen, aber die junge Frau war in der vergangenen Zeit einfach vorsichtig in allem geworden.

Nach ein paar Wochen flatterten drei Briefe der Universität Bordeaux ins Haus. Die drei Ex-Studenten waren sehr angespannt. Was wohl in diesen Briefen stand? Ein gutes Ergebnis? Oder doch eher ein Versagen? Bloß nicht!

»Sollen wir die Umschläge gleichzeitig öffnen?«, fragte der aufgeregte Albert. Unsicher hielt er den an ihn adressierten Brief einmal in der rechten, dann in der linken Hand. »Oh man, wenn da was schiefgelaufen ist«, kreiste es immer wieder durch seinen Kopf.

Valentina schaute ihren Bruder leicht panisch an und war ebenfalls unschlüssig.

»Oh, nein, ich bin zu aufgeregt.« Sie ließ ihren Bruder lieber entscheiden.

Maurice schien von den dreien der Einzige zu sein, der entschlussfähig war. »Mensch, Leute, seid doch nicht so unschlüssig. Dann öffnet doch bitte jeder seinen Brief selbst und liest vor.«

Niemand wollte zuerst und so redeten sie wild durcheinander. »Mach du.«

»Nein, mach du.« Trotz der Aufregung mussten die drei lachen.

Nervös zupfte Valentina an einem karierten Küchentuch, dass sie gerade in der Hand hielt und zog ihre Augenbrauen nach oben.

»Lies du erst deinen Brief vor! Bitte!« Eindringlich schaute sie ihren Bruder an, der ihr jeden Wunsch gerne erfüllte. Auch diesen!

Mit leicht zitternden Händen öffnete Maurice den Umschlag. »Super. Ich habe bestanden!«

Große Freude! Die drei Freunde jubelten und umarmten sich.

»Und jetzt du«, forderte Valentina ihren schüchternen Mitbewohner Albert auf.

»Bist du sicher?«, fragte er noch einmal kurz nach.

»Klar, nun mach schon.« Fast aufgeregter als ihr Bruder wartete Valentina spannend darauf, was Albert vorlas.

»Ich habe auch bestanden!«

Ein Lächeln huschte über seine Lippen.

»Toll! Wusste ich doch gleich«, lachte Maurice und umarmte den guten Kumpel inniglich. Auch Valentina gab ihm flüchtig einen Kuss auf die Wange, was der verliebte Albert sichtlich genoss.

Nun fieberte Valentina ihrem Prüfungsergebnis entgegen. Sie war viel zu aufgeregt, als das sie den Brief hätte selbst öffnen können und bat ihren Bruder um Hilfe.

Maurice las vor. »Madame Valentina Leconte. Sie haben auch bestanden!«

Jubel brach aus. Alle drei lagen sich in den Armen. Lachend, weinend vor Freude! Alles war gut.

Jetzt konnten sich die frisch gebackenen Ex-Studenten wieder in Richtung Heimat aufmachen.

Le Verdon-sur-Mer! Wir kommen! Wunderbar!

...

Augsburg.

Obwohl Monique und Pierre seit vielen Jahren in dieser schönen Stadt lebten, so hatten beide oft Heimweh an die Atlantikküste. Tapfer hielten Mutter und Sohn durch, denn sie hatten einander und das war die Hauptsache!

Am Anfang war es für Pierre im Kindesalter nicht so einfach, doch der mutige Junge hatte sich mit der Situation schnell abgefunden und fürs Leben gelernt. Jetzt stand seine Schulabschlussprüfung an. Aufgeregt fieberte er dem Ergebnis entgegen.

In einer kleinen Kapelle zündete Monique eine Kerze für ihren Pierre an. Gut sollte alles werden, das war ihr sehnlichster Wunsch.

Aus der Heimat erfuhr sie Tage zuvor, was Danyel Gutes vollbracht hatte. Kaum zu glauben, aber wahr. Danyel half ihrer Schwester und damit der ganzen Familie. Dass sie das noch erleben durfte! Jetzt wusste sie

wieder, warum dieser Mann ihr einst den Kopf ver-
drehte. Er konnte auch anders sein.

Trotzdem blieb in der verlassenen Ehefrau eine gewisse Traurigkeit. Der Mann, den sie noch immer
liebte, hatte scheinbar nicht viel für sie als Frau übrig.
Die geheime Sehnsucht nach Liebe belastete Monique
sehr.

Durch ihre Eltern erfuhr Monique nach und nach
auch von seinen diversen Gespielinnen. Aber was hatte
sie zu erwarten? Hatte sie ihrem Noch-Ehemann jemals
einen Freifahrtschein für seine Seitensprünge gegeben?
Oft versuchte sie, Danyel einfach zu vergessen. Nur gelang der einsamen Frau das nicht immer.

Monique betete für ihre Eltern, die lange auf ihre geliebten Kinder und das Familienleben verzichten mussten. Schwere Jahre hatten sie hinter sich, jeder auf seine
Weise. Monique wünschte sich, dass alle glücklich zusammenleben konnten.

Nach dem Gebet verließ sie die Kapelle und machte
sich auf den Weg zur Schule. Ein letztes Mal.

Pierre war zu einem jungen Mann herangewachsen.
Aber was würde die Zukunft mit sich bringen? Würde
er an ihrer Seite bleiben? Trat Pierre tatsächlich in die
Fußstapfen seines Vaters?

Was war, wenn die beiden nach Montalivet-les-Bains
zurückkehrten? Was würde Pierre tun? Diese Fragen
durchbohrten ihren Schädel.

Da hörte sie plötzlich eine freudige Stimme neben
sich sagen: »Maman, geliebte Maman, ich habe die
Prüfung mit Auszeichnung bestanden.«

Jubelnd fielen sich Mutter und Sohn in die Arme. Vor
Freude weinte Monique und Pierre küsste ihr liebevoll
die Tränen weg.

Seine Maman war die wichtigste Person in seinem Leben, er liebte sie sehr und wusste, dass die Mutter sehr viele Opfer für ihn gebracht hatte. Sie ertrug einen gewaltsamen Ehemann, ertrug viele Demütigungen in der Ehe und verzichtete auf eine eigene Karriere. Und sie verließ sogar ihre Heimat, damit ihr Junge in Ruhe aufwachsen konnte.

»Danke, Maman, danke.« Pierre wollte sie gar nicht mehr loslassen.

»Warum bedankst du dich bei mir?«, fragte Monique erstaunt. »Du hast doch die Prüfung bestanden. Nicht ich.«

Alles, was seine Mutter für ihn getan hatte, wusste Pierre durchaus zu schätzen. »Ich liebe dich«, flüsterte er ihr ins Ohr.

Das wunderbare Mutter-Sohn-Verhältnis war nicht zu übersehen.

Pierre konnte es kaum noch erwarten, auch der mittlerweile liebgewonnenen Tante Maria die wunderbare Nachricht zu überbringen.

Die Grauhaarige freute sich riesig für ihn und mit einem Glas Sekt stießen alle auf das positive Ereignis an. Mit Tränen in den Augen prostete Tante Maria dem einst kleinen Pierre zu. »Ich bin stolz auf dich!«

Da klingelte das Telefon.

Danyel wollte seinen Sohn sprechen. Freudestrahlend berichtete Pierre. »Papa, ich habe bestanden.«

Sichtlich stolz antwortete ihm Danyel: »Ich habe nichts anderes von dir erwartet, mein Sohn.«

Dabei fiel er in einen merkwürdig klingenden Husten. Seit einiger Zeit hatte Danyel mit diesem Husten zu kämpfen, doch einen Arzt wollte er keinesfalls aufsuchen.

»Bist du krank, Papa?«, fragte Pierre besorgt. Trotz der Vorkommnisse in der Vergangenheit war ihm sein Vater nicht gleichgültig.

»Nein, nein, alles in Ordnung«, hustete Danyel seinem Sohn entgegen.

»Klingt aber nicht so.« Pierre versuchte, etwas aus Danyel herauszubekommen, doch sein Vater wollte von alledem nichts wissen.

»Wie ist es heute gelaufen?«, fragte Danyel noch einmal nach, um das Thema zu wechseln.

»Gut. Ich habe bestanden, Papa. Aber das habe ich dir doch schon eben erzählt!«

Pierre war verwirrt. Was war nur mit seinem Vater los?

»Kommst du bald nach Hause, Sohn? Ich muss dir alles zeigen.« Danyels Stimme versagte.

»Maman und ich kommen bald nach Hause.«

Trübe Gedanken befielen Pierre auf einmal! Er hatte ein eigenartiges Gefühl!

»Gut. Grüße deine Mutter von mir. Ich freue mich, euch bald wieder um mich zu haben.«

Sein Vater bestellte Grüße an seine Mutter? Es schien ihm wirklich nicht besonders gut zu gehen!

Danyel hatte immer in den vergangenen Jahren den bleibenden Eindruck hinterlassen, dass ihm das Leben von Monique völlig egal war. Aber sollte sich daran etwas geändert haben?

Lange nach dem Telefonat dachte Pierre noch an das Gespräch mit seinem Vater. Mit seiner geliebten Maman besprach er die Rückkehr nach Montalivet-les-Bains.

Monique zögerte und war wenig von der Tatsache begeistert, wieder mit Danyel unter einem Dach zu leben.

Aber ihrem Sohn zuliebe gab sie nach. »Wir fahren so schnell es geht.«

Liebevoll nahm Pierre sie in den Arm. Er ahnte die Gedankengänge seiner Mutter. In Augsburg konnte Monique sicher weitaus sorgenfreier leben.

Als die beiden Tante Maria diese Neuigkeiten offenbarten, war sie sehr traurig. Wenn Monique und Pierre gingen, dann würde sie wieder alleine sein.

»Was hältst du davon, wenn du mit uns kommst? Das Haus ist groß genug«, Monique wollte ihre Tante nicht enttäuschen.

»Ja, das wäre wunderbar. Du könntest immer den leckeren Apfelkuchen backen.« Pierre war von dieser Idee sehr begeistert.

Doch unter Tränen winkte Tante Maria ab. »Ich bin alt und alte Bäume verpflanzt man nicht so einfach. Mein Zuhause ist hier.«

Sie streichelte Pierre sanft über die linke Wange. »Schade«, sagte er, »aber wir müssen gehen.«

Dabei sah er seine Mutter an, deren Gefühle gerade Achterbahn fuhren. Unter anderem dachte sie an ihren Chef, der ihr stets zuvorkommend begegnet war. Ihn würde sie verletzt zurücklassen, das war ihr jetzt schon bewusst.

Eduard Mann machte Monique ständig Avancen, die sie natürlich nicht wirklich ernst genommen hatte. Trotzdem empfand sie viel für ihn, mehr als ihr lieb war. Freundschaft, eine großartige Freundschaft pflegten sie in den letzten Jahren. Und das war auch gut so!

Am nächsten Tag war ihr ganz Bange ums Herz, denn sie hatte am Abend zuvor noch ihre Kündigung geschrieben. Voller Herzklopfen ging sie auf ihn zu und wollte ihm den Brief überreichen.

»Was ist das?«, fragte er und lachte verlegen. Erhoffte Eduard sich jetzt sehnlichst einen Liebesbrief, wurde er im nächsten Moment sicher bitter enttäuscht.

»Ich werde nach Frankreich zurückkehren«, sagte Monique fast unhörbar. Sie senkte ihren Kopf. Auf gar keinen Fall wollte sie ihm wehtun, aber offenbar geschah das gerade.

Ihr Chef versuchte, sich nichts anmerken zu lassen und fragte: »Du willst gehen?«

Am liebsten hätte er wie ein kleines Kind losgeheult, aber er bewahrte männliche Haltung!

Monique nickte.

Dabei fiel ihm eine Blumenvase aus der Hand. Nicht nur die Vase zerbrach, nein, auch sein Herz.

»Nein, das kannst du mir nicht antun!« So stand er nun doch flehend vor ihr. Männlichkeit hin, Männlichkeit her. Er konnte seine Gefühle nicht verbergen!

Monique fiel es wirklich schwer diesen sympathischen Mann zu kränken. Vielleicht hätte sie mit ihm eine neue Liebe leben dürfen. Aber die Entscheidung war gefallen.

»Ich weiß. Aber wir reisen so schnell es geht ab. Es tut mir leid!« Sanft legte sie ihre rechte Hand auf seine starke Männerbrust.

Äußerlich gefasst, nahm Eduard Mann wieder Haltung an. Wie könnte er dieser bezaubernden Person auch widersprechen?

»Ich will deinem Glück nicht im Wege stehen.« Schweren Herzens ließ er Monique ziehen.

Zum Abschied gestanden sie sich gegenseitig, dass sie einander sehr mögen und eine wundervolle Zeit miteinander verbracht hatten. Doch keiner brachte eine weitere Silbe heraus. Wortlos trennten sich ihre Wege.

...

Die guten Nachrichten aus Augsburg und Bordeaux stimmten Eugenie und Antoine froh und heiter. Endlich würde die Familie wieder näher zusammenrücken. Darauf hatten die beiden schon lange gehofft.

Überglücklich fielen die Eltern sich in die Arme. »Unsere Kinder kommen zurück.«

Die Freude stand ihnen förmlich ins Gesicht geschrieben. Aus dem Tal der Tränen wurde ein Tal der Glückseligkeit!

Vor lauter Freude konnte auch Antoine seine Tränen nicht verbergen. »Alles wird gut. Das habe ich dir doch immer gesagt!«

Monsieur Leconte liebte seine Frau innig und sie hatten beide diese schwierigen Zeiten in Liebe zueinander durchgehalten.

Die vielen Verleumdungen und Verletzungen durch andere Mitmenschen hatten sie überstanden und gemeistert. Vielleicht würde es nicht mehr ganz so wie früher sein, denn es hatte sich Einiges verändert. Die Kinder waren erwachsen geworden und auch die leidvollen Jahre hatten jeden auf seine Art geprägt.

»Ach, was freue ich mich«, Eugenie hielt die Begeisterung kaum aus. Aufgeregt lief sie in der Küche auf und ab.

»Ich habe ja noch so viel zu tun! Ich muss noch alle Zimmer wieder herrichten, saubermachen, Staub wischen. Es liegt ja alles seit Jahren brach.«

Antoine versuchte seine Frau liebevoll zu stoppen. »Mach dich nicht verrückt, ich helfe dir.«

Kurzerhand schnappte er sich seine geliebte Eugenie und tanzte mit ihr einen Walzer. Wie vor dreißig Jahren auf dem Tanzparkett!

...

In Augsburg und Bordeaux wurden die letzten Vorbereitungen für die Abreise getroffen.

Maurice, Albert und Valentina hatten ein paar Sachen auf einen geliehenen Wagen transportiert. Die anderen Möbel verkauften sie an Studenten, die sich gerade einrichten wollten.

Monique und Pierre kamen damals mit nur zwei Koffern nach Augsburg und genauso gingen sie wieder von dort fort.

Die Bahnfahrkarten waren gekauft und es ging los. Es war ein tränenreicher Abschied von Tante Maria.

Ihre beiden Schützlinge hatte sie noch auf den Bahnsteig begleitet und winkte dem Zug noch lange nach, als dieser den Bahnhof von Augsburg verließ.

Nun war sie wieder alleine. Die Gesellschaft der beiden würde ihr ganz sicher fehlen. Aber sie hatte auch Verständnis dafür, dass Monique und Pierre nach Hause wollten. Vielleicht würde sie eines Tages auch über ihren Schatten springen und zu ihrer Schwester nach Le Verdon-sur-Mer reisen. So alt war sie ja nun auch wieder nicht. Vielleicht würde sie sich irgendwann dafür entscheiden, in Frankreich zu leben. Dann wäre sie mit der einzigen Familie, die sie noch hatte, zusammen. Tante Maria wusste an diesem Tag noch nicht, was sie tun würde. Mit der Zeit traf sie sicher eine für sich selbst geeignete Entscheidung.

Die drei Ex-Studenten in Bordeaux gingen mit einem lachenden und einem weinenden Auge fort.

Lachend, weil sich alle auf Zuhause freuten und weinend, weil Olivier nicht mehr zu ihnen kam, um

„Adieu" zu sagen. Schließlich war er ihr Bruder beziehungsweise Freund. Aber er musste selbst entscheiden, was er aus seinem Leben machte.

...

Vier Wochen danach.

Eugenie und Antoine schienen die glücklichsten Menschen auf dem Planeten zu sein. Ihre Lieben waren da und ihr Lachen breitete sich von Sekunde zu Sekunde mehr aus. Herzlichkeit und Liebe waren das Lebenselixier der beiden!

Nur einen Wermutstropfen gab es: Das Fehlen von Olivier.

Der ewige Student hatte sich zurückgezogen und lebte mittlerweile alleine in Bordeaux. Seine Liebe zu Michelle, die nur einseitig war, verging. Eine schmerzliche Erfahrung für ihn. Auch wenn er als Sunnyboy auf so vielen Hochzeiten tanzte, diese Frau hatte er mehr in sein Herz gelassen, als er je zugeben wollte. Doch das Leben musste weitergehen.

Es stellte sich heraus, dass Michelle nicht nur für den Tod von Melchiorre verantwortlich war. Genau wie bei ihm, hatte sie den Mord an ihren Eltern in Auftrag gegeben! Auch bei dieser Tat sollte es nach Unfall aussehen.

Doch die gierige Michelle hatte hier einmal mehr ihre Finger im Spiel. Gekonnt manipulierte das Einzelkind jeden um sich herum und drehte mal wieder am „Un"glücksrad! Auf Dauer jedoch bedeutete das nicht das große Glück, das sie sich davon erhoffte.

Ihre Eltern waren Michelle Chevrier im Weg, weil sie frühzeitig an ihr Erbe wollte. Mutter und Vater hielten ihrer Meinung nach zu sehr am Geld fest und waren nicht gewillt, ihren Luxus zu finanzieren. Schon in jungen Jahren wollte sie teure Kleider, hatte immer nur Markenware im Sinn. Reisen in ferne Länder sollten die Eltern ihr bieten und das Beste vom Besten war gerade gut genug. Als der Vater ihr den Geldhahn endgültig zudrehte, flippte Michelle aus und forderte „ihr Recht" eben anders ein.

Melchiorre war von Anfang an ein Anhängsel und als er sich einer anderen zugewandt hatte, war er ein Nichts für sie. Der Spielball hatte ausgedient und sie missgönnte ihm das mögliche Liebesglück mit der kleinen Rivalin.

Das Gericht kannte kein Pardon und ließ sich auch nicht einschüchtern. Die Richter verurteilten diese Verbrecherin zu lebenslanger Haft.

Es folgte Gerechtigkeit! Nicht die Gerechtigkeit nach ihrem Geschmack, aber die richtige!

Olivier knabberte sehr an diesen Umständen. Menschliche Enttäuschung machte sich breit.

Auch von seiner eigenen Person war er enttäuscht. Immer wieder stellte er sich die Fragen: »Warum habe ich das nicht früher bemerkt? Warum habe ich meine Schwester hintergangen? Warum habe ich meine Familie im Stich gelassen?«

Doch es nützte ihm alles nichts. Irgendwann hatte er sich für den Weg entschieden, den er nun zutiefst bereute.

Sicher liebte auch er seine kleine Schwester, selbst wenn diese Liebe nicht so stark war wie bei den anderen Familienmitgliedern.

Olivier war von Kindesbeinen an der Außenseiter! Als kleiner Junge schon setzte er nur das durch, was ihm gefiel. Gehorchen war ein Fremdwort für ihn.

Doch seine Eltern und Geschwister liebten ihn mehr als er ahnte. Schließlich war und blieb er ein Teil der Familie Leconte.

So fasste sein Vater den Entschluss, ihn anzurufen. »Hallo, mein Junge, wie geht es dir?«

Olivier war mehr als überrascht, seinen Vater am anderen Ende der Telefonleitung zu hören. »Vater, du?«, fragte er leise und ein wenig peinlich berührt. »Danke, es geht mir gut.« In seiner sonoren Stimme schwang leichte Melancholie mit.

Sein Vater spürte intuitiv die Gedanken seines Kindes und bat seinen Sohn: »Olivier, möchtest du nicht nach Hause kommen? Vielleicht am kommenden Wochenende? Alle sind hier, nur du fehlst.«

Olivier stockte. »Mal sehen. Ich habe noch so viel zu tun.« Er spürte, dass sein Vater es ernst meinte und doch war er hin- und hergerissen.

Antoine wollte seinen Sohn nicht bedrängen. »Überlege es dir, Junge. Du bist herzlich willkommen. Unser Haus ist für immer auch dein Zuhause.«

Weinen war sonst nicht so sein Fall, aber diesmal musste Olivier sich zurückhalten, damit der Vater nicht doch noch seine tiefsten Gefühle bemerkte.

»Danke, Vater«, stammelte er leise.

Eugenie schaute ihren Mann fragend an, aber Antoine konnte ihr keine positive Antwort geben. »Es tut mir leid. Ich glaube nicht, dass ich ihn überzeugen konnte.«

Der treusorgende Ehemann wusste, wie traurig die geliebte Gattin das machte. Liebevoll nahm er seine Eugenie in den Arm.

Im Wohnzimmer hatten sich alle wieder eingefunden.

Monique und Pierre waren erst einmal für ein paar Tage bei den Eltern und Großeltern zu Besuch.

Valentina und Maurice hatten ihre alten Zimmer wieder bezogen und Albert hatte zunächst einmal ein Gästezimmer im Hause Leconte.

Ausgelassen und fröhlich war die Stimmung. Ganz so, wie es früher einmal war...

Sie tranken Kaffee, nahmen sich ein Stückchen vom frischgebackenen Apfelkuchen.

Familienidylle pur!

Valentina nahm plötzlich ernstere Gesichtszüge an. Sie stand auf und ging aus dem Haus.

»Ich gehe mal eben an den Strand. Bin gleich wieder da. Ich möchte nur die frische Luft des Atlantiks spüren.«

Alle wussten, was Valentina wirklich wollte. Sie ging ans Meer, an den Strand, wo die Liebende einst mit ihrem Melchiorre glücklich war. Jeder Schritt auf dem warmen Sand brachte ihr die Erinnerung zurück.

Eine leichte Brise durchflutete ihren Körper. Die Sonnenstrahlen schenkten ihr Wärme und Geborgenheit. Ach, wie hatte sie dieses traumhafte Fleckchen Erde vermisst!

Valentina schaute hinaus aufs Meer, so wie es einst ihr Melchiorre immer tat, wenn er nachdenken wollte. Klar und deutlich spürte die junge Frau seine Gegenwart, legte sich in den Sand und weinte bittere Tränen.

Mit einem Mal lag ein rätselhafter Zauber in der Luft. Die herannahenden Wellen sangen für sie ein Lied. Ein Lied vom Glück der vergangenen Liebe.

Über diese Musik in ihren Ohren war Valentina selig im warmen Sand eingeschlafen.

Im Traum begegnete ihr Melchiorre. Er kam ihr näher und näher. Zärtlich lächelte der geliebte Freund sie an, bewegte seine Lippen, doch Valentina konnte kein Wort verstehen.

»Ich kann dich nicht verstehen«, flüsterte Valentina im Traum.

Als Melchiorre ihr ganz nahe war, hörte sie nun endlich seine Worte: »Liebe ihn, liebe ihn!«

Weißes Licht umgab diese strahlende Lichtgestalt, die ihr Geliebter nun verkörperte, und langsam verschwand er wieder.

Binnen Sekunden war Valentina wach und sprang auf. Ihr Herz pochte voller Schmerz und sie schrie hinaus aufs Meer: »Melchiorre, wo bist du?«

Die Wellen und der Wind trugen ihren Ruf hinaus.

Doch sie erhielt keine Antwort. Oder doch?

In diesem Augenblick spürte Valentina den Atem eines Mannes neben ihr, der sie sanft berührte. Geborgenheit und Liebe strahlte dieser Jemand aus.

»Wir haben uns Sorgen um dich gemacht!«

Valentina war glücklich, in dieser Situation nicht alleine zu sein.

Diese angenehme Stimme gehörte einem Mann, den die Sehnsuchtsvolle seit Jahren kannte:

Albert!

...

Eine Woche später.

Danyel ließ sich von seinem Chauffeur zum Haus seiner Schwiegereltern fahren. Höchstpersönlich wollte er Noch-Ehefrau und Sohn abholen.

Eugenie und Antoine begrüßten ihn zurückhaltend. Aber sie hatten eine gute Kinderstube genossen und wussten, was sich gehörte, so bedankten sich die Eheleute Leconte noch einmal höflich für seine Hilfe. Ohne ihn hätte das Getuschel hinter vorgehaltener Hand sicher nicht so leicht aufgehört.

Doch Danyel wehrte ab. »Ich habe euch viel angetan, das ist mir in den vergangenen Wochen und Monaten bewusst geworden.« Der Schwiegersohn schlug sanfte Töne an? Wer hätte das noch vor einiger Zeit gedacht?

Alle wunderten sich, denn Danyel war wie ausgewechselt. Jeder im Hause Leconte fragte sich, was passiert war! Den groben Danyel schien es nicht mehr zu geben. War es vielleicht ein Sinneswandel oder doch nur eine flüchtige Höflichkeit?

Als Pierre seinen Vater sah, lief er ihm entgegen. Mit seinen 1,87 m überragte der Sohn seinen Vater um etwa 5 cm. Aus ihm war ein stattlicher junger Mann geworden.

»Hallo Papa.«

»Mein Junge, ich fasse es nicht. Du bist ein Mann.« Sichtlich stolz umarmte Danyel seinen Sohn. Die Umarmung war sehr innig und auch das war für Danyel neu, denn bisher wehrte er jegliche Liebkosung ab.

Die übrigen Familienmitglieder staunten darüber nicht schlecht, erinnerten sie sich doch eher an den groben Typen, den er einmal verkörperte.

Pierre empfand Liebe für seinen Vater, wenn auch lange nicht so viel wie für seine geliebte Maman. Das hieß aber nicht, dass er alles vergaß, was Danyel seiner Mutter angetan hatte. Nein! Aber er wollte einfach nur Frieden!

Unsicher begegnete Monique ihrem Ehemann. So blieb es bei einem kurzen Händeschütteln.

»Wie geht es dir?«, fragte Danyel und schaute seiner Ehefrau tief in die Augen.

Sie nickte nur. »Danke, gut.«

Ein dicker Kloß im Hals verhinderte, dass sie weiter sprechen konnte. Sie spürte das Herz klopfen.

Gemeinsam im Haus angekommen, setzten sich alle in das gemütliche Wohnzimmer.

»Wie sehen deine Pläne nun aus, mein Sohn?« Fast ehrfürchtig stand Danyel vor seinem einst so kleinen Jungen.

»Vor Jahren habe ich dir versprochen dein Nachfolger zu sein. Jetzt bin ich da. Zeige mir alles, was ich wissen muss.«

Pierre wusste, was er tat und er würde auch gerne die Eltern wieder einander näherbringen. Sie sollten nicht so miteinander umgehen. Vielleicht war das nur eine Wunschvorstellung des Sohnes, aber es kam auf einen Versuch an.

»Kommt, wir setzen uns hin und besprechen alles«, bat Pierre seine Eltern.

Als Danyel sich setzen wollte, überkam ihn wieder dieser seltsame Hustenanfall. Das hörte sich gar nicht gut an und selbst seine Schwiegereltern schauten besorgt.

»Papa, warst du beim Arzt?«, fragte Pierre sorgenvoll und reichte seinem Vater die Hand.

»Ja, ja, aber die können mir nicht helfen.« Er wollte nicht darüber reden.

Sein Sohn hakte nach. »Was haben die Ärzte denn gesagt?«

»Ach, nur ein kleiner Husten, nichts Besonderes.« Danyel zitterte, und sein Sohn wusste, dass sein Vater ihn angelogen hatte.

Die ebenfalls besorgte Monique reichte ihrem Mann ein Glas Wasser.

Dankbar über diese freundschaftliche Geste lächelte er seine Frau an. »Danke.«

Für ein paar Sekunden war eine gewisse Vertrautheit, die es ab und an in dieser Ehe einmal gab, spürbar.

Nachdem Danyel einen Schluck getrunken hatte, lenkte er das Thema wieder auf die zukünftige Arbeit seines Sohnes.

»Am besten, du beginnst morgen mit einem Rundgang in der Firma. Ich zeige dir das Werk, du lernst alles kennen. Schaue mir einfach in den kommenden Wochen über die Schultern und ich erkläre dir, was zu tun ist.«

Natürlich hielt Pierre sein Versprechen. »Ja, das machen wir so.«

Während der letzten Tage in Augsburg hatte er alles mit seiner Mutter besprochen. Ihm war klar, was die Rückkehr nach Montalivet-les-Bains bedeutete. Aber sie kamen beide zu dem Entschluss, es zu versuchen.

»Es wird Zeit, wir müssen gehen«, sagte Pierre zu seinen Großeltern, die er sehr liebte. »Ich danke euch für alles, was ihr für mich getan habt.«

Liebevoll umarmte er Eugenie und Antoine.

Nun begann ein neuer Lebensabschnitt und Monique, Pierre und Danyel machten sich auf den Weg.

Erneut mussten Eugenie und Antoine sie ziehen lassen, auch wenn es ihnen schwer fiel. So war eben das Leben. Doch diesmal war alles unter viel besseren und glücklicheren Umständen.

Tochter und Enkelkind waren alt genug, um selbst zu entscheiden. Ob es der richtige Weg war, würde sich zeigen!

»Ruft an, wenn ihr da seid.« Eugenie winkte dem abfahrenden Wagen nach und schmiegte sich an Antoine.

»Hoffentlich geht alles gut.«

Maurice hatte in der Nähe ein Labor gefunden, in dem er arbeiten konnte. Diesmal war es aber kein großer Pharmakonzern, sondern ein Labor zur Herstellung homöopathischer Mittel. Starke Medikamente hatte er nur allzu oft getestet und konnte dabei keinen großartigen Fortschritt feststellen. Auf Dauer hätte ihn das auch nicht ausgefüllt, denn die Arbeit mit der Homöopathie fand er wesentlich interessanter.

Zum Mittagessen kam er nach Hause.

Mutter Eugenie bekochte nach wie vor alle sehr gerne.

»Wie schön, dass du da bist.« Eugenie freute sich, wenn ihre Lieben um sie herum waren.

»Hm, das riecht aber gut.« Maurice genoss die Kochkünste seiner Frau Mama. Ein großer Happen Fisch, dazu Sauce Hollandaise, frische Kartoffeln und Salat, ein Festessen.

»Einfach lecker, Mama. Du bist die beste Köchin der Welt.« Er drückte ihr einen Riesenschmatzer auf den Mund.

Voller Freude antwortete ihm Eugenie: »Das ist mit Liebe gekocht«, und zwinkerte ihm ein Auge zu. Sie war glücklich, dass es ihrem Jungen schmeckte.

»Ich bin richtig froh, dass ich diese Stelle gefunden habe«, berichtete Maurice ganz aufgeregt.

»Die homöopathischen Mittel sind fantastisch und wir werden noch viel Erfolg damit haben. Da bin ich mir ganz sicher.« Seine Aufgaben nahm er sehr ernst, denn es war ihm ein großes Anliegen, anderen Menschen zu helfen.

Eugenie bewunderte das Engagement ihres Ältesten. »Das ist wunderbar. Ich bin so stolz auf dich.«

Nun kamen auch Antoine und Valentina dazu.

Der Duft des leckeren Essens stieg ihnen in die Nasen.

»Oh, wie das riecht!« Valentina war auch von der Kochkunst ihrer Mutter begeistert. In Bordeaux hatte die Studenten-WG auch immer warmes Essen auf dem

Tisch, aber so viel und so lecker hatte da keiner gekocht.

»Das kann ich dir alles beibringen, mein Kind.« Eugenie reichte jedem einen Teller und alle vier amüsierten sich am Mittagstisch. Das Vertrauen und die Verbundenheit zwischen den Eltern und Kindern war deutlich zu spüren.

Doch Maurice vermisste jemanden.

»Wo ist Albert?« Der Freund, der ihm immer hilfreich zur Seite stand, war auf einmal spurlos verschwunden.

»Er sucht noch immer eine Anstellung.« Valentina seufzte. Sie hätte dem guten Kumpel gerne geholfen. Heimlich, still und leise hatte sie Albert immer mehr in ihr Herz dringen lassen. Er war so ein prima Typ voller Herzenswärme.

»Welchen Job sucht er denn?«, fragte Antoine und nahm sich noch ein Stück Fisch.

»Er will etwas mit Journalismus machen.« Valentina machte sich Sorgen um Albert. In der Wohngemeinschaft hatte sie ihn oft unbemerkt beobachtet. Sie wusste, dass er seine Arbeit immer im Nu bewältigte. Aber wenn ihm keiner eine Chance gab…

Kurz liefen die Bilder der Vergangenheit in Valentinas Gedanken wie im Film ab: Sie verbrachten viel Zeit miteinander, konnten unbeschwert miteinander lachen, aber auch miteinander weinen. Er fing seine Angebetete auf, sanft und liebevoll. Ohne viel zu fragen und zu sagen, war er für sie da. Wie sehr Albert sie liebte, das spürte Valentina, aber immer wieder sträubte sich etwas in ihr, diese Gefühle zu erwidern. Sie verstand es ja selbst nicht!

Antoine hatte den sympathischen jungen Mann vom ersten Moment an ins Herz geschlossen. »Vielleicht könnte er in der Buchdruckerei arbeiten? Irgendwie hat das auch damit zu tun, was er machen möchte.«

Seit ein paar Tagen hatte Antoine neue Aufträge erhalten und die einst verfahrene Situation schien sich zu entspannen. Also konnte er getrost auch neue Mitarbeiter einstellen. Warum sollte er dem sympathischen Jungen nicht helfen?

»Ja, gute Idee«, fanden Valentina und Maurice begeistert.

»Ja, Vater, mach das.«

Es klingelte.

Albert stand vor der Eingangstür.

Obwohl er hier wohnte, wollte der nette Mieter keinen Haustürschlüssel haben. Selbstverständlich war der junge Mann bei Familie Leconte willkommen, aber er wollte keinem zur Last fallen. Nur, weil Valentina und Maurice ihn so eindringlich gebeten hatten, doch hier wohnen zu bleiben, war er noch da.

»Hallo, da bist du ja.« Lächelnd öffnete Valentina ihm die Tür.

Sein Lächeln kam gequält zurück. Die Jobsuche schien recht erfolglos zu verlaufen.

»Setz dich. Es gibt leckeren Fisch.« Valentina zog den Freund am Arm in Richtung Tisch.

»Eigentlich habe ich gar keinen richtigen Appetit.« Irgendwie wirkte Albert genervt und nervös. Hatte er sich etwa zu hohe Ziele gesteckt? Aber so hoch waren diese Ziele eigentlich gar nicht. Er wollte einfach nur schreiben.

Um den anderen einen Gefallen zu tun, aß er ein wenig mit.

Antoine klopfte ihm freundschaftlich auf die Schultern. »Albert, was hältst du davon, wenn du in meiner

Buchdruckerei mitarbeitest? Gute Leute kann ich immer einstellen.«

Albert strahlte wie ein Honigkuchenpferd. Sehr gerne wollte er dort arbeiten, denn Albert wusste, wo ihre Eltern waren, da war auch Valentina nicht weit.

»Aber ich habe das doch nicht gelernt«, gab Albert leicht ehrfürchtig zu bedenken. Vor Antoine hatte er zwar keine Angst, aber jede Menge Respekt.

»Das macht doch nichts«, lachte Antoine, »du kannst ja ein paar Wochen zur Probe arbeiten, einfach einmal reinschnuppern. Wenn es dir gefällt, dann kannst du gerne bleiben.«

Das verlockende Angebot konnte Albert nicht ausschlagen.

»Prima, dann bleibst du hier bei uns.« Maurice freute sich für seinen Freund, der schon oft Freud und Leid mit ihm geteilt hatte.

Er war nicht der Einzige, der sich freute. Valentina tat es auch…

Aber auch Valentina hatte Probleme, einen geeigneten Job zu finden. Sie bot vielen Schulen ihre Arbeitskraft an, doch keiner reagierte.

»Hast du denn schon etwas von deinen Bewerbungen gehört?«, fragte Albert vorsichtig nach.

Nach außen hin war Valentina jetzt oft froh gelaunt, aber er kannte sie eben gut, so dass er wusste, dass diese Situation seine Herzensdame quälte.

»Nein, leider nicht.« Valentina fuhr mit ihrer rechten Hand durch eine brünette Haarsträhne. »Ich warte täglich auf Antwort. Leider lassen die alle lange auf sich warten.«

Da klingelte der Postbote an der Tür.

Gleich drei große Briefumschläge brachte er für sie mit. Das war kein gutes Zeichen. Große Umschläge bedeuteten meistens Absagen. Und so war es auch.

Enttäuscht zog sich Valentina in ihr Zimmer zurück. Ihr guter Abschluss schien für die hiesige Umgebung nicht zu reichen oder waren es etwa noch die „Nachwehen" der Vergangenheit?

Es herrschte betretenes Schweigen.

Maurice war entsetzt. Wie konnte er nur seiner kleinen Schwester helfen?

»Glaubst du, es könnte mit den damaligen Gerüchten zu tun haben, dass Valentina keine Stelle findet?«, fragte er seinen Vater.

Antoine zuckte nur mit den Achseln. »Ich weiß es nicht. Kann sein, kann aber auch nicht sein.«

Maurice überlegte weiter: »Gibt es denn keine andere Möglichkeit, Valentinas Talent einzusetzen?«

»Ihr Wunsch war es, Lehrerin zu werden. Sie wollte gerne Kinder unterrichten. Vielleicht ist es auch einfach nicht ihr Weg.« Natürlich machte sich auch Eugenie Sorgen um die Zukunft ihrer Tochter.

»Es muss doch einen anderen Weg geben«, sagte Albert tief berührt und zog sich ebenfalls in sein Zimmer zurück.

Eine ganze Weile saß er am Fenster. Auf dem nahegelegenen Spielplatz tobten ein paar Kinder. Dann traf es ihn wie ein Blitz: »Ein Buch! Ich schreibe ein Buch. Ja, das ist es. Ein Kinderbuch! Yes.«

Aber was hatte das mit Valentina zu tun?

Wenn andere Arbeitgeber auf seine journalistischen Fähigkeiten verzichten wollten, dann konnte er sich nützlich machen und den Kindern mit seinen Geschichten Freude bereiten. Und nicht nur den Kindern…

Die Kinder auf dem Spielplatz lachten fröhlich und auf einmal sprudelte es vor lauter Ideen in seinem Kopf. Schnell brachte er alles zu Papier.

Um 18 Uhr trafen sich alle wieder zum gemeinsamen Abendessen.

Albert hatte einige Papierstücke in der Hand.

»Was hast du denn da unter dem Arm?«, fragte Maurice neugierig.

»Ich habe mich entschlossen ein Kinderbuch zu schreiben.« Albert lächelte und freute sich wie ein Schneekönig über diese Blitzidee.

Da klingelten bei Maurice sämtliche Alarmglocken. Er tat das für Valentina! Sie liebte Kinder über alles, und wenn sie keine Lehrerin in einer Schule sein konnte, so gab er ihr die Möglichkeit an einem Werk für Kinder mitzuarbeiten.

Die beiden Männer sahen sich an und verstanden sich wieder ganz ohne Worte.

Valentina beeindruckte diese Idee sofort. Wäre es anders zu erwarten gewesen?

»Das Buch würde ich dann gerne international vermarkten und brauche dazu deine Hilfe.«

Dabei wandte sich Albert an Valentina.

Ihre Augen funkelten. Es war das strahlendste Lächeln der Welt!

Spontan umarmte die glückliche Valentina den guten Freund. »Das ist ja toll. Ein Kinderbuch. Du bist einfach klasse!«

...

Einen Monat später.

Valentina flatterten die Absagen nur so ins Haus. Das ließ sie immer mehr an ihrer Kompetenz als Lehrerin zweifeln. Ihr Gehirn lief auf Hochtouren. Welche andere berufliche Perspektive könnte sich für sie ergeben? Nach vielen mühevollen Überlegungen fasste sie den Entschluss, einen neuen Weg zu gehen.

»Mama, kannst du mir das Nähen noch besser beibringen?«, fragte sie eines Morgens ihre Mutter. »Vielleicht schätzt ja einer meine Nähkünste?«

Nun wollte Valentina sich auf etwas Neues, wenn auch nicht ganz und gar Neues, konzentrieren. In Bordeaux hatte die kleine Näherin schon bewiesen, dass sie schöne Arbeiten fertigen konnte. Also warum sollte diese Tätigkeit nicht dauerhaft ausgeübt werden können?

Im nächsten Moment bekam Valentina Zweifel, ob sich überhaupt jemand für ihre Nähkünste interessieren könnte? Wenn die Resonanz genauso schlecht war, wie auf ihre Tätigkeit als Sportlehrerin...

»Natürlich kann ich das. Aber willst du das wirklich?« Eugenie kannte den eigentlichen Wunsch der Tochter, die jetzt wahrscheinlich nur nach einer Übergangslösung suchte. Aber Umwege waren auch Wege!

»Doch, ich möchte das jetzt. Immer nur dasitzen und warten, das halte ich nicht mehr aus.« Mittlerweile lautete ihre Devise: Nur nicht aufgeben.

Ideen schwirrten der jungen Frau genug im Kopf herum. Sie musste diese Ideen nur auf ihre Machbarkeit hin prüfen.

»Was hältst du davon, wenn wir Kinderkleidung produzieren?« Fragend schaute die kinderliebe Valentina ihre Mutter an. Dann könnte sie auch etwas für Kinder tun. Schicke Kleidchen für die Mädchen, schicke Hosenanzüge für die Jungen. Das wär`s doch!

»Kinderkleidung?« Eugenie war nicht gerade euphorisch. Von solchen Artikeln gab es doch sicher schon viele Produktionen. Wer sollte dann gerade die von Valentina kreierten Kleidungsstücke kaufen?

»Meinst du nicht, dass es davon genug auf dem Markt gibt?« Eugenie war sehr skeptisch.

»Leider ja«, musste Valentina zu ihrem Leidwesen zugeben, »aber wenn wir uns von den anderen etwas abheben, dann könnten wir erfolgreich sein.«

Valentina hatte sich fest vorgenommen, einfach nur positiv in die Zukunft zu sehen. »Wir schaffen das, Mama.«

Trotz der Zweifel, die Eugenie hegte, schenkte sie ihrer Tochter ein Lächeln. Keinesfalls wollte die Mutter ihre Kleine demotivieren.

Eugenie atmete tief durch: »Wir können es versuchen. Okay, dann machen wir das.«

Voller Elan gingen die beiden in die Planung. Die Ideen sprudelten nur so aus Valentina heraus und nach ein paar Skizzen fing sie mit der Fertigung der ersten Modelle an.

Hier ein paar witzige Kniffe, da ein paar außergewöhnliche Details, schon wurden aus einer Idee brauchbare Werke.

Am Abend präsentierte die Künstlerin ihrer Familie und Albert die erste kleine Kollektion, die sie eifrig zusammengestellt hatte.

»Wow, das sieht ja toll aus.« Maurice war von den Künsten seiner kleinen Schwester ganz hin und weg. Die Kleidungsstücke gefielen ihm ausgesprochen gut.

Niedliche Kleider hatte Valentina angefertigt. Sie waren wirklich perfekt für kleine Mädchen geschaffen. Bequem, weit geschnitten, passende Jäckchen dazu.

Rot, rosa, weiß, das waren die hauptsächlichen Farben, die diese Kleidungsstücke ausmachten. Nichts, was zunächst außergewöhnlich erscheinen würde, aber die hier und da angebrachten kleinen Feinheiten wie zum Beispiel kleine Rüscheneinsätze, machten diese Kleider einzigartig.

»Die kleinen Mädels werden darin süß aussehen, so wie du, Valentina, als du noch klein warst. Wie eine kleine Prinzessin.«

Antoine platzte fast vor Stolz. Seine Jüngste ließ sich nicht aufhalten und zeigte anderen, dass es viele Möglichkeiten gab im Leben. Froh war er über ihre Aktivitäten, denn der liebende Vater hatte große Angst, dass seine Valentina an den vielen Absagen wieder zerbrach.

Für jedes seiner Kinder wollte er nur das Beste.

»Kompliment, das sieht wirklich gut aus.«

Auch Albert staunte nicht schlecht. Dass eine Künstlerin in seiner Liebsten steckte, wusste er, aber das! Er war sprachlos und angenehm überrascht.

Kreativ war seine Angebetete, genauso wie er. Die Rolle des Kinderbuchautors stand ihm gut und Albert machte Fortschritte. Auch die Arbeit in der Buchdruckerei ging ihm leicht von der Hand.

»Wie kommst du eigentlich mit deiner Schriftstellerei zurecht?« Maurice war neugierig auf das erste Werk seines Freundes.

»Sehr gut. Das letzte Kapital habe ich gerade angefangen. Es läuft alles.« Albert war glücklich, dass er so schnell mit allem vorankam.

»Ja und dann wird das Buch in unserer Druckerei gedruckt und wir beginnen mit der Werbung.« Antoine unterstützte den netten jungen Mann sehr gerne. Der treusorgende Vater war mittlerweile auch der Meinung, dass Albert einen wunderbaren Schwiegersohn abgeben würde. Auf der einen Seite wollte er seine Kleine aber nicht verlieren und auf der anderen Seite war es immer noch Valentinas Entscheidung, ob und wann sie einer neuen Liebe eine Chance geben würde.

Maurice war von allem beeindruckt. »Das klingt hervorragend. Dann kommt noch Valentinas Kollektion heraus und wir können nach vorne schauen.«

Der Bruder und Freund wusste, wovon er sprach, denn seine Intuition sagte ihm, dass alles gut wird. »Nur nicht aufgeben!«

So stürzten sich alle in ihre Arbeit.

Maurice im Dienste der Gesundheit.

Antoine und Albert in die Produktion des Kinderbuches.

Eugenie und Valentina in die Welt der Kinderkleiderherstellung.

…

Im nicht weit entfernten Bordeaux fühlte Olivier sich allein. Oft nahm er das Telefon in die Hand und wollte seine Familie anrufen. Auf das liebevolle Angebot seines Vaters, wieder in den Schoß der Familie zurückzukehren, wäre der verlorene Sohn gerne zurückgekommen. Doch er schaffte es nicht. Leider verließ ihn immer wieder der Mut.

Wie sah nur seine Zukunft aus?

Was sollte er tun, wenn seine Prüfungen abgeschlossen waren? Aus ihm war sowieso der ewige Student geworden, denn durch seine ständigen Eskapaden hatte er viel Zeit an der Universität verloren.

Sollte er nach Hause zurückkehren? War das überhaupt noch sein Zuhause?

In Montalivet-les-Bains lebten Monique, Pierre und Danyel friedlich zusammen.

Selbst Danyel verhielt sich erstaunlich ruhig und schien ein besserer Mensch geworden zu sein. Vielleicht war es nur ein Sinneswandel, eine Gewissensfrage oder ein Krankheitsbild, das ihm Angst machte. Jedenfalls hatte Danyel sich zum Positiven verändert.

Sorgfältig beobachtete Monique ihren Ehemann.

Mit seinem Sohn ging er sehr liebevoll um. Nur mit ihr, ja, da konnte es nach ihrem Geschmack sinnlicher verlaufen.

Dezent, abweisend, dann wieder ruhig, so verhielt sich Danyel gegenüber seiner Ehefrau.

Das Wohl ihres Sohnes lag der liebenden Mutter jedoch mehr am Herzen als ihre unausgesprochene Sehnsucht nach der Liebe ihres Mannes.

Jeden Tag verbrachte Pierre mehrere Stunden mit seinem Vater in der Firma. Oft kamen die beiden erst spät abends nach Hause.

Aufmerksam lernte Pierre. Insgeheim überlegte der junge Mann, was er anders und auch besser machen könnte. Die Art, wie sein Vater noch immer mit seinen Angestellten umging, gefiel ihm nicht. Da hatte er andere Vorstellungen von einer guten Mitarbeiterführung!

Aber Pierre wartete erst einmal ab. Er beobachtete und schwieg.

»Hast du gut zugehört?« Danyel hatte seinen Sohn offiziell in einer Sitzung für leitende Angestellte vorgestellt.

»Ja. Das habe ich.« Pierre widersprach seinem Vater nicht. Zugehört hatte er sehr gut, auch die Untertöne in so manchen Worten hatte der Nachfolger klug, wie er nun mal war, vernommen.

»Heute gehe ich zu meinem Notar und wir werden alles regeln.« Danyel wollte klare Verhältnisse schaffen und seinem Sohn mehr Kompetenzen zusprechen.

»Wenn ich nicht mehr kann, wirst du hier das Ruder übernehmen.« In diesem Augenblick wurde Monsieur Delaware sehr nachdenklich. Vielleicht war es aber auch nur ein emotionaler Moment für den Geschäftsmann.

Mit dem Gedanken, dass er jetzt schon die Firma übernehmen sollte, wollte sich Pierre noch nicht beschäftigen. »Das dauert noch sehr lange.«

Danyel Delaware jedoch meinte es sehr ernst. »Du musst dich damit auseinandersetzen. Eines Tages wird es soweit kommen. Alles wird dir gehören. Ich will, dass du darauf vorbereitet bist, Junge.«

Die eindringlichen Worte des Vaters machten Pierre Angst. Da lag etwas in der Luft! Das spürte er intuitiv.

Eine enorme Verantwortung kam auf den jungen Mann zu. In der gut gehenden Weberei waren etliche Menschen beschäftigt, die pünktlich auf ihre monatlichen Löhne warteten. Pierre wollte Niemanden enttäuschen, weder seinen Vater noch die Mitarbeiter, die ihm einmal untergeben sein werden.

Derweil saß Monique in ihrem großen Haus in Montalivet-les-Bains und kam sich ziemlich überflüssig vor. Sie hatte keine richtige Aufgabe, wartete stundenlang auf Sohn und Mann. Hausarbeit, Kochen, alles wurde durch Bedienstete erledigt. Das machte ihr schwer zu schaffen. Niemand brauchte sie.

»Kann ich Ihnen etwas helfen?«, fragte sie die Haushälterin. Gerne hätte sich Monique wenigstens einmal beim Staubwischen nützlich gemacht.

»Nein, Madame, das ist meine Aufgabe.«

Monique wollte die freundliche Angestellte nicht verärgern und ging in ihren wunderschönen Garten. Ein wenig frische Luft tat ihr gut. Die Vögel zwitscherten lautstark in den Bäumen. Ach, es war einfach herrlich. Monique liebte die Natur. Wie nur konnte sie ihre Freizeit sinnvoll gestalten? Doch an diesem sonnigen Nachmittag fiel ihr nichts Gescheites ein.

Am nächsten Tag rief die älteste Tochter ihre Mutter an. »Wie geht es euch?«

Gerne würde Monique bei ihren Eltern leben. Die beiden hätten immer irgendetwas, was sie tun könnte. In deren Haus fühlte sich die gelangweilte Ehefrau geborgen.

»Gut. Alle sind wohlauf.« Voller Euphorie erzählte Eugenie von den Plänen bezüglich der Herstellung von Kinderkleidern. Alles klang aufregend und Monique wünschte sich, sie könnte ein Teil davon sein. Kurz stieg ein wenig Neid auf. Ach, was hatten die anderen es doch gut!

»Wenn ich etwas für euch tun kann, dann sagt es mir.«

Eugenie spürte, dass ihre Tochter unglücklich war: »Ich werde mit Valentina darüber sprechen. Da wird sich schon etwas finden.«

Noch am selben Abend besprach die Mutter alles mit Valentina. Gemeinsam überlegten sie, wie sie Monique in die Arbeiten mit einbeziehen konnten.

Dann hatte Valentina einen Lichtblick. »Vielleicht könnte Monique die Stoffe produzieren. Wozu hat ihr Mann eine Weberei?«

Diesen Vorschlag fand Eugenie wunderbar. »Komm, wir rufen sie gleich an.«

Gelangweilt griff Monique zum Telefon. »Hallo.« Sie saß mal wieder alleine im Wohnzimmer und las die Tageszeitung.

»Hallo, Schwesterherz. Willst du Stoffe für uns entwickeln und produzieren?« Valentina fiel direkt mit der Tür ins Haus.

»Aber ich habe doch keine Ahnung davon«, erwiderte Monique, der die Fragezeichen quasi auf der Stirn standen.

»Pierre und Danyel sind in der Weberei. Sie können dich bestimmt unterstützen.« Valentina wollte ihrer Schwester gerne helfen und animierte sie, darüber nachzudenken. So schnell gab Valentina nicht auf.

»Gut, ich kann nachfragen.« Die Idee fand Monique wirklich interessant. Doch wie sollte sie das alles bewerkstelligen? Monique hatte schon den Drang, etwas Neues zu tun, aber sie fand manchmal nicht den rechten Anfang.

Als Pierre nach Hause kam, bat die Mutter zuerst einmal ihren Sohn um ein Gespräch. Sofort war er begeistert von Valentinas Vorschlag und konnte sich gar nichts Schöneres vorstellen, als jetzt auch noch mit seiner geliebten Maman zusammenzuarbeiten.

Ein paar Stunden später überzeugten seine Überredungskünste den erstaunten Ehemann und Vater.

»Danke, Papa. Wir werden ein echt gutes Team sein.«

Danyel wollte seinem Sohn die Freude nicht verderben, obwohl er diese Idee nicht ganz so gut fand. Aber warum sollte er seiner Ehefrau nicht doch eine Chance geben, sich zu verwirklichen? Ihm wurde in all den Jahren bewusst, was Monique für ihn und Pierre getan hatte: Sie hatte sich selbst aufgegeben.

Nun waren die drei den ganzen Tag in der Firma.

Danyel und Pierre kümmerten sich um die Geschäftsleitung und Monique schaute der Verarbeitung der Stoffe zu, um zu lernen.

Wer hätte das gedacht? Die drei vereint.

...

Vierzehn Monate später.

Die Buchdruckerei warf wieder zahlreiche Gewinne ab. Antoine war mit diesem Umstand mehr als zufrieden.

Gemeinsam verdienten Eugenie und Valentina gutes Geld. Die Herstellung der Kinderkleidung lief hervorragend. Die meisten Sachen verkauften sie über das Internet, ansonsten gingen die beiden auf Wochenmärkte. Hauptsächlich war Valentina für den Vertrieb über ihre eigene Homepage verantwortlich und Eugenie agierte auf den Märkten mit viel Verkaufsgeschick.

Maurice experimentierte weiter in seinem Labor und war erfolgreich. Gemeinsam mit einem Kollegen erforschte er ein homöopathisches Mittel gegen Kopfschmerzen, was ihn mit sehr viel Stolz erfüllte.

Das Kinderbuch von Albert war veröffentlicht und fand bei den kleinen Leserinnen und Lesern, denen er häufiger in Kindergärten vorlas, viel Anklang. Trotz des kleinen Erfolges arbeitete er gerne weiter in der Buchdruckerei.

Moniques Engagement in der Produktion der Stoffe für Valentinas Geschäft fand nicht nur bei ihrem Gatten Gefallen. Mit der Zeit kam sie auf den Geschmack, eine gute Selbständigkeit zu entwickeln.

Bei ihrem Mann Danyel wurde die Diagnose Lungenkrebs festgestellt. Also hatte Pierre die Intuition, dass die Verwandlung seines Vaters etwas mit seinem Gesundheitszustand zu tun haben könnte, nicht getäuscht.

Pierre übernahm die Firma seines Vaters und war als Geschäftsmann gut angesehen.

Einiges veränderte er, denn der Jungunternehmer wollte nicht nur Profit aus allem schlagen. Er galt als menschlich und behandelte alle Mitarbeiter mit viel Einfühlungsvermögen.

Trotz des Erfolges schmerzte das Leben die erwachsene Valentina noch immer. Abends spät hatte sie es sich am Schreibtisch in ihrem Zimmer ein wenig bequem gemacht. Die junge Frau liebte es, alles in ein Tagebuch zu schreiben, was sie so erlebte. Wie schön wäre es doch gewesen, wenn Valentina ihr Leben mit Melchiorre hätte teilen können.

Doch das Schicksal wollte es anders!

Seine Kette trug Valentina nicht mehr, aber dieses wunderbare Geschenk lag immer auf dem Schreibtisch in einem goldenen Kästchen. Diese Erinnerung an ihren geliebten Melchiorre wollte sie in Ehren halten.

Nun öffnete Valentina die kleine Schatulle und nahm die Kette in die Hand. »Ach, Melchiorre, wenn du nur da wärst.«

Die Liebende wollte weinen, aber das konnte sie nicht mehr. Zu oft hatte Valentina heimlich viele Tränen vergossen.

Draußen wehte der Wind und die Böen wurden immer stärker. Die feinen Äste der Bäume benetzten fast den Boden.

»Wo bist du?«, fragte sie laut.

Wie von Geisterhand öffnete sich das Fenster. Der Wind fegte ihr durchs Gesicht. Knisternde Geräusche drangen an ihr Ohr. Es kam ihr so vor, als ob jemand ein Liebeslied spielte.

Ganz deutlich spürte Valentina die Anwesenheit von Melchiorre, auch wenn sie ihn nicht sehen konnte. Ein kleiner Windhauch und sein Bild, das auf ihrem Nachttisch stand, fiel auf den Teppichboden.

»Melchiorre?« Valentina war verwirrt. Was sollte das bedeuten? Sie träumte das doch alles gar nicht. Alles war so real.

»Was willst du mir damit sagen?«, fragte sie in den Raum.

Valentina stand auf, schloss das Fenster und legte sich mit ihrer Kleidung aufs Bett. Dann schlief sie ein.

Im Traum erschien ihr Melchiorre!

So, wie sie es schon oft in ihren Träumen erlebte. Er kam langsam auf sie zu und lächelte.

»Liebe ihn.« Das waren seine Worte. Immer und immer wieder hatte sie dieses „Liebe ihn" in ihren Träumen von Melchiorre gehört.

Umhüllt von weißem Licht verschwand Melchiorre wieder. Klar und deutlich hatte Valentina alles verstanden. Meinte er wirklich Albert? Einen anderen Mann gab es nicht in ihrem Leben.

Längst war ihr bewusst, wie sehr Albert sie liebte. Er war immer liebevoll zu ihr, hatte sie nie bedrängt. Inzwischen empfand Valentina mehr für ihn, als sie es je zulassen wollte. Immer noch sträubte sich ihr Innerstes dagegen. Doch wie lange noch? War sie jetzt an einem Wendepunkt angekommen?

War die Zeit nun auch hier reif für einen Neubeginn?

»Alles wird gut«, kam ihr spontan in den Sinn.

Als Valentina am nächsten Morgen erwachte, konnte sie angenehm warme Sonnenstrahlen auf ihrem Körper spüren. Alles fühlte sich leicht an, so als ob über Nacht ein alter Ballast von ihr abgefallen wäre.

Beim Frühstück traf sie auf Albert, der schon sehnsüchtig auf seine Angebetete gewartet hatte. An diesem Tag nahm er all seinen Mut zusammen und fragte: »Sollen wir heute an den Strand gehen? Es ist ein so schöner Tag. Wir könnten picknicken, uns einfach sonnen und die frische Luft genießen!« Am liebsten hätte Albert noch hinzugefügt, dass er gerne einmal mit seiner Valentina alleine sein wollte. Aber das traute er sich dann doch nicht.

»Ja, das ist eine gute Idee.« Valentina schaute ihren Bruder an. Maurice ahnte die Gedanken seiner Schwester, denn auch sie hegte in ihrem Innersten den Wunsch, die Zeit mit Albert alleine zu verbringen. Valentina und Maurice waren nicht nur Geschwister, sondern ganz bestimmt auch Seelenverwandte.

»Wollt ihr beiden nicht mal alleine losziehen?«, Maurice zwinkerte Valentina ein Auge zu.

»Ich habe noch so viel zu tun. Vielleicht komme ich dann nach.«

Maurice wusste ganz genau, dass er das nicht tun würde. Valentina sollte selbst entscheiden, ob sie ihr Leben mit oder ohne Albert weiter gehen wollte.

»Okay, dann gehen wir alleine.« Schnell packte Valentina ein paar Köstlichkeiten ein. Baguette, Käse, Weintrauben, Rotwein.

Valentina und Albert machten sich unbekümmert auf den Weg zum Strand.

»Ach, ist das nicht ein herrlicher Tag!« Albert legte eine Decke für seine Valentina in den Sand.

Hätte er nur ansatzweise Valentinas Gedanken erraten, so wäre sein Herz vor Glück zersprungen.

»Ja, wunderbar ist es hier.« Valentina sprühte vor Lebensfreude.

An diesem sonnigen Tag trug sie ihren neuen Badeanzug. Weiß, mit roten Rosen verziert, ganz so, wie sie es liebte.

Mit den Augen konnte Albert sie nur so verschlingen. Doch ganz Gentleman hielt er sich dezent zurück, wie immer. Andere Frauen interessierten ihn erst gar nicht. Im Herzen blieb Albert seiner Valentina treu, obwohl er nie wusste, ob er überhaupt einmal eine gemeinsame Zukunft mit ihr hatte.

Gute Freunde waren sie, die sich auf eine ganz besondere Art und Weise liebten und respektvoll miteinander umgingen. Das musste ihm wohl genügen.

Valentina lief in die heranbrausenden Wellen des Meeres. Dabei dachte sie an den furchtbaren Unfall von damals, aber es war ja gar kein Unfall, den Melchiorre hatte. Sofort versuchte sie, wieder an etwas anderes zu denken. Es hatte keinen Zweck. Sie konnte daran nichts mehr ändern. Die Liebe in ihrem Herzen blieb!

Valentina hatte eine unglaubliche Ausstrahlung. Schönheit, Anmut, Treue, Liebe, all das verkörperte sie für Albert. Am liebsten hätte er sie jetzt ganz fest im Arm gehalten.

Seine Liebste stieg aus den Fluten. Für Albert wirkte sie wie Phönix aus der Asche.

»Das Wasser ist angenehm warm. Es erfrischt. Geh doch auch einmal rein.« Valentina riss die Arme hoch und erfreute sich an allem, was sie umgab. Sonne, Meer, Strand und Albert.

»Ich bleibe in der Sonne. Danke.« Albert genoss die Sonnenstrahlen und die Nähe zu Valentina.

Nachdem die beiden eine ganze Weile am Strand verbracht hatten, begann so langsam die Dämmerung. Der Tag war wie im Flug vergangen und sie gönnten sich zum Abschluss noch ein Glas Rotwein.

Andere Strandbesucher hatten den wunderschönen Ort schon verlassen. Nun waren die beiden endlich allein. Leichter Wind umschmeichelte ihre Körper.

Albert legte sanft sein Handtuch um Valentina.

»Danke. Du musst das aber nicht tun.« Valentina wurde ganz verlegen. Mit dem Arm hatte Albert leicht ihre Hand berührt und was Valentina in diesem Augenblick empfand, dass fühlte sich nach Liebe an. Die berühmten Schmetterlinge im Bauch machten sich bei ihr breit. Oh, nein, wie sollte sie mit diesem neuen Liebesgefühl nur umgehen?

Das Handtuch fiel hinunter und beide wollten danach greifen. Dabei berührten sich ihre Finger.

Der Wind wurde stärker!

Valentina und Albert sahen sich tief in die Augen. Nun konnten sie sich nicht mehr gegen ihre Gefühle wehren. Während ihre Lippen sich in der Abenddämmerung berührten, fiel der Startschuss für ihre Zukunft als Liebende. Die beiden Vereinten spürten einfach nur: Wir gehören zusammen! Für immer!

Sie konnten gar nicht aufhören sich zu küssen und gaben sich der Liebe hin.

Ein Schauspiel der Natur unterbrach ihren Liebesschwall!

Ein wunderschöner Regenbogen legte sich über das Meer. Der Himmel lachte.

Das Tor der Liebe war weit geöffnet!

Der Regenbogen als Zeichen der Liebe, die für ewig sein sollte. Alles war gut!

So hatte Albert keine Hemmungen mehr, ihr den goldenen Ring mit einem kleinen Saphir, den er seit Monaten immer bei sich trug, an den Finger zu stecken und leise in ihr Ohr zu hauchen: »Ich liebe dich so sehr.

Bitte werde meine Frau. Du würdest mich zum glücklichsten Mann der Welt machen.«

Valentina legte liebevoll ihren rechten Zeigefinger auf seinen Mund: »Ja, ich will.«

Voller Freude nahm die frisch Verliebte seinen Heiratsantrag an und Alberts größter Wunsch ging endlich in Erfüllung.

Als die beiden wieder zu Hause ankamen berichteten sie freudestrahlend, dass ihre Hochzeit so schnell wie möglich stattfinden sollte. Schließlich hatten die frisch Verliebten lange genug Zeit, um sich ihrer Gefühle füreinander klar zu werden.

Alle waren glücklich über diese schöne Nachricht.

Nur sechs Wochen später war es soweit.

Sogar Olivier wurde eingeladen. Nach anfänglichem Zögern ließ er sich dann nicht lange bitten und kam zur Hochzeitsfeier.

Ohne zu zögern schloss Maurice seinen Bruder in die Arme. Alles war vergeben und vergessen, die Zukunft sollte nur rosig sein. Die Familie war eben doch wichtiger als alles andere auf dieser Welt.

Im kleinen Familien- und Freundeskreis sollten die Feierlichkeiten stattfinden. Eine Trauung in der nahegelegenen Kapelle, später ein gutes Abendessen mit anschließender Musik und Tanz.

Monique und Pierre reisten ohne Danyel an. Er war mittlerweile zu schwach, konnte nicht mehr laufen und verzichtete auf eine längere Fahrt.

Die Kapelle war wundervoll geschmückt. Weiße Rosen rundeten das prachtvolle Bild ab.

In ihrem bodenlangen, weißen Hochzeitskleid, das überall mit Spitze besetzt war, sah Valentina einfach bezaubernd aus. Ein Diadem mit silberfarbenen Blütenmustern hatte sie in ihrem hochgesteckten Haar eingearbeitet. Hätte Albert sie damals nicht schon gefragt, ob sie seine Frau werden wollte, an diesem Tag hätte er ganz sicher diese Frage gestellt! Seine Frau des Herzens war seine Prinzessin.

So stellte der Pfarrer die Fragen aller Fragen: »Willst du diesen Mann zu deinem Ehemann nehmen?«

Die hübsche Braut lächelte ihren aufgeregten Bräutigam sehr zärtlich an. Niemals mehr wollte sie ohne ihn sein. Er war der Richtige!

»Ja, ich will.«

Dann wandte sich der Geistliche an Albert.

»Willst du Valentina Leconte zu deiner Ehefrau nehmen?«

Die versammelte Gemeinde konnte ein deutliches lautes »Ja, ich will« vernehmen.

Alle lächelten sich an und waren glücklich.

»Dann erkläre ich euch hiermit zu Mann und Frau.«

Gesegnet von Gott, gekrönt durch ihre unendliche Liebe zueinander, gingen die beiden Liebenden in eine Zukunft voller Freude, Harmonie und Glückseligkeit.

Die Macht der Liebe siegte.

Eine wahre Liebe, die niemals zerbricht.

Was danach geschah:

Monique versorgte ihren Mann bis er drei Monate nach der Hochzeit ihrer Schwester starb. Sie lebte mit Pierre in ihrem Haus in Montalivet-les-Bains.

Pierre war ein einfühlsamer und hervorragender Chef, der von allen geliebt wurde.

Ein Jahr nach dem Tod seines Vaters ehelichte er eine schöne junge Frau und bekam drei Kinder mit ihr. Einen Sohn und zwei Töchter.

Monique blieb allein. Zeitweise unterstützte sie ihren Sohn in der Firma und fand Erfüllung als Babysitterin für ihre Enkelkinder.

Maurice wurde ein sehr erfolgreicher Forscher, der mehrfach für seine Leistungen Auszeichnungen erhielt. Er blieb unverheiratet, aber glücklich und zufrieden.

Olivier ging nach Australien, lernte dort eine Frau mit zwei Kindern kennen, heiratete und wurde ein guter Meeresbiologe. Eigene Kinder bekam er nicht.

Eugenie und Antoine lebten noch lange in ihrem schönen Haus an der Atlantikküste, umsorgten Enkel und Urenkel. Voller Liebe verlebten die beiden noch einen wunderbaren Lebensabend in Le Verdon-sur-Mer.

Valentina und Albert wurden glücklich miteinander. Die beiden liebten sich innig und bekamen drei Kinder. Einen Sohn und zwei Töchter. Das Leben war wieder lebenswert geworden.

Und für all das Glück gab es nur ein Zauberwort: Liebe.

Vita der Autorin

Anna Maria Kuppe wurde im Rheinland geboren und verbrachte ihre Teenagerzeit im Ruhrgebiet. Dort erlernte sie den Beruf der Industriekauffrau.

Nach Rückkehr ins Rheinland arbeitete Anna Maria Kuppe über 30 Jahre in einer Sprachenschule. Seit einigen Jahren befindet sich die Autorin im Ruhestand.

Viel Liebe und Glück erlebte sie mit ihren beiden Katern, die leider kurz hintereinander verstarben. Nach großer Trauer erinnerte sich Anna Maria Kuppe an die sehr schönen Zeiten mit ihren beiden Lieblingen, setzte sich hin und schrieb die mit ihnen erlebten Geschichten auf. Daraus entstand ihr erstes Buch.

Die Autorin fand Gefallen daran, Bücher zu schreiben. Es folgten weitere Werke für Kinder, Katzenliebhaber und Romanfreunde.

Weitere Informationen entnehmen Sie gerne der Homepage:

www.annamariakuppe.jimdo.com

Buchempfehlungen:

„Der Rabauke und die Biene"
Taschenbuch: 84 Seiten
Verlag: Books on Demand; 2. Auflage (22. Mai 2014)
ISBN: 978-3-7357-3742-7
Auch als eBook erhältlich!

„Chefs und andere Knalltüten"
Taschenbuch: 228 Seiten
Verlag: Books on Demand; 1. Auflage (19. Mai 2016)
ISBN: 978-3-8448-0987-9
Auch als eBook erhältlich!